Charlaine Harris
Tod in Shakespeare

Charlaine Harris

Tod in Shakespeare

Roman

Aus dem Amerikanischen
von Anke Caroline Burger

Rotbuch Verlag

Für meine Mitinsassen in Doktor Thans Haus der Schmerzen, besonders Martha, John und Wayne

Bibliografische Information Der Deutschen Bibliothek

Die Deutsche Bibliothek verzeichnet diese Publikation in der Deutschen Nationalbibliografie; detaillierte bibliografische Daten sind im Internet über http://dnb.ddb.de abrufbar.

Originaltitel: Shakespeare's Landlord
Erschienen 1996 bei St. Martins Minotaur, New York
Umschlagkonzept: Meta Design, Berlin
Umschlaggestaltung: projekt ® | Cathrin Günther, Hamburg
unter Verwendung einer Fotografie von © photonica / Bertrand Demée
Herstellung: Das Herstellungsbüro, Hamburg
Satz: Greiner & Reichel, Köln
Gesetzt aus der Sabon
Druck: Freiburger Graphische Betriebe
Printed in Germany

ISBN 3-434-53125-4

Informationen zu unseren Verlagsprogrammen finden Sie im Internet unter www.rotbuch.de

Tod in Shakespeare

Eins

Ich sammelte mich, die bloßen Füße in den Dielenboden gekrallt, die Oberschenkelmuskeln für den Angriff gestählt. Auf dem Ballen des linken Fußes machte ich einen Schritt nach vorn, vollführte dabei eine halbe Drehung und riss mein rechtes, im Knie gebeugtes Bein hoch. Mein Fuß schnellte vor und kehrte augenblicklich in die Ausgangsstellung zurück. Der schwarze Everlast-Punchingsack tanzte an seiner Kette.

Mein rechter Fuß kam wieder auf den Boden, und ich drehte mich leicht auf dem Ballen, sodass ich diesmal dem Boxsack frontal gegenüberstand. Mein linkes Bein schoss vor und trat einen längeren, härteren, wuchtigen Mae Geri. Immer weiter trat ich und drehte mich, trat abwechselnd seitwärts und frontal, arbeitete an meinen schwächeren Backkicks, wobei mein Atem tiefer wurde, aber nie aus der Ruhe kam. Beim Treten stieß ich den Atem aus, beim Zurückziehen atmete ich tief ein.

Der Sandsack hüpfte an der Kette, schwang vor und zurück und verlangte immer größere Konzentration, damit der nächste Tritt richtig saß. Ich wurde langsam müde.

Schließlich trat ich mit meinem stärkeren rechten Bein mit voller Wucht zu, wich dem Rückstoß aus und schlug Seiken, die Hand in einer geraden Linie mit dem Arm, und die Knöchel bohrten sich in den Punchingsack.

Mein Training war beendet. Automatisch verbeugte ich mich wie vor einem menschlichen Kampfpartner und schüttelte den Kopf über meine Dummheit. Ich griff nach dem Handtuch, das an seinem Haken neben dem Türknauf hing. Während ich mir das Gesicht abtrocknete, fragte ich mich, ob ich genug Bewegung bekommen hatte: Würde ich einschlafen können, wenn ich jetzt duschte und ins Bett ging? Ich konnte es ja probieren.

Ich wusch mir die Haare, seifte mich ein, spülte alles wieder ab und war nach fünf Minuten mit dem Duschen fertig. Nach dem Abtrocknen verteilte ich Schaumspray in den Haaren und zupfte es mit den Fingern und einem grobzinkigen Kamm in Form; ich hatte das Handtuch so um mich gewickelt, dass ich meine Brust im Spiegel nicht sehen konnte.

Meine Haare sind jetzt kurz und hellblond. Dass ich sie mir bei Terra Ann's, dem schicksten Friseursalon in Shakespeare, färben, schneiden und dauerwellen lasse, ist so ziemlich der einzige Luxus, den ich mir leiste. Einige meiner Auftraggeberinnen lassen sich ebenfalls die Haare dort machen; sie wissen nie so recht, was sie sagen sollen, wenn sie mich dort treffen.

Für die meisten Bodybuilder gehört eine tiefe Bräune zum Schönheitsideal, aber ich bin blass. Dann sieht man die Narben nicht so. Aber ich achte auf glatte Haut; ich zupfe jede überflüssige Augenbraue aus, meine Beine und Achseln sind glatt rasiert wie ein Babypopo.

Früher, vor vielen Jahren, hielt ich mich mal für attraktiv. Zwischen meiner Schwester Varena und mir gab es die üblichen Rivalitäten, und ich weiß noch, dass ich mir sicher war, die größeren, strahlenderen blauen Augen zu haben, eine schmalere, geradere Nase und vollere Lippen. Ihr Kinn gefiel mir besser – gerade und selbstbewusst. Meins ist rund. Varena habe ich seit drei Jahren nicht mehr gesehen.

Wahrscheinlich ist jetzt sie die Attraktivere. Mein Gesicht hat sich zwar nicht verändert, aber mein Denken. Was im Kopf vor sich geht, hinterlässt tiefe Spuren im Gesicht.

Manchmal, nach den ganz schlimmen Nächten, sehe ich morgens in den Spiegel und erkenne die Frau nicht, die ich dort sehe.

Dies sollte eine der ganz schlimmen Nächte werden, auch wenn ich noch keine Ahnung hatte, wie schlimm. Aber mir war jetzt schon klar, dass es sinnlos war, sich ins Bett zu legen. Meine Füße wollten Bewegung.

Also warf ich meine durchgeschwitzten Trainingssachen in den Wäschekorb und zog Jeans und T-Shirt über, steckte das T-Shirt in die Hose und zog einen Gürtel durch die Schlaufen. Meine Haare waren nur noch ein bisschen nass, der Föhn erledigte den Rest. Ich zog eine dunkle Windjacke über.

Eingangstür, Verandatür, Küchentür? In manchen Nächten kann ich mich nicht recht entscheiden.

Hinten raus. Auch wenn alle meine Türen gut geölt sind, sodass sie praktisch geräuschlos auf- und zugehen, ist die Verandatür die leiseste.

Die Verandatür liegt der Eingangstür direkt gegenüber, man kann also geradewegs hindurchschießen. Von der Verandatür aus kann ich durch den Flur und das Wohnzimmer, das vorne die gesamte Breite des Hauses einnimmt, sehen, ob der Riegel am Eingang vorgeschoben ist.

Natürlich war er vorgeschoben; ich bin sehr vorsichtig. Beim Hinausgehen schloss ich die Verandatür hinter mir und drehte von außen auch noch den Schlüssel in der Verriegelung um. Ich schob die Schlüssel ganz nach unten in die Hosentasche, wo sie auf keinen Fall verloren gehen konnten. Ich blieb kurz auf der winzigen Veranda stehen und atmete den schwachen Geruch der frischen Kletterrosenblätter ein. Die Ranken hatten schon die Hälfte des

Spaliers erreicht, das ich zur Verschönerung der kleinen Veranda gebaut hatte.

Natürlich versperrte es mir auch die Sicht, falls sich jemand anschleichen sollte, aber wenn die ersten Rosen in ungefähr einem Monat aufgehen würden, würde ich es nicht bereuen. Ich liebe Rosen seit meiner Kindheit; wir wohnten damals auf einem ausgedehnten Grundstück in einem kleinen Ort und der Garten war voller Rosen.

Der Garten meiner Kindheit war gut und gern fünfmal so groß wie dieser Grünstreifen, der weniger als sieben Meter lang ist und abrupt an einer steilen Böschung endet, die zu den Bahngleisen hinaufführt. Die Böschung ist voller Unkraut, aber hin und wieder kommen Männer vorbei, die das Unkraut mähen. In Richtung Bahnlinie gesehen ist links der hohe Sichtschutzzaun aus Holz, der das Grundstück der Shakespeare Garden Apartments begrenzt. Das Apartmenthaus steht etwas höher als mein Haus. Rechts und leicht den Berg hinunter ist der ebenso winzige Garten des einzigen weiteren Hauses an unserer Straße. Es sieht praktisch genauso aus wie mein Haus und gehört einem Buchhalter namens Carlton Cockroft.

Bei Carlton war alles dunkel, was um diese Uhrzeit auch kein Wunder war. Im Apartmenthaus brannte nur noch ein Licht, und zwar bei Deedra Dean. Als ich hochblickte, wurde es auch bei ihr dunkel.

Ein Uhr morgens.

Leise trat ich von meiner kleinen Veranda hinunter auf den Rasen, wo meine Laufschuhe praktisch kein Geräusch machten, und begann meinen möglichst unsichtbaren Gang durch die Straßen von Shakespeare. Die Nacht war still und dunkel – kein Wind, der Mond eine blasse Sichel im kalten Weltraum. Man konnte kaum die eigene Hand vor Augen sehen. So gefiel es mir.

Anderthalb Stunden später fühlte ich mich müde genug zum Schlafen.

Ich war auf dem Nachhauseweg und versuchte nicht mehr, mich verborgen zu halten; genauer gesagt war ich nachlässig geworden. Ich ging auf dem Bürgersteig, der an das Arboretum angrenzt (ein hochtrabender Name für einen ungepflegten Park, an dessen Bäumen und Büschen ein paar Schilder befestigt waren). Estes Arboretum ist lächerlich klein und absolut nicht in Shakespeares bester Lage. Jede der vier Straßen rund um den Park hat einen anderen Namen, und unsere Straße, Track Street, auf der Ostseite des Parks, ist nur einen Block lang. Insofern gibt es nur wenig Verkehr, und wenn ich morgens aus dem Wohnzimmerfenster gucke, sehe ich Bäume auf der anderen Straßenseite und nicht die Einfahrt eines Nachbarn.

Ich ging an der Südseite des Parks von der Latham Street um die Ecke in die Track Street; auf der anderen Straßenseite war ein kleines Stück Ödland, das niemandem zu gehören schien, direkt südlich von Carlton Cockrofts Haus. So unvorsichtig, dass ich unter der schwachen Straßenlaterne an der Ecke stehen geblieben wäre, war ich nicht. Straßenlaternen gibt es nur an den Ecken des Parks, da Shakespeares städtische Haushaltsmittel nicht ausreichen, um auch noch die Mitte eines Blocks zu beleuchten, erst recht nicht in einem so uneleganten Stadtteil.

Die ganze Nacht lang war mir keine Menschenseele begegnet, aber jetzt spürte ich auf einmal, dass ich nicht allein war. In der Dunkelheit auf der anderen Straßenseite bewegte sich etwas.

Instinktiv versteckte ich mich hinter einer Eiche am Rande des Parks. Die Äste hingen über den Bürgersteig; vielleicht hatten mich ihre Schatten vor den fremden Augen verborgen. Mein Herz schlug unangenehm schnell. Eine tolle Powerfrau bist du, verhöhnte ich mich. Was würde Marshall bloß denken, wenn er dich so sehen würde? Aber nachdem ich mich wieder beruhigt hatte, sagte ich mir, dass Marshall mein Verhalten vermutlich als vernünftig bezeichnen würde.

Vorsichtig blickte ich hinter dem Stamm der Eiche hervor. In der Mitte des Blocks, da, wo der andere Mensch war, war es stockdunkel; ich hätte nicht einmal sagen können, ob ich einen Mann oder eine Frau beobachtete. Eine unangenehme Erinnerung schoss mir durch den Kopf: meine Urgroßmutter, wie sie sagt: »Schwärzer als ein Nigger im Kohlenschacht, wenn er das Maul nicht aufmacht«, ohne zu merken, dass die ganze Familie betreten dasaß. Oder vielleicht merkte sie es doch; vielleicht galt ihr zufriedenes Nicken nicht nur einem saftig formulierten Ausdruck, sondern auch den peinlich berührten Blicken, die sich meine Eltern zuwarfen.

Meine Urgroßmutter hätte sich unerschrocken mitten auf die Straße gestellt und zu wissen verlangt, was der Betreffende da treibe.

Doch ich weiß es besser.

Der Betreffende schob etwas, etwas auf Rollen.

Als ich so angestrengt in die Finsternis starrte, dachte ich darüber nach, ob mir schon mal jemand bei meinen nächtlichen Wanderungen in unserer Straße begegnet war. Hin und wieder waren Autos vorbeigefahren, Bewohner der Apartments oder deren Besucher, aber soweit ich mich erinnern konnte, hatte ich in den letzten vier Jahren nie einen anderen Fußgänger getroffen – zumindest nicht in diesem Stadtteil.

In den schlimmen Nächten, in denen ich sogar in der Innenstadt herumgeistere, sehe ich natürlich Leute.

Aber das hier war bedenklich. Dieses merkwürdige Zusammentreffen hatte etwas Unheimliches an sich; dieser Mensch, dieser andere Bewohner der Nacht, schob etwas,

was ich jetzt als Karren mit zwei Rädern erkennen konnte. Oben in der Mitte hatte er einen Griff und unten zwei Füße. Wenn man den Griff losließ und den Wagen aufrecht hinstellte, würde er gerade und stabil dastehen. Und er hatte genau die richtige Größe für zwei mittelgroße Mülltonnen.

Ich ballte die Fäuste. Selbst im Dunkeln konnte ich den vertrauten Umriss des Karrens erkennen. Es war meiner. Ich hatte ihn Leuten abgekauft, die ihre Sachen vor dem Umzug verscherbelt hatten – der Hausherr hatte ihn selbst gebastelt.

Der Karren war mit etwas beladen, was in dunkle Plastikfolie gewickelt war; es sah aus wie die Folie, die man im Blumenbeet auslegt, damit das Unkraut nicht hochkommt; ich konnte den schwachen Glanz auf der glatten Plastikoberfläche erkennen.

Eine Wut überkam mich wie seit langem nicht mehr. Irgendetwas ging da vor sich, und der Karrendieb versuchte, mich mit hineinzuziehen. Mein Seelenfrieden, an dem ich so hart gearbeitet hatte, sollte, ohne dass ich etwas tun konnte, gestört werden. Ich konnte den Dieb nicht direkt zur Rede stellen, das wäre unvernünftig gewesen – er könnte bewaffnet sein und war offensichtlich mit etwas beschäftigt, was er (oder sie) geheim halten wollte.

Also biss ich die Zähne zusammen, sah zu und wartete.

Jetzt rollte der Dieb den Mülltonnenwagen mit der schweren Last über das unebene Pflaster der vernachlässigten Track Street; dass er schwer war, konnte man an der angestrengten Haltung des Wagendiebs erkennen.

Die Sache war wirklich gespenstisch; ich merkte, wie ich erschauderte. Ich zog die dunkle Windjacke enger um mich und den Reißverschluss so leise wie möglich hoch. Mit geübten Bewegungen zog ich ein dünnes schwarzes Kopftuch aus der Tasche und band es mir um die hellen Haare. Währenddessen ließ ich den Karrendieb, der nur mühsam vorankam, nicht aus den Augen. Der Dieb war auf dem Weg in den Park; meine Lippen verzogen sich zu einem Grinsen, als ich beobachtete, wie er den Karren von der Straße hoch auf den Bürgersteig zu zerren versuchte. Vor vielen Jahren, als diese Bürgersteige angelegt worden waren, hatte man noch nicht behindertengerecht gebaut.

Schließlich rumpelte der Karren hoch auf den Gehweg und über diesen hinweg. Die Füße des Diebes mussten sich beeilen, um mitzukommen. Der Dieb rollte den beladenen Wagen in die Dunkelheit des Parks auf einen der gepflasterten Wege. Ich zählte die Sekunden. Nach drei Minuten war der Dieb wieder da und schob immer noch meinen Karren vor sich her.

Jetzt war er leer.

Meine Wut wich der Neugier, wenn auch nur kurzzeitig.

Ich sah zu, wie der Dieb den Karren die Einfahrt zu meinem Haus hochrollte, wobei er sich durch den schmalen Raum zwischen meinem Auto und der Wand des Carports hindurchzwängen musste. Neben meinem Haus kam der Dieb wieder heraus und bewegte sich schnell die Einfahrt hinunter zum Bürgersteig und dann zum Ende des Zauns, wo er die südliche Einfahrt des Apartmenthauses hochlief. Der Dieb schlich sich hintenherum und wollte das Gebäude offensichtlich durch die leisere Hintertür betreten; die Eingangstür vorn quietschte. Solche Sachen merke ich mir immer.

Ich gehe nämlich viel in dem Apartmenthaus ein und aus.

Und tatsächlich erschien der Dieb nicht wieder auf der anderen Seite des Gebäudes. Es war jemand, der da wohnte, oder der Besuch eines Bewohners. Bei einer allein stehenden Frau und vier Junggesellen kam es häufiger vor, dass Leute über Nacht blieben.

Ich drückte mich noch ein paar Sekunden länger an den Baumstamm und wartete, ob irgendwo das Licht anging. Von meiner Warte aus konnte ich die Südfenster des Apartmenthauses und auch die Fenster vorne heraus sehen; in keinem von ihnen ging das Licht an. Irgendjemand war da besonders vorsichtig.

Und ich würde auch vorsichtig sein. Ich sah auf meine Digitaluhr und wartete fünf Minuten, bevor ich mich rührte. Dann schlug ich mich tiefer in den Park und bewegte mich so lautlos wie möglich durch die Dunkelheit. Ich wusste, wo ich auf einen Weg stoßen würde; die Parkanlage war mir so vertraut wie der Grundriss meiner Wohnung. Ich hatte Stunden damit verbracht, durch das nächtliche Shakespeare zu streifen.

Unter den Bäumen war es so finster, dass ich mich fragte, ob ich das, was der Dieb abgeladen hatte, finden würde. Wenn ich nicht mit dem Hosenbein die Plastikfolie berührt und das typische trockene Rascheln gehört hätte, hätte ich vielleicht noch lange herumtasten müssen.

Doch sobald ich das Rascheln hörte, ließ ich mich auf Händen und Knien zu Boden. Als ich so im Dunkeln den Gegenstand befühlte, stellte ich fest, dass es keine Plastikfolien waren, sondern zwei große Müllsäcke, einer von oben und einer von unten darübergezogen, die in der Mitte übereinander lagen und etwas Weiches, Großes enthielten. Ich bohrte den Finger in die Tüte; unter dem Weichen war es härter. Etwas Unebenes. Etwas, was sich ganz schrecklich wie Rippen anfühlte.

Ich biss mir auf die Lippen, um nicht laut aufzuschreien.

Schweigend kämpfte ich gegen den fast überwältigenden Drang an, aufzuspringen und wegzurennen. Ich atmete ein paar Mal tief durch und bekam mich wieder in den Griff. Ich bereitete mich seelisch auf das vor, was ich tun musste, aber ich konnte es nicht im Dunkeln über mich bringen.

Ich fasste in die Tasche meiner Windjacke und zog eine schmale, kleine, aber starke Taschenlampe heraus, die mich bei Wal-Mart angelacht hatte. Ich hockte mich so hin, dass mein Körper zwischen dem Apartmenthaus und dem war, was da am Boden lag. Ich machte die Taschenlampe an.

Ich ärgerte mich darüber, wie sehr meine Hand zitterte, als ich die Säcke auseinander zog. Ich öffnete sie zehn Zentimeter weit und hielt inne. Ich blickte auf ein zerrissenes, ziemlich verblichenes Hemd, ein Herrenkarohemd in Grün und Orange. Die Brusttasche war an irgendetwas hängen geblieben; an der Naht war sie teilweise abgerissen und ein Stückchen fehlte.

Das Hemd erkannte ich, auch wenn es noch nicht zerrissen gewesen war, als ich es zum letzten Mal gesehen hatte.

Ich schob den Sack auf der einen Seite ein bisschen weiter nach oben und stieß auf eine Hand. Ich legte die Finger um das Handgelenk, wo der Puls hätte sein müssen.

In der kalten Nacht von Shakespeare hockte ich zwischen den Bäumen und hielt die Hand eines Toten.

Und jetzt waren meine Fingerabdrücke überall auf den Plastiksäcken.

Ungefähr vierzig Minuten später saß ich in meinem Schlafzimmer. Jetzt war ich endlich todmüde.

Ich hatte den Leichnam aus den Säcken befreit.

Ich hatte die Identität des Leichnams festgestellt und seinen Leichenstatus. Kein Atem, kein Puls.

Ich hatte den Park verlassen, unter vollstem Bewusstsein, dass ich Spuren hinterließ, aber nichts dagegen tun konnte. Meine Spuren bis zur Leiche konnte ich nicht verwischen, also konnte ich mir genauso gut auch noch einen Weg hinaus bahnen. Ich war auf der Latham Street aus den Büschen aufgetaucht und hatte dort, außerhalb der Sichtweite der Apartments, die Straße überquert. Ich hatte mich von einem Sichtschutz zum nächsten geschlichen, bis ich Carlton Cockrofts Haus umrundet hatte, und war lautlos durch seinen Garten in meinen gegangen.

Ich hatte festgestellt, dass der Dieb meinen Karren zurück-und die Mülltonnen wieder hineingestellt hatte, aber nicht so, wie sie vorher gestanden hatten. Die blaue Mülltonne war immer rechts und die braune links, und der Dieb hatte sie vertauscht. Ich hatte die Verandatür aufgeschlossen und war im Dunkeln hineingegangen, hatte die richtige Küchenschublade aufgezogen und vier Drahtverschlüsse herausgeholt, die Müllsäcke in den Mülleimern herausgenommen und zugebunden. Dann hatte ich die Mülleimer mit den Säcken ausgelegt, in die der Leichnam verpackt gewesen war, hatte die vollen Müllsäcke hineingestellt und den zweiten Sack über dem ersten zugebunden. Den Karren konnte ich schlecht mitten in der Nacht untersuchen; ihn nach drinnen zu schieben hätte zu viel Lärm gemacht. Das würde bis morgen früh warten müssen.

Ich hatte getan, was ich konnte, um meine unfreiwillige Komplizenschaft zu vertuschen.

Jetzt hätte ich eigentlich die nötige Müdigkeit haben müssen, aber ich kaute auf der Unterlippe herum. Meine grundsolide, bürgerliche Erziehung meldete sich mit lauter, strenger Stimme, wie sie es zu den unerwartetsten und unpassendsten Zeitpunkten zu tun pflegte. Die sterblichen Überreste eines mir bekannten Menschen lagen da draußen allein im Dunkeln. Das war nicht richtig.

Bei der Polizei anrufen konnte ich nicht; die Anrufe dort wurden möglicherweise aufgezeichnet oder irgendwie zurückverfolgt, sogar hier in unserem kleinen Shakespeare. Vielleicht könnte ich es einfach vergessen? Morgen früh würde ihn schon jemand finden. Aber das könnten auch die kleinen Kinder sein, die in der Latham Street wohnten … Also musste ich mir etwas überlegen – wen könnte ich anrufen? Ich knetete und bearbeitete meine Finger. Ich hätte mich am liebsten vor dem Anruf gedrückt. Mein verspannter Nacken sagte mir, dass das keine gute Idee war. Bring's hinter dich, sagte ich mir.

Ich zog wieder meine kleine Taschenlampe heraus und konnte in ihrem schwächer werdenden Licht das schmale Telefonbuch von Shakespeare entziffern. Ich wählte eine Nummer und hörte es dreimal klingeln, dann sagte eine verschlafene Männerstimme: »Hallo, hier ist Claude Friedrich.«

»Hören Sie«, sagte ich, überrascht, wie rau und atemlos meine Stimme klang. Ich wartete einen Augenblick.

»Ja.« Jetzt war er wach.

»Auf der anderen Straßenseite liegt ein Toter im Park«, sagte ich und legte auf. Ich schlich mich durch den Flur in meinen Fitnessraum mit dem Punchingsack. Von dort konnte ich sehen, wie in Claude Friedrichs Wohnung, die im ersten Stock neben der von Deedra Dean lag, das Licht anging.

Jetzt hatte ich alles getan, was ich tun konnte.

Mit dem befriedigenden Gefühl, mich meiner Verantwortung entledigt zu haben, stieg ich aus den Kleidern und in ein Nachthemd. Draußen auf der Straße hörte ich ein Auto und ging barfuß ins dunkle Wohnzimmer, um zum Fenster hinauszusehen. Friedrich hatte meinen Anruf ernst genommen; in hastig übergeworfenen Kleidern stand er unten und unterhielt sich mit einem der Beamten von der Nachtstreife, Tom David Meiklejohn. Ich sah, wie sie auf demselben Weg in den Park gingen wie der Wagendieb, jeder mit einer starken »Totschläger«-Taschenlampe bewaffnet.

Fall erledigt, dachte ich, ging ins Schlafzimmer und kroch in mein Doppelbett. Ich zog die frischen Laken über mich, legte den Kopf aufs Kissen und schlief schließlich sofort ein.

Zwei

Der nächste Tag war ein Dienstag. Dienstagmorgens kümmere ich mich immer um Mrs Hofstettler. Marie Hofstettlers Sohn Chuck wohnt in Memphis. Er macht sich Sorgen um seine Mutter, aber nicht genug, um die lange Fahrt nach Shakespeare auf sich zu nehmen und sie zu besuchen. Dafür bezahlt er mich sehr anständig dafür, dass ich seiner Mutter zweimal in der Woche Gesellschaft leiste.

Ich mache immer ein bisschen sauber bei ihr, werfe ihre Wäsche in die Waschmaschine und den Trockner und bringe Mrs Hofstettler manchmal zu einer Freundin oder zum Kmart oder zu Kroger's, wenn sie einen ihrer »beweglichen« Tage hat, wie sie es nennt.

Ich ging von meinem Haus hinüber zum Apartmenthaus, schloss die quietschende Eingangstür auf und klopfte leicht an die erste Tür links, damit Mrs Hofstettler wusste, dass ich da war. Ich hatte einen Schlüssel. Mrs Hofstettler war schon aufgestanden, was ein gutes Zeichen war; an ihren schlechten Tagen, wenn sie sich steif fühlt, liegt sie noch im Bett, wenn ich komme.

»Ich habe die ganze Nacht kein Auge zugetan!«, sagte sie zur Begrüßung. Die mittlerweile fünfundachtzigjährige Marie Hofstettler ist faltig wie eine getrocknete Aprikose. Ihre Haare sind weiß und seidig und dünn und sie trägt sie in einem nicht sehr ordentlichen Knoten. (Ich weiß, welche

Schmerzen es der alten Dame bereitet, die Arme zu heben, um den Knoten hochzustecken. In einem unbedachten Augenblick hatte ich Mrs Hofstettler einmal vorgeschlagen, sich die Haare doch kurz schneiden zu lassen, wofür sie mich mit stundenlangem Schweigen bestraft hatte.) Heute Morgen war auch ihr Gebiss schon drin und sie hatte ein rot-blau gestreiftes Hauskleid angezogen. Die Aufregung hatte ihr also gut getan.

»Ich habe gesehen, dass der Weg in den Park von der Polizei abgesperrt worden ist«, sagte ich mit möglichst neutraler Stimme. Kein wahrer Shakespearer würde Estes Arboretum anders als »den Park« nennen. Nach vier Jahren schaffte ich es endlich, mich wie eine echte Shakespearerin zu benehmen.

»Hast du denn nichts von dem ganzen Krawall mitgekriegt, Mädchen?«

»Ich habe nichts gehört«, antwortete ich wahrheitsgemäß. »Ich habe letzte Nacht sehr tief geschlafen.« Ich ging durch den Flur in Mrs Hofstettlers Schlafzimmer, um die Kleider aus dem Wäschekorb zu nehmen.

»Dann musst du schlafen wie ein Stein!«, rief mir Mrs Hofstettler hinterher. »Die Polizeiautos sind hier die Straße rauf- und runtergefahren, Kind, die Leute sind herumgerannt, und dann kam auch noch ein Krankenwagen.«

»Und ich kann Ihnen nicht das Geringste dazu sagen«, antwortete ich und versuchte betrübt zu klingen. Normalerweise pflege ich nicht mit meinen Kunden zu tratschen, aber Marie Hofstettler bewundere ich; sie jammert nicht und ist nicht zudringlich.

»Stell doch mal das Radio an«, sagte Mrs Hofstettler aufgeregt. »Vielleicht können wir herausfinden, was da los war. Wenn wir da nichts hören, dann ruf ich Deedra auf dem Gericht an. Die weiß immer, was vor sich geht.«

Ich stellte die Waschmaschine an. Alle acht Apartments

sind gleich geschnitten, wobei die Wohnungen im Osten das Spiegelbild von denen im Westen sind. Oben und unten wohnen jeweils vier Mietparteien. Um dreiundzwanzig Uhr werden die Eingangstüren hinten und vorn verschlossen und die Bewohner dürfen eigentlich niemandem einen Schlüssel geben. Maries Wohnung liegt im Erdgeschoss auf der Nordseite. Sie wohnt dort, seit das Haus vor zehn Jahren gebaut wurde; Marie und Pardon Albee sind die einzigen Bewohner aus dieser Zeit. In Maries Wohnung führt die Tür vom Hausflur genau wie in allen anderen direkt ins Wohnzimmer, in dem hinten auch gegessen wird. Hinter dem Essbereich ist natürlich die Küche, die für eine Apartmentküche relativ viele Schränke und Arbeitsflächen hat. Da, wo Küche und Essbereich aufhören, fängt der Flur an und rechts (in Maries Apartment) ist der Wandschrank, in dem Waschmaschine und Trockner stehen und Regale für Bettwäsche und Reinigungsmittel und alles Mögliche angebracht sind. Dem Wandschrank praktisch gegenüber ist die Tür zum Schlafzimmer, das recht groß ist und einen enormen Wandschrank hat. Auf derselben Seite wie der Wäscheschrank ist die Tür zu einem wesentlich kleineren Gästezimmer, und am Ende des Flurs ist das Bad mit einem großen Mattglasfenster, das angeblich auch als Notausstieg im Falle eines Brandes dienen soll.

Ich bin immer wieder dankbar, dass die Eingangstüren nicht genau in der Mitte sind, sodass man nicht sofort durch den ganzen Flur bis nach hinten ins Bad gucken kann, wenn einem jemand die Tür aufmacht.

Der Erbauer und dort auch wohnhafte Vermieter, Pardon Albee, hatte die Frechheit, das Ganze »Shakespeare Garden Apartments« zu nennen, weil die Wohnungen vorne heraus einen Blick auf den Park haben. Die im Erdgeschoss nach hinten heraus gelegenen haben nur einen Blick auf den gepflasterten Hof zwischen Haus und Garage, in der es acht

Stellplätze gibt, die gerade nicht für jeweils zwei Autos reichen. Die oben gelegenen Wohnungen haben eine fantastische Aussicht auf die Bahngleise und die dahinter gelegene Rückseite eines Bau- und Heimwerkermarktes.

Nachdem ich Mrs Hofstettler das Radio angestellt hatte, begann ich mit dem Abstauben des Schlafzimmers. Mrs Hofstettler stellte das Radio so laut, dass ich gut mithören konnte, natürlich nicht ohne dass wir ausgiebig besprochen hätten, wer sich dadurch gestört fühlen könnte; die alte Dame kam zum Schluss, dass es niemanden stören würde, da T. L. und Alvah York nebenan draußen beim Morgenspaziergang waren und Norvel Whitbread über ihr entweder schon bei der Arbeit oder betrunken oder beides war.

Auf dem örtlichen Rundfunksender, den man fast überall in Hartsfield und Creek County empfangen kann, lief so genannter Classic Rock. Es ist ein Sender ohne DJ. Das erste Lied war eins, das mir vor Urzeiten mal gefallen hatte, bevor mein Leben so viel … reduzierter geworden war. Ich lächelte, während ich die alten Porzellanfiguren auf der Kommode hochhob und sehr vorsichtig abstaubte. Der Song hörte auf, ich warf einen Blick auf die Uhr und auf die Sekunde genau schaltete sich die örtliche Nachrichtensprecherin ein, deren Süd-Arkansas-Dialekt so stark war, dass ich selbst nach vier Jahren Shakespeare immer noch sehr genau hinhören musste.

»Hier in Hartsfield County«, kaute die bemüht ernste Stimme, »wurde der Immobilienbesitzer Pardon Albee aus Shakespeare um zirka zwei Uhr dreißig heute Morgen tot aufgefunden, und zwar von Polizeichef Claude Friedrich, der einen anonymen Hinweis erhalten hatte. Die Todesursache wurde bislang noch nicht festgestellt, doch die Polizei schließt eine Straftat nicht aus. Albee wohnte das ganze Leben lang in Shakespeare und war Mitglied der Shakespeare

Combined Church. Weitere Nachrichten: Ein Bezirksrichter in Creek County verurteilte Harley Don Murrell zu zwanzig Jahren Haftstrafe für die Entführung und Vergewaltigung eines hiesigen ...«

»Oh nein!«, schrie Mrs Hofstettler in echtem Entsetzen auf.

Vorsichtig stellte ich die Schäferin wieder hin, die ich abgestaubt hatte, und eilte ins Wohnzimmer. »Lily, das ist ja schrecklich! Oh, Lily, glaubst du, dass er hier im Haus ermordet und ausgeraubt worden ist? Und an wen zahlen wir jetzt die Miete, wenn Pardon Albee tot ist? Wem gehört jetzt das Haus?«

Automatisch reichte ich Mrs Hofstettler ein Taschentuch und dachte, dass es typisch für sie war, wie sie sofort den Nagel auf den Kopf traf. Genau: Wem gehörte das Haus jetzt? Als ich letzte Nacht Pardon Albees hässliches grünorangefarbenes Karohemd erkannt hatte, war ich auf diesen Gedanken noch nicht gekommen.

Die Antwort darauf würde mich nicht direkt betreffen, da ich mein Haus, genau wie mein Nachbar auch, von Pardon gekauft hatte. Und die Grundstücke am Nordende der Track Street und die um die Ecke an der Jamaica Street hatte er an die Shakespeare Combined Church verkauft, eine Vereinigung verschiedener religiöser Splittergruppen, die es ganz überraschend auf einen grünen Zweig gebracht hatte. Soweit ich wusste, waren die Shakespeare Garden Apartments die einzige Immobilie, die Pardon noch selbst gehört hatte, und diesen Besitz hatte er ordentlich ausgekostet. Er hatte sich als die Hauptfigur in einer Art Fernsehserie gesehen – der freundliche Vermieter, der für die Probleme seiner Mieter immer ein offenes Ohr hat und all ihre intimsten Geheimnisse kennt.

Zumindest auf Letzteres hatte er immer viel Energie verwendet.

»Ich muss sofort telefonieren – Lily, ich bin ja so froh, dass du heute da bist!«

So aufgelöst hatte ich Mrs Hofstettler noch nie erlebt, und ich hatte sie zwei Wochen lang über den Messdiener in der St. Stephen's Episcopal Church schimpfen hören, der die falsche Adventskerze angezündet hatte.

»Wen wollen Sie anrufen?«, fragte ich und legte das Staubtuch hin.

»Die Polizei. Pardon war gestern noch hier. Gestern war nämlich der Monatserste. Gegen Ende des Monats bekomme ich einen Scheck von Chuck, den reiche ich ein und an jedem Ersten steht Mr Albee vor der Tür, so pünktlich, dass man die Uhr danach stellen kann. Ich habe meinen Scheck immer schon ausgefüllt und für ihn auf den Tisch gelegt, und er hat immer ... Ich glaube wirklich, dass ich der Polizei sagen sollte, dass er hier war!«

»Dann rufe ich sie an.« Ich hoffte, Mrs Hofstettlers Aufregung mit einem Pro-forma-Anruf besänftigen zu können. Ich war alles andere als freudig überrascht, als mir die Telefonistin des Shakespeare Police Department mitteilte, dass gleich jemand da sein würde, um sich Mrs Hofstettlers Geschichte anzuhören.

»Setz lieber schnell einen Kaffee auf, Lily«, sagte die alte Dame. »Vielleicht will der Polizist eine Tasse trinken. Ach, was ist bloß mit Pardon passiert? Ich kann es einfach nicht fassen. Gestern stand er noch genau *da, an dieser Stelle*. Und jetzt ist er tot, und dabei ist er mindestens fünfundzwanzig Jahre jünger als ich! Und Lily, ob du wohl bitte das Taschentuch da aufheben könntest und das Kissen auf dem Sofa zurechtklopfst? Ach, diese elenden alten, steifen Beine! Du kannst dir nicht vorstellen, wie frustrierend das Altsein ist.«

Darauf gab es keine diplomatische Antwort, weswegen ich lieber schnell das Zimmer aufräumte. Der Kaffee lief durch, die ganze Wohnung war abgestaubt, und bis es an der Tür klingelte, war ich auch noch einmal schnell durchs Badezimmer gegangen. Ich holte gerade die Kleider aus dem Trockner, war jedoch von Maries Hausfrauenstolz derart angesteckt worden, dass ich die saubere Wäsche schnell nach hinten ins Gästezimmer trug und auf dem Weg zur Wohnungstür die Jalousien zuzog, hinter denen sich Waschmaschine und Trockner verbergen.

Ich hatte irgendeinen Untergebenen erwartet. Zu meiner Bestürzung sah ich den Polizeichef vor mir stehen, den Mann, den ich mitten in der Nacht angerufen hatte, Claude Friedrich.

Ich trat beiseite, winkte ihn herein und verfluchte meinen vom schlechten Gewissen geleiteten Anruf, weil ich Angst hatte, dass er beim ersten Wort meine Stimme wieder erkennen würde.

Claude Friedrich stand mir zum ersten Mal direkt gegenüber, obwohl ich ihn natürlich schon die Einfahrt des Apartmenthauses hinaus- und hineinfahren gesehen hatte und ihm gelegentlich auf dem Flur begegnet war, wenn ich zum Putzen im Haus war.

Claude Friedrich war Ende vierzig, ein sehr großer Mann mit tiefer Bräune, hellbraunen Haaren, einem grau melierten Schnurrbart und hellgrauen Augen, die in dem wettergegerbten Gesicht leuchteten. Er hatte nicht sehr viele Falten, aber die, die er hatte, waren so tief, dass sie wie eingemeißelt aussahen. Er hatte ein markantes Gesicht mit einem eckigen Kinn, breite Schultern, große Hände und einen flachen Bauch. Die Pistole an seiner Hüfte wirkte sehr passend. Beim Anblick der dunkelblauen Uniform bekam ich einen trockenen Mund und irgendetwas in mir zuckte angstvoll zusammen, was mich in Wut versetzte.

Alter Macho, dachte ich. Als hätte er mich gehört, drehte Friedrich sich plötzlich um und sah mich mit hochgezogenen Augenbrauen dastehen, eine Seite meines Mundes zynisch nach oben verzogen. Einen unangenehmen Augenblick lang starrten wir uns an.

»Mrs Hofstettler«, sagte er höflich und richtete seinen Blick auf meine Auftraggeberin, die ein Taschentuch zwischen den Fingern zerknüllte.

»Danke, dass Sie gekommen sind – vielleicht wäre es ja gar nicht nötig gewesen«, sagte Mrs Hofstettler atemlos. »Es wäre mir sehr unangenehm, Ihnen die Zeit zu stehlen. Bitte setzen Sie sich doch.« Sie zeigte auf das geblümte Sofa, das im rechten Winkel zum Fernseher und zu ihrem Lieblingssessel stand.

»Vielen Dank, Ma'am, und es macht mir nicht das Geringste aus herzukommen«, sagte Friedrich besänftigend. Er wusste ganz eindeutig, wie man beruhigend auf jemanden einwirkte. Er setzte sich dankbar, als würde er schon sehr lange stehen. Ich verdrückte mich in die Küche, die in der Wand hinter der Arbeitsplatte eine Durchreiche hat, und öffnete diese, um die Kaffeekanne hinter dem Rücken unseres Gastes hinauszustellen. Das erinnerte Mrs Hofstettler an ihre Rolle als Gastgeberin, was ihr dabei half, die Fassung wiederzugewinnen.

»Wie unhöflich von mir!«, warf Mrs Hofstettler sich vor und richtete ihre milden, verblasst blauen Augen auf ihren Besucher. »Darf ich Ihnen einen Kaffee anbieten? Nehmen Sie Sahne und Zucker?«

»Danke, gern«, sagte Friedrich. »Ich würde gern einen Kaffee trinken. Schwarz, bitte.«

»Lily, ob du wohl so gut wärst und Chief Friedrich einen schwarzen Kaffee holst? Ich trinke lieber keinen. Aber hol du dir doch auch eine Tasse und setz dich zu uns. Ich glaube, ich kannte Ihren Vater, junger Mann …« Und Mrs Hofstettler war bei der unvermeidlichen Herstellung der Beziehungen, die erste Begegnungen in den Südstaaten ebenso anheimelnd wie langwierig macht.

Weil ich wusste, dass Mrs Hofstettler sich darüber freuen würde, machte ich ein Tablett mit Servietten, einem Teller Plätzchen (eines von Maries heimlichen Lastern – sie mag die Keebler Elves, Schokolade mit Schokofüllung) und zwei großen Tassen Kaffee zurecht. Währenddessen hörte ich Friedrich zu, wie er Marie von seinen Jahren als Polizist in Little Rock erzählte, seiner Entscheidung, nach Shakespeare zurückzukehren, als in kurzer Folge sein Vater starb, seine Frau und er sich scheiden ließen, die Stelle des Polizeichefs frei wurde und er die Freude am geruhsameren Lauf der Dinge im kleinen Shakespeare wiederentdeckte.

Der Typ war in Ordnung.

Während ich die Servietten in Dreiecken auf dem bunt lackierten, antiken Tablett arrangierte, gestand ich mir ein, dass ich mir Sorgen machte. Wie lange konnte ich weitermachen, ohne etwas zu sagen, bevor es merkwürdig wirkte? Andererseits hatte er geschlafen, als ich ihn angerufen hatte. Und vielleicht würde er meine Stimme ja auch gar nicht erkennen, weil ich so wenig gesagt hatte?

Mühelos hob ich das Tablett hoch und brachte es hinaus ins Wohnzimmer. Ich reichte Friedrich eine Tasse. Jetzt, wo ich wieder in seiner Nähe war, wurde mir nur noch stärker bewusst, wie groß er war.

»Es tut mir Leid, aber ich glaube nicht, dass wir uns schon vorgestellt wurden ...«, sagte Friedrich taktvoll, als ich mich ihm gegenüber auf die Kante des harten Sessels setzte.

»Oh, wie unhöflich von mir!«, rief Mrs Hofstettler zerknirscht aus, wobei sie den Kopf schüttelte. »Dieser schreckliche Vorfall hat mich meine gesamte Kinderstube vergessen lassen. Chief Friedrich, das ist *Miss* Lily Bard. Sie wohnt in dem Haus neben unserem und hat sich zur guten Seele Shakespeares entwickelt, seit sie hergezogen ist.«

Es war zu erwarten gewesen, dass Mrs Hofstettler eine

Gelegenheit, sich als Heiratsvermittlerin zu betätigen, auf keinen Fall auslassen würde.

»Sie sind mir natürlich schon aufgefallen«, sagte der große Mann, was wohl heißen sollte, dass kein Mann mich übersehen könne.

»Ich putze die Wohnung von Deedra Dean«, sagte ich kurz angebunden.

»Haben Sie auch gestern in diesem Haus gearbeitet?«

»Ja.«

Er wartete darauf, dass ich weiterredete, was ich aber nicht tat.

»Dann müsste ich später mal mit Ihnen sprechen, wenn Sie nicht bei der Arbeit sind«, sagte er sanft, als spräche er mit einer wackligen Hundertjährigen oder einer Geistesschwachen.

Ich nickte kurz. »Zwischen 16.00 und 17.30 Uhr habe ich eine Pause.«

»Dann komme ich zu Ihnen nach Hause«, sagte er und richtete den Blick seiner hellgrauen Augen wieder auf seine Gastgeberin, ohne mir Gelegenheit zu einer Antwort zu geben.

»Und jetzt erzählen Sie mir, Miss Marie, wie das war, als Sie gestern Mr Albee gesehen haben.«

»Also, das war so«, sagte Mrs Hofstettler langsam und sammelte sich mit einem gewissen morbiden Vergnügen, »am Ersten jedes Monats kommt Albee gegen neun Uhr morgens vorbei … um die Miete abzuholen. Ich weiß, dass die anderen Mieter zu ihm in die Wohnung kommen müssen, aber bei mir kommt er vorbei, weil ich bewegliche Tage habe und steife Tage und bis ich morgens die Augen aufmache noch nicht weiß, was für einer es sein wird.« Sie schüttelte den Kopf über die Unwägbarkeiten von Krankheit und Alter und Friedrich antwortete mit einem mitfühlenden Grummeln.

»Er klingelte also an der Tür und ich ließ ihn herein«, sagte Mrs Hofstettler, völlig auf ihre Erzählung konzentriert. »Er trug ein orange und grün kariertes Hemd und dunkelgrüne Polyesterhosen ... Farben, die eigentlich an niemandem gut aussehen, aber bei so einem hellen Typ wie ihm ... das sieht nun wirklich nach nichts aus. Besonders wenn man etwas übergewichtig ist ... na ja ... jedenfalls machte er eine Bemerkung über das Wetter und ich antwortete – was Leute halt so mit alten Damen zu sprechen pflegen, die sie nicht besonders gut kennen!«

Claude Friedrich lächelte dieser ausnehmend scharfsinnigen alten Dame zu, trank einen Schluck Kaffee und hob dann als stumme Anerkennung die Tasse in meine Richtung.

»Sagte er irgendetwas darüber, was er gestern vorhatte?«, polterte der Polizeichef. Seine Stimme klang wie weit entferntes Donnern; bei ihrem Klang fühlte man sich irgendwie sehr sicher.

Ich würde *sehr* vorsichtig sein müssen. Ich starrte in meine Kaffeetasse. Ich war so wütend darüber, dass ich mich in den Tod von Pardon Albee hatte hineinziehen lassen, dass ich am liebsten die Kaffeetasse gegen Mrs Hofstettlers makellos weiße Wand geworfen hätte. Natürlich würde ich das nicht tun; Marie konnte nichts für meine missliche Lage. Ich seufzte lautlos, blickte auf und direkt in die forschenden Augen von Claude Friedrich. Verdammt.

»Er sagte nur, dass er zurück in seine Wohnung gehen und darauf warten müsse, dass alle mit der Miete vorbeikämen. Da Sie ja auch hier wohnen, Mr Friedrich, wissen Sie, wie genau Pardon es damit nahm, die Miete absolut pünktlich zu bekommen. Irgendetwas über interessante Dinge in den Nachrichten sagte er, glaube ich ...«

»Lokalnachrichten? Amerikanachrichten?«, warf Friedrich sanft ein. Ich merkte, dass er Mrs Hofstettlers Gedankenfluss nicht unterbrach, sondern nur hin und wieder mit einer zarten Andeutung ein wenig dirigierte. Raffiniert. Und ich bemerkte, dass er irgendwie zwei Plätzchen zum Verschwinden gebracht hatte, ohne dass ich ihn auch nur einmal hätte kauen sehen.

»Hat er nicht gesagt.« Mrs Hofstettler schüttelte bedauernd den Kopf. »Es schien ihm irgendwie Freude zu machen. Pardon war – ich weiß nicht, wie ich es sagen soll, wo er nun nicht mehr da ist … jedenfalls wusste er gern über alles Bescheid«, beendete sie den Satz diplomatisch, wobei sie die Stirn ein bisschen runzelte und einen leichten Ruck mit dem Kopf machte.

Er hatte es »ein gut nachbarschaftliches Interesse hegen« genannt.

Ich hatte es anders genannt.

»Wen von Ihren Nachbarn haben Sie gestern gesehen?«, fragte Friedrich Mrs Hofstettler.

Sie dachte mit geschürzten Lippen nach.

»Einmal hatte ich den Eindruck, dass ich Alvah und T. L. nebenan gehört hätte, aber sie wollten eigentlich erst sehr spät gestern Abend wiederkommen, ich muss mich also geirrt haben. Und ich hörte, wie im Laufe des Morgens und des Nachmittags Leute bei Mr Albee an die Tür klopften – um die Miete zu bezahlen, wissen Sie. Aber ich habe meistens den Fernseher oder das Radio laufen und höre auch nicht mehr ganz so gut wie früher.«

»Als Sie meinten, die Yorks zu hören, konnten Sie da deren Stimmen identifizieren oder haben Sie einfach nebenan etwas gehört?«

Wieder dachte Mrs Hofstettler sorgfältig über die Frage nach. »Ich glaube, ich habe einfach nur Schritte nebenan gehört.«

»Das könnte ich gewesen sein«, sagte ich. »Ich habe für sie eingekauft und die Sachen in die Küche gebracht und sollte die Blumen gießen.«

»Ich muss das Geräusch gegen drei Uhr nachmittags gehört haben. Ich war gerade vom Mittagsschlaf aufgewacht.«

»Dann war ich das wohl.«

Friedrich schrieb etwas in sein kleines, rosarotes Spiralnotizbuch, das er plötzlich in den Händen hielt.

Ich sah auf die Uhr. In einer halben Stunde musste ich los, zu meinem nächsten Putzjob, und ich hatte Maries saubere Wäsche noch nicht weggelegt.

»Entschuldigen Sie mich«, murmelte ich und brachte das Tablett zurück in die Küche, wobei ich Friedrichs stechenden Blick im Rücken spürte. Schnell wusch ich das Geschirr ab, trocknete es und hastete aus der Küche ins Gästezimmer. Nichts von dem, was ich gewaschen hatte, musste gebügelt werden, sodass ich alles innerhalb weniger Minuten weglegen konnte. Im Geiste ging ich eine Liste durch; ich hatte alles erledigt, was ich normalerweise dienstagmorgens für Marie tat, und am Samstag würde ich ja schon wieder kommen. Maries Glasreiniger war fast alle. Ich hinterließ eine Notiz in der Küche, die ich mit einem »Ich-liebe-Oma«-Magneten am Kühlschrank befestigte. Um mich zu bezahlen, bekommt Marie ebenfalls Geld von Chuck; sie würde mir am Samstag meinen Scheck ausstellen.

Der Polizeichef war bereits weg, als ich aus der Küche kam. Ich hatte abgewartet, bis ich die Haustür hinter ihm zuschlagen hörte.

»Auf Wiedersehen, Mrs Hofstettler«, sagte ich. Marie starrte ins Leere, die Hände reglos im Schoß gefaltet. Sie schien erstaunt, dass ich noch da war.

»Auf Wiedersehen, Lily«, sagte die alte Dame müde. »Ich bin so froh, dass du heute da warst. Mit all dem wäre ich kaum allein zurechtgekommen.«

»Vielleicht sollten Sie Ihren Sohn heute anrufen.«

»Ich will Chuck doch nicht zur Last fallen«, protestierte Marie.

»Was da passiert ist, ist eine schlimme Sache.« Ich musste wieder daran denken, wie schlimm es wirklich im schwachen Lichtkegel meiner Taschenlampe gewesen war, im Dunkeln, zwischen den Bäumen, mitten in der Nacht. Doch mit einer geistigen Gewandtheit, die mir so vertraut wie meine Karateübungen war, blendete ich es aus. Später würde es wieder hochkommen, doch dann würde ich allein sein.

Dienstag ist immer ein anstrengender Tag. Heute war es schlimmer als sonst, weil ich nicht genug geschlafen und eine Menge Stress gehabt hatte.

Ich rannte in meine Wohnung, um mir etwas Obst zu holen, das ich auf dem Weg zum nächsten Job essen konnte.

Die Müllabfuhr war noch nicht da gewesen; in unserem Stadtteil wurde dienstags der Müll abgeholt. Die beiden Mülltonnen standen ordnungsgemäß im Karren an der Straße. Niemand konnte ahnen, dass der Müll darin in doppelten Säcken steckte und die oberen die Spuren von menschlichen Überresten trugen. Am Morgen hatte ich die Tonnen kurz angehoben, um nachzusehen, ob am Karren irgendwelche Spuren von Pardon Albees letzter Fahrt zu sehen waren. Für das bloße Auge wirkte das Metall ziemlich sauber.

Als ich zur Küchentür hinaus zu meinem Auto ging, konnte ich das Rumpeln des näher kommenden Müllwagens hören. Ich konnte der Versuchung nicht widerstehen, mit einem Fuß im Auto und einem Arm auf der offenen Tür auf den Müllwagen zu warten. Ein Schwarzer mittleren Alters mit einem blauen Overall, der auf dem Rücken den Aufnäher »City of Shakespeare« trug, hob eine Mülltonne nach der anderen heraus, warf die Tüten hinten in den Wagen und stellte die Tonnen zurück in den Karren.

Erleichtert schloss ich die Augen, als der Müllwagen weiter die Straße hoch zu den Apartments fuhr. Das schwer zu manövrierende Fahrzeug bog sehr vorsichtig in die enge, verwinkelte Auffahrt ein, blieb aber nicht lange genug hinter dem Gebäude stehen. Ich hörte, wie es viel schneller als üblich wieder anfuhr. Ich hätte zu gern durch den Sichtschutzzaun hindurchsehen können.

Ich hätte wetten mögen, dass dahinter Polizisten mit Gummihandschuhen den Müll aus den Apartments durchwühlten.

Für die Polizei von Shakespeare kam mir das ganz schön gewieft vor.

Ich konnte es zwar nicht beweisen, ging aber davon aus, dass die Idee von Chief Friedrich stammte.

Ich stand in der Tür zu Bobo Winthrops Zimmer und betrachtete es grimmig. Bobo ist ein strammer Siebzehnjähriger, mit dem gerade die Hormone durchgehen, wie ich im Sommer hatte herausfinden müssen. Heute war er noch in der Schule, aber sein Zimmer zeugte davon, dass er in der vergangenen Woche zumindest zum Schlafen und Klamottenwechseln häufiger da gewesen war. Irgendwo unter all dem Chaos gab es Möbel, gute Möbel, soweit ich mich erinnern konnte, genau wie mir mein Gefühl sagte, dass Bobo im Grunde, irgendwo unter dem ganzen Mist, auch ein guter Junge war.

Mit anderen Worten: Er hinterließ das Zimmer nicht in diesem Zustand, um mir eins auszuwischen, nachdem ich ihm einen Schlag in die Weichteile versetzt hatte, als er die Hand auf meinen Hintern gelegt hatte. Er machte es nur, weil er sein Leben lang gewöhnt war, dass jemand hinter ihm herräumte.

An Tagen wie diesem fühlte ich mich, als müsste ich hinter einer Elefantenparade sauber machen und wäre mit nichts als einem Kinderschäufelchen bewaffnet.

Aber da Beanie Winthrop mich gut dafür entlohnt, dass

ich ihr Haus putze, darf ich mich eigentlich nicht beschweren, ermahnte ich mich. Obwohl ich mich angesichts von Bobos Zimmer nur schwer erinnern konnte, warum ich mir das Putzen als Lebensgrundlage ausgesucht hatte.

Ich bin eine hervorragende Studentin gewesen, sagte ich mir, während ich den Wäschekorb aus Plastik hinter mir herschleifte und beim Weg durchs Zimmer schmutzige Klamotten hineinwarf. In der Highschool war ich Klassenbeste gewesen. Ich hatte einen Collegeabschluss. Mein Punktedurchschnitt hatte 3,9 betragen.

Dienstags ist das mein Mantra.

Ich entdeckte, dass Bobo sich an einem Abend, an dem seine Eltern fort gewesen waren, eine Pizza bestellt hatte. Vermutlich vor ungefähr drei Tagen, wie ich an den Kleiderschichten über der Pappschachtel ablesen konnte.

»Huuhuu!«, flötete eine hohe Stimme aus der Küche, begleitet vom Zuschlagen der Tür, die in die Garage führte. »Lily! Ich wollte kurz auf dem Weg zur Tennisstunde vorbeischauen!«

»Tag«, rief ich zurück, wobei mir bewusst war, dass meine Stimme (bestenfalls) verbissen klang. Ich zog es bei weitem vor, keinen der Winthrops zu sehen – weder Beanie noch ihren Mann, Howell Junior, noch ihren ältesten Sohn Bobo noch seine jüngeren Geschwister Amber-Jean oder Howell III.

Beanies Mädchenname war unglaublicherweise Bobo: Beatrice (»Beanie«) Bobo. Die Bobos gehörten seit sechs Generationen zur Aristokratie von Arkansas, und ich vermutete, dass Beanie noch ein Sklavenhalter-Gen in den Erbanlagen hatte.

»Hier bin ich, Lily!«, rief Beanie voll übertriebener Fröhlichkeit, als hätte ich fiebernd auf nichts anderes als ihren Auftritt gewartet. Beanie kommt nämlich nie einfach nur so ins Zimmer herein, sondern macht immer einen wahren

Auftritt daraus. Jetzt erschien sie im Türrahmen, als sei sie eine Darstellerin in einer englischen Komödie: Die attraktive Lady Beatrice hält auf dem Weg zum Tennisspiel inne, um mit dem Stubenmädchen zu sprechen.

Es lässt sich nicht abstreiten, dass Beanie attraktiv ist. Sie ist Mitte vierzig, was man ihr nicht ansieht. Auch wenn ihr Gesicht nicht direkt hübsch ist, versteht es Beanie doch meisterlich, das Beste aus sich zu machen. Ihre langen, vollen Haare haben einen diskreten kastanienfarbenen Ton, die Kontaktlinsen lassen ihre braunen Augen dunkler aussehen und ihre Bräune wird im Winter immer mit ein bis zwei Terminen pro Woche im Sonnenstudio aufgefrischt.

»Ach, Lily, war das nicht schrecklich mit Pardon?« Beanie war heute gesprächig. »Ich bin mit seiner kleinen Schwester zur Schule gegangen! Pardon war natürlich nicht der angenehmste Zeitgenosse, aber dennoch … so ermordet zu werden! Ist das nicht furchtbar?«

»Ja.«

»Äh … falls Sie Bobos Scheckbuch finden, Lily, legen Sie es doch bitte auf meinen Schreibtisch. Er hat seine Ausgaben seit sechs Monaten nicht mehr eingetragen, und ich habe ihm versprochen, dass ich es für ihn tun werde. Auch wenn es mir ein Rätsel ist, woher ich dazu die Zeit nehmen soll!«

»Werde ich tun.«

»Oh, und noch etwas. Bobo hat mir gesagt, dass Sie Karatestunden nehmen, Lily. Stimmt das etwa?«

»Ja.« Ich wusste, dass ich mich unmöglich benahm. Ich hatte eine schreckliche Laune heute. Die Vorstellung, dass die Winthrops über mich redeten, behagte mir überhaupt nicht. An den meisten Tagen finde ich Beanie amüsant bis erträglich, aber heute nervte sie mich einfach maßlos. Und Beanie hegte sicher keine anderen Gefühle für mich.

»Tja, wir hatten immer gewollt, dass Bobo Taekwondo

nimmt, aber es wurde hier noch nie angeboten, außer von dem Mann, der nach sechs Monaten Pleite gemacht hat. Bei wem nehmen Sie Unterricht?«

»Bei Marshall Sedaka.«

»Wo unterrichtet er? In seinem Fitnessclub?«

»Er gibt Goju-Karate für Erwachsene am Montag-, Mittwoch- und Freitagabend, 19.30 bis 20.30 Uhr, im Aerobicstudio im Body Time.« Diese drei Abende waren für mich die Höhepunkte der Woche.

Beanie legte diese Antwort wohl als Trend für eine Erwärmung meinerseits aus und strahlte mich an.

»Und, glauben Sie, er würde Bobo auch unterrichten? Bobo ist immerhin schon siebzehn, und so ungern ich es auch zugebe: Er ist praktisch erwachsen – zumindest körperlich«, ergänzte Beanie ziemlich grimmig.

»Warum fragen Sie ihn nicht«, erwiderte ich. Es gab nicht den Schimmer einer Hoffnung, dass Marshall einen verzogenen Bengel wie Bobo aufnehmen würde, aber Beanie das mitzuteilen war nicht meine Aufgabe.

»Dann werde ich das wohl mal tun«, sagte Beanie und machte einen Eintrag in das winzige, spiralgebundene Notizbuch, das sie immer in der Handtasche dabeihat. (Das war eine Eigenschaft, die Beanie und Claude Friedrich gemeinsam hatten, wie ich bemerkte.) Und Beanie würde auch wirklich anrufen; eines der wenigen Dinge, die ich an der Frau bewundern musste, war der Einsatz für ihre Kinder. »Na schön«, sagte Beanie abschließend und drehte sich ein wenig, als sei sie schon halb zur Tür hinaus, »dann werde ich mich kurz frisch machen und dann fahre ich wieder los zum Club. Und vergessen Sie das Scheckbuch bitte nicht!«

»Jawohl.« Ich bückte mich, um ein Sweatshirt aufzuheben, das Bobo offensichtlich dazu benutzt hatte, die Windschutzscheibe seines Autos zu reinigen.

»Wissen Sie was«, sagte Beanie nachdenklich, »ich glaube, Pardon war der Geschäftspartner von diesem Marshall Sedaka.«

»Was?« Das Sweatshirt fiel mir aus der Hand; ich tastete danach und hoffte, dass ich mich verhört hatte.

»Ja«, sagte Beanie bestimmt. »Das ist wahr. Howell Junior hat es mir erzählt, und ich fand es damals lustig, weil Pardon der unsportlichste Mann war, den ich je gesehen habe. Er ist lieber zum Briefkasten gefahren als gelaufen. Der Fitnessclub ist sehr erfolgreich. Pardon muss eine Menge Geld damit verdient haben. Wem er das wohl hinterlassen hat?«

Ich warf einfach weiter Schmutzwäsche in den Plastikkorb. Als ich schließlich wieder aufblickte, war Beanie verschwunden, und kurz darauf hörte ich Wasserrauschen aus Beanies großem Badezimmer hinter dem Schlafzimmer.

Als ich die Tür zur Garage zuschlagen hörte, sagte ich laut: »Besser mal nett zu Missus sein, sonst verkauft sie mich den Fluss runter.« Es war wirklich unklug, so unhöflich zu ihr zu sein, ermahnte ich mich streng, da sie mich zweimal pro Woche bezahlte.

Zu Mrs Hofstettler gehe ich auch zweimal pro Woche, aber von ihr verlange ich weniger – sogar wesentlich weniger –, weil es mich bei weitem nicht so viel Zeit und Arbeit kostet, eine Dreizimmerwohnung auf Vordermann zu bringen wie das große Haus der Winthrops, und weil die Winthrop-Kinder rein gar nichts selbst machen, jedenfalls soweit ich das beurteilen kann. Wenn sie nur ihre Schmutzwäsche in den Wäschekorb werfen und ihre Zimmer selbst aufräumen würden, könnten ihre Eltern eine Menge von dem an mich zu zahlenden Geld sparen.

Normalerweise bin ich in der Lage, den persönlichen Gepflogenheiten und Äußerungen der Winthrops gegenüber gleichgültig zu bleiben, aber an diesem Morgen war ich von dem, was Beanie gesagt hatte, aus dem Gleichgewicht gebracht worden. Hatten Marshall und Pardon Albee wirklich geschäftlich miteinander zu tun gehabt? Marshall hatte nie erwähnt, dass er einen Partner hatte, als er seinen Club sozusagen aus dem Nichts aufgebaut hatte. Auch wenn Marshall und ich den Körper des anderen mit einer merkwürdig unpersönlichen Intimität kannten, weil wir zusammen Fitnesstraining und Karate machten, merkte ich, dass wir im Grunde sehr wenig voneinander wussten.

Ich fragte mich, warum ich mir überhaupt Gedanken über Marshall Sedaka machen sollte. Was ging es mich an, ob Pardon und Marshall Partner gewesen waren? Ich wusste, dass ich selbst bei dem äußerst schwachen Licht Marshall erkannt hätte, wenn er derjenige gewesen wäre, der Pardon Albees Leiche in den Park befördert hatte.

Bei diesem Gedanken wurde mir noch unwohler.

Ungeduldig zwang ich meine Gedanken, zu der aktuell anstehenden Arbeit zurückzukehren, fand Bobos Scheckbuch und legte es auf den Schminktisch seiner Mutter, wo sie es auf jeden Fall bemerken würde. Die viele Denkerei machte mich zu langsam; ich musste noch das Zimmer von Howell III. machen, der zwar nicht so ein Schwein war wie Bobo, aber auch nicht gerade ordentlich.

Wenn ich dienstags bei den Winthrops bin, räume ich auf, wasche, lege die Wäsche weg und putze die Badezimmer. Bei meinem Freitagsbesuch wische ich Staub, sauge und putze. Die Winthrops haben auch noch eine Köchin, die sich um die Küche kümmert, sonst müssten sie mich noch für ein drittes Mal anheuern. Freitags muss ich natürlich schon wieder aufräumen, damit ich an die Oberfläche der Dinge komme, die ich abstauben soll, und rege mich gleich wieder über die Leute auf, die so faul sind, dass sie mich für die Beseitigung ihrer Unordnung bezahlen.

Zur Beruhigung atmete ich ein paar Mal tief durch.

Schließlich wurde mir klar, dass ich mich nicht über die verschwenderischen Winthrops aufregte – ihre Gewohnheiten sind ja zu meinem Nutzen – und noch nicht einmal über die mögliche Verbindung Marshall Sedakas mit Pardon Albee, sondern weil ich mit Claude Friedrich sprechen musste, sobald ich hier fertig war.

Drei

Er war auf die Minute pünktlich.

Als ich zurücktrat, um ihn hereinzulassen, war ich von neuem von seiner Größe und Ausstrahlung beeindruckt.

Das Wichtigste bei Angst ist, sie nicht zu zeigen, sagte ich im Stillen zu mir selbst. Mit dieser Weisheit aus der Frauenzeitschrift gestählt, konnte ich dem Polizisten eigentlich gar nicht viel zeigen außer ein ausdrucksloses Gesicht, das man auch einfach als mürrisch hätte auslegen können.

Ich sah, wie er den Blick über meine wenigen Möbel streifen ließ, Stücke, die in den teuersten Läden im Ort im Sonderangebot gewesen waren und die ich sorgfältig ausgewählt und genau da hingestellt hatte, wo ich sie haben wollte. Das Wohnzimmer ist klein und ich hatte sie seiner Größe entsprechend ausgewählt: einen Zweisitzer mit Fußbank statt eines großen Sofas, einen Ohrensessel, Beistelltischchen, kleine Bilder. Einen Fernseher habe ich auch, der aber ebenfalls nicht groß ist. Es gibt keine Fotos. Auf der unteren Etage des Tischchens neben meinem Sessel liegt ein ziemlicher Stapel Bücher aus der Leihbücherei.

Die bei Polstermöbeln wie Bildern vorherrschenden Farben sind Dunkelblau und Beige.

»Wie lange wohnen Sie schon hier?«, fragte Friedrich, als er sich umgesehen hatte.

»Ich habe das Haus vor vier Jahren gekauft.«

»Von Pardon Albee.«

»Ja.«

»Und Sie haben es gekauft, als Sie nach Shakespeare kamen?«

»Anfangs habe ich es gemietet, mit der Option zum Kauf.«

»Womit genau verdienen Sie Ihren Lebensunterhalt, Miss – ist das richtig so, Miss – Bard?«

Mir war die korrekte Anrede egal, und ich sagte ihm nicht, dass er mich mit »Miss« ansprechen solle. Aber ich merkte, dass er erwartet hatte, von mir korrigiert zu werden.

»Ich putze in Privathaushalten.«

»Aber nicht ausschließlich?«

Er hatte seine Hausaufgaben gemacht. Oder vielleicht hatte er immer über mich Bescheid gewusst und kannte jeden Aspekt meines Lebens hier in Shakespeare. Mit was konnte sich ein Polizeichef in einem Nest wie diesem schon den ganzen Tag beschäftigen?

»Ich mache so einiges.« Er wollte Einzelheiten, wobei seine hochgezogenen Augenbrauen andeuteten, dass meine kurz angebundenen Antworten flegelhaft wirkten. Was sie wohl auch waren. Ich seufzte. »Ich mache Besorgungen für ein paar ältere Leute. Ich kümmere mich um alles, wenn Leute wegfahren, falls die Nachbarn das nicht tun können. Ich mache Einkäufe, bevor die Familie zurückkommt, füttere den Hund, mähe den Rasen und gieße die Blumen.«

»Wie gut kannten Sie Pardon Albee?«

»Ich habe das Haus von ihm gekauft. Ich putze mehrere Wohnungen in dem Haus, das ihm gehört hat, was aber in Absprache mit den jeweiligen Bewohnern geschieht. Ein paar Mal habe ich auch für ihn gearbeitet. Ich bin ihm öfter begegnet.«

»Hatten Sie vielleicht ein persönliches Verhältnis mit ihm?«

Ich wollte schon vor Wut in die Luft gehen, als mir klar wurde, dass er mich nur provozieren wollte. Ich klappte den Mund wieder zu und atmete tief durch. »Ich hatte kein persönliches Verhältnis mit Mr Albee.« Genauer gesagt hatte ich immer einen körperlichen Ekel vor Pardon empfunden; er war fett und weiß und schwabbelig und ohne charakterliche Segnungen gewesen, die seine unsportliche Figur ausgeglichen hätten.

Friedrich betrachtete seine Hände, die er vor sich gefaltet hatte. Er beugte sich vor, die Ellbogen auf die Oberschenkel gestützt.

»Was gestern Nacht angeht«, grummelte er und sah mich plötzlich sehr durchdringend an. Ich hatte ihm einen Platz auf dem Zweisitzer angeboten und saß selbst im Ohrensessel. Ich nickte nicht und sagte auch nichts. Ich wartete einfach nur ab.

»Haben Sie irgendetwas Außergewöhnliches bemerkt?« Er lehnte sich zurück und musterte mich.

»Etwas Außergewöhnliches ...« Ich versuchte, eine nachdenkliche Miene aufzusetzen, hatte aber das Gefühl, nur bockig auszusehen.

»Ich bin so um elf ins Bett gegangen«, sagte ich hastig. War ich ja auch – das erste Mal, als ich festgestellt hatte, dass ich nicht schlafen konnte. »Marie – Mrs Hofstettler – erzählte mir heute Morgen, dass draußen eine Menge los war, aber ich habe leider nichts davon mitbekommen.«

»Jemand hat mich um halb drei morgens angerufen«, sagte Friedrich ruhig. »Eine Frau. Diese Frau sagte, dass ein Toter auf der anderen Straßenseite im Park liege.«

»Ja?«

»Oh ja, Miss Bard. Und ich glaube, dass diese Frau etwas gesehen hat, etwas darüber weiß, wie dieser Tote in den Park gekommen ist. Ich glaube außerdem, dass diese Frau es mit der Angst zu tun bekam oder wusste, wer es getan hat, und sich vor dem Täter fürchtete oder vielleicht sogar daran beteiligt war, dass Pardon Albee da draußen tot auftauchte, und nur nicht wollte, dass der arme Mann die ganze Nacht im Park liegen und heute Morgen der Tau auf ihn fallen würde. Ich bin also überzeugt, dass es derjenigen Frau aus welchem Grund auch immer nicht gleichgültig war, was mit Pardons sterblichen Überresten geschah. Mit dieser Frau würde ich mich sehr gern unterhalten.«

Er wartete.

Ich gab mein Bestes, nichtssagend auszusehen.

Er seufzte tief und müde. »Na schön, Miss Bard. Sie haben nichts gesehen und wissen auch nichts. Aber falls Ihnen doch noch etwas einfällt«, sagte er mit vor Ironie triefender Stimme, »können Sie mich Tag und Nacht anrufen.«

Chief Friedrich hatte etwas so Solides an sich, dass ich wirklich versucht war, mich ihm anzuvertrauen. Aber ich dachte an meine Vergangenheit, dass sie herauskommen könnte und meine normale, unaufregende Existenz, die ich mir in dieser Kleinstadt aufgebaut hatte, gefährden könnte.

In diesem Augenblick war mir klar, dass der Mann gefährlich war. Als ich aus meinen Träumereien wieder aufschreckte, merkte ich, dass er immer noch darauf wartete, dass ich etwas sagte; er wusste, dass ich darüber nachdachte, ob ich ihm etwas sagen sollte.

»Auf Wiedersehen«, sagte ich und stand auf, um ihn an die Tür zu bringen. Friedrich wirkte enttäuscht, als er ging. Doch er sagte nichts, und als diese grauen Augen auf mir ruhten, blickten sie nicht feindselig.

Nachdem ich die Tür hinter ihm verriegelt hatte, fiel mir ein, dass er vermutlich erst der fünfte Mensch gewesen war, der mein Haus im Laufe der letzten vier Jahre betreten hatte.

Dienstagabends um 17.30 Uhr putze ich eine Zahnarztpraxis. Anfangs, als ich gerade nach Shakespeare gezogen war und von meinen Ersparnissen lebte (oder dem, was nach Abzahlung der Eigenbeteiligung an den Arztrechnungen noch übrig geblieben war) und mir meinen Kundenstamm aufbaute, war Dr. Sizemore dageblieben, bis ich kam, hatte mir beim Putzen zugesehen und dann hinter mir abgeschlossen. Jetzt habe ich einen Schlüssel. Zu Dr. Sizemore bringe ich meine eigenen Putzmittel mit; er hat es lieber so, also berechne ich ihm etwas mehr. Mir ist es gleichgültig, ob ich meine eigenen Sachen oder die der Kunden benutze; ich habe meine Favoriten, sie haben die ihren. Ich will Lily Bard sein, die putzen geht; ich will nicht »Blitzblank« oder »HomeService« oder irgendetwas sein, was sich geschäftlich anhört.

Ganz im Geheimen nenne ich mich »Shakespeares Hygieneservice.«

Die Wohnungsreinigung hatte ich mir deshalb als neuen Broterwerb ausgesucht, weil ich gedacht hatte, dass es die Arbeit sein würde, die am wenigsten mit mir persönlich zu tun haben würde. Wie sich herausstellte, ist Putzen eine recht intime Angelegenheit. Ich weiß nicht nur, was körperlich mit den Leuten vor sich geht, die mich anstellen (Dr. Sizemore hat zum Beispiel Haarausfall und Probleme mit der Verdauung), sondern ich weiß zwangsläufig auch mehr über ihr Leben, als mir eigentlich lieb ist.

Manchmal vertreibe ich mir bei der Arbeit die Zeit, indem ich mir eine Kolumne für das zweimal monatlich erscheinende *Shakespeare Journal* ausdenke. »Dr. Sizemore erhielt vor kurzem eine Rechnung von einer Unterleibszeitschrift – und ich meine kein Gynäkologen-Fachblatt –, er muss die Hefte also irgendwo versteckt haben ... Seine Empfangsdame Mary Helen Hargreaves manikürt sich bei der Arbeit die Fingernägel und liest in der Mittagspause englische Krimis ... Seine Arzthelferin Linda Gentry hat heute eine Packung Antibabypillen aufgebraucht. Wenn ich das nächste Mal zum Putzen komme, werde ich Tampax auf der Toilette vorfinden.«

Aber wen würde eine solche Kolumne schon interessieren? Was ich herausfand, waren keine Dinge, die für irgendjemanden wirklich wichtig waren, auch wenn ich eine der Ersten war, die wussten, dass Jerri Sizemore die Scheidung eingereicht hatte (der Schriftsatz des Anwalts hatte offen auf John Sizemores Schreibtisch gelegen); letzte Woche hatte ich herausgefunden, dass Bobo Winthrop mit jemandem Safer Sex praktiziert hatte, während seine Eltern beim Tanz im Country Club gewesen waren.

Ich weiß eine Menge Dinge, die ich noch nie jemandem erzählt habe und auch nie jemandem erzählen würde. Aber diese Sache, die ich nun wusste, die über den Tod von Pardon Albee ... die würde ich wahrscheinlich erzählen müssen.

Mir saß das Gefühl tief in den Knochen, dass es mit meiner Entlarvung enden würde.

Mein Leben ist vielleicht nicht besonders toll, aber es ist das einzige, das ich habe, und es ist erträglich. Ich habe andere Leben ausprobiert; das hier passt mir am besten.

Bei Dr. Sizemore war ich um 19.30 Uhr fertig, schloss sorgfältig ab und ging heim, wo ich eine Hähnchenbrust, ein Brötchen und Brokkoli mit etwas Parmesan darüber aß. Nachdem ich die Küche aufgeräumt hatte, strich ich unruhig durchs Haus, versuchte es mit einem Buch, knallte es wieder zu und stellte schließlich doch den Fernseher an.

Ich hatte vergessen, auf die Uhr zu sehen. Ich hatte den Fernseher während der Nachrichten angestellt. Die Bilder hätten kaum schlimmer sein können: Frauen mit schreienden Kindern auf dem Arm, explodierende Bomben, die Straßen übersät mit Leichen in der schlaffen Umarmung des Todes. Ich sah das Gesicht einer verzweifelten Frau, deren Familie unter Trümmern begraben lag; bevor meine Finger auf die Fernbedienung drücken konnten, liefen mir die Tränen über das Gesicht.

Ich konnte seit Jahren keine Fernsehnachrichten mehr ertragen.

Vier

Mittwochmorgens bin ich flexibel. Es ist die Zeit, die ich für Notfälle reserviere, zum Beispiel für Sondertermine bei Damen, zu denen der Bridgeclub nach Hause kommt, die einen Kindergeburtstag feiern, einen Großputztag veranstalten, oder wenn ich einer Frau beim Ausräumen des Dachbodens helfen muss. Für diesen Mittwoch hatte ich seit langem vereinbart, Alvah York beim Frühjahrsputz zu helfen. Alvah führt dieses Ritual immer noch durch, obwohl sie und ihr Mann T. L. jetzt in einem von Pardon Albees Apartments wohnen, seit T. L. in Rente ist.

Vor zwei Jahren hatte ich Alvah noch beim Frühjahrsputz eines großen Vier-Zimmer-Hauses geholfen; Alvah hatte mit der Arbeit begonnen, bevor ich kam, und um zwölf, als ich ging, immer noch weitergemacht. Doch seit dem Umzug war es mit Alvah steil bergab gegangen, und es war gut möglich, dass sie dieses Jahr meine Hilfe bei der Dreizimmerwohnung tatsächlich benötigen würde.

Die Yorks wohnen im Erdgeschoss der Garden Apartments neben Marie Hofstettler, und ihre Eingangstür liegt der von Pardon Albees eigener Wohnung gegenüber. Als ich klopfte, musste ich unwillkürlich einen Blick darauf werfen. Die Tür war von der Polizei versiegelt worden. Ich hatte das noch nie gesehen; es sah genau aus wie im Fernsehen. Wer hätte wohl in Pardons Apartment gehen sollen? Wer außer Pardon hätte einen Schlüssel gehabt? Vermutlich hatte er Verwandtschaft im Ort, von der ich nichts wusste; in Shakespeare sind mit sehr wenigen Ausnahmen alle über irgendwelche Ecken mit mindestens einer Handvoll anderer Einwohner verwandt.

Und wie war er überhaupt gestorben? An seinem Kopf hatte Blut geklebt, aber ich hatte ihn nicht genauer untersucht. Das Auffinden der Leiche im Park war schon schrecklich und beängstigend genug gewesen.

Ich warf einen Blick auf meine große Armbanduhr. Punkt acht Uhr; eine der von Alvah am meisten bewunderten Tugenden ist Pünktlichkeit.

Alvah sah schrecklich aus, als sie die Tür aufmachte.

»Fehlt Ihnen etwas?«, fragte ich unwillkürlich.

Alvahs graue Haare waren zerzaust, ganz offensichtlich weder gekämmt noch in Lockenwickler gelegt, und Hemd und Hose passten nicht zueinander.

»Nein, mir fehlt nichts«, sagte sie mit Mühe. »Kommen Sie rein. T. L. und ich sind gerade mit dem Frühstück fertig.«

Für gewöhnlich stehen die Yorks um halb sechs auf und haben um halb neun gefrühstückt, sich angezogen und gehen bereits spazieren.

»Wann sind Sie denn nach Hause gekommen?«, fragte ich. Es war nicht meine Gewohnheit, Fragen zu stellen, aber ich wollte Alvah eine Reaktion entlocken. Normalerweise kann sie es nach einer Reise kaum abwarten, mit ihren Enkeln und ihrer Tochter zu prahlen, hin und wieder sogar mit dieser nebensächlichen Person, dem Vater der Enkel und Ehemann der Tochter, doch heute schleppte sich Alvah schweigend vor mir ins Wohnzimmer.

T. L. saß an dem kleinen Esstisch und wirkte eher wie immer: aufgesetzt und falsch. T. L. ist einer der Menschen, die zu 75 Prozent Platitüden von sich geben.

»Guten Morgen, Lily! Hübsch wie eh und je, wie man sieht. Heute wird ein schöner Tag.«

Aber auch mit T. L. stimmte irgendetwas nicht. Sonst hatte er immer einen rumpelnden Tonfall am Leib; heute waren seine Bewegungen völlig kraftlos, als er von dem kleinen Tisch aufstand. Er benutzte seinen Stock, den eleganten mit dem Silberknauf, den seine Tochter ihm zu Weihnachten geschenkt hatte, und stützte sich auch wirklich auf ihn.

»Wenn die Damen gestatten würden, dass ich mich noch schnell rasiere«, verkündete er mannhaft, »dann überlasse ich euch das Feld.«

Er faltete die Zeitung neben seinem Platz am Tisch zusammen und ging durch den Flur. T. L. ist ein großer, keineswegs dummer, grauhaariger Mann, der jetzt Fett angesetzt hat, aber von lebenslanger harter körperlicher Arbeit immer noch stark ist. Ich beobachtete, wie T. L. sich im Türrahmen zum Schlafzimmer bückte. Er wirkte irgendwie verändert. Kurz darauf bemerkte ich es: An diesem Morgen ging er schweigend. Sonst pfeift T. L. eigentlich immer, meist Country-und-Western-Melodien oder Kirchenlieder.

»Alvah, soll ich vielleicht ein anderes Mal wiederkommen?«

Sie wirkte überrascht, dass ich das fragte. »Nein, Lily, auch wenn das ganz lieb von Ihnen ist, dass Sie so besorgt sind. Aber ich kann mich genauso gut an die Arbeit machen und den Frühjahrsputz erledigen.«

Ich hatte eher den Eindruck, als ob es das Beste für Alvah wäre, sich wieder ins Bett zu legen. Aber ich fing an, das Frühstücksgeschirr in die Küche zu bringen, was ich bei den Yorks noch nie hatte tun müssen. Solche Sachen hatte Alvah immer selbst gemacht.

Alvah sagte gar nichts, während ich das Geschirr wusch, abtrocknete und wegstellte. Sie saß da, umfasste eine Kaffeetasse mit beiden Händen und starrte in die dunkle Flüssigkeit, als könne sie die Zukunft darin lesen. T. L. tauchte aus dem Schlafzimmer auf, rasiert und äußerlich guter Dinge, aber nach wie vor nicht pfeifend. »Ich gehe zum Friseur, Schatz«, sagte er zu seiner Frau. »Arbeitet nicht zu hart, ihr zwei.« Er gab ihr einen Kuss und verschwand zur Tür hinaus.

Wenn ich gedacht hatte, dass Alvah nun nach dem Abschied ihres Mannes schlagartig aktiv werden würde, hatte ich mich geirrt. Sie trank nur ihren Kaffee. Ich merkte, wie die Haut in meinem Nacken vor Nervosität prickelte. Ich hatte viele Tage mit Alvah zusammengearbeitet, aber die Frau, die jetzt am Tisch saß, schien völlig verändert.

Alvah leidet an einem eingeklemmten Nerv im Kreuz und hat zunehmend Probleme mit der Beweglichkeit, ist aber für gewöhnlich eine praktische, freundliche Frau mit sehr klaren Vorstellungen davon, wie die Dinge gemacht oder auch nicht gemacht werden sollen, was sie auch unverblümt sagt. Diese Direktheit wirkt auf manche Menschen beleidigend, was ich an anderen schon bemerkt habe. Ich selbst habe aber nie Anstoß an ihrer Art genommen. In Alvah Yorks Kopf treiben sich nur wenige Gedanken umher, die sie nicht augenblicklich ausspricht, und zwar mit wenig Taktgefühl, aber sie ist ein guter Mensch, ehrlich und großzügig.

Dann sah ich, dass die Sachen, die ich am Montagnachmittag für die Yorks eingekauft hatte, noch genau da waren, wo ich sie hingelegt hatte. Die Butter stand im Kühlschrank an derselben Stelle, wo ich sie hingetan hatte, und der Salat daneben war nicht gewaschen worden. Zumindest die Küchenrolle war ausgepackt, in die Halterung eingelegt und benutzt worden und das Brot lag im Brotkasten.

Worüber ich reden konnte, hatte ich bereits gesagt. Alvah gab mir keine Anweisungen. Also putzte ich den Küchenboden.

Alvah hat ihre ganz eigene Methode für den Frühjahrsputz, und ich meinte mich zu erinnern, dass sie damit anfing, sämtliche Vorhänge abzunehmen. Und tatsächlich waren die Übergardinen, die im Wohnzimmer am Fenster zur Straße hinaus hingen, bereits entfernt worden, sodass die Jalousien merkwürdig nackt wirkten. Alvah hatte also bis vor kurzem noch normal funktioniert.

»Stimmt irgendetwas nicht mit Ihnen?«, fragte ich widerstrebend.

Alvah schwieg so lange, dass ich schon anfing zu hoffen, dass sie es mir nicht sagen würde. Doch schließlich machte sie den Mund auf. »Wir haben es hier niemandem gesagt«, brachte sie mit äußerster Anstrengung hervor. »Aber der Mann drüben in Creek County – dieser Harley Don Murrell, der, der wegen Vergewaltigung verurteilt wurde – dieser Mann ... das Mädchen, das er vergewaltigt hat, ist unsere Enkelin Sarah.«

Ich merkte, wie ich kreidebleich wurde.

»Was ist passiert?« Ich setzte mich Alvah gegenüber.

»Gott sei Dank wird der Name des Opfers nicht in der Zeitung oder den Nachrichten genannt«, sagte Alvah. »Sie ist nicht mehr im Krankenhaus, aber T. L. meint, vielleicht wäre sie da besser aufgehoben – in der Psychiatrie. Sie ist erst siebzehn. Und ihr Mann – sie ist schon verheiratet – ist überhaupt keine Hilfe. Er ist nur wütend, dass gerade ihr so etwas zugestoßen ist. Er sagt, dass der Mann sie in Ruhe gelassen hätte, wenn sie nicht die hautengen Turnsachen angehabt hätte.«

Alvah seufzte tief und starrte in die Kaffeetasse. Hätte sie aufgeblickt, hätte sie die Frau vor sich nicht mehr erkannt, aber ich hoffte, dass sie nicht aufblicken würde. Ich riss die Augen weit auf, damit sie sich nicht mit Tränen füllten.

»Aber das hätte er nicht«, sagte ich. »Er hätte sie nicht in Ruhe gelassen.«

Völlig mit ihrem Kummer beschäftigt, erwiderte Alvah: »*Ich* weiß das, ihre Mutter weiß das und Sie wissen das. Aber Männer haben immer ihre Zweifel und Frauen manchmal auch. Sie hätten das Dreckstück sehen sollen, mit dem dieser Murrell verheiratet ist, wie sie sich da vor Gericht aufgeführt hat, anstatt sich zu Hause einzuschließen und in Sack und Asche zu gehen. Sie hat so getan, als ob sie nicht die leiseste Ahnung hätte, was für ein Ungeheuer ihr Mann ist, und erzählt den Zeitungsleuten, Sarah wäre ein … ein schlechtes Mädchen und dass jeder in Creek County das wisse, dass Sarah ihn zur Tat gereizt haben müsste …«

Dann weinte Alvah.

»Aber er wurde verurteilt«, sagte ich.

»Ja«, antwortete Alvah. »Er schrie und heulte und sagte, dass er sich zu Gott bekehrt habe. Das hat ihm kein bisschen genützt; er hat seine Strafe trotzdem bekommen. Aber irgendwann kommt er wieder frei, falls ihn nicht irgendjemand im Gefängnis umbringt. Dafür bete ich, auch wenn der Herr mich dafür wahrscheinlich strafen wird. Ich habe gehört, dass die anderen Gefangenen keine Vergewaltiger und Kinderschänder mögen. Vielleicht muss er eines Nachts dran glauben.«

Tonfall und Worte kamen mir bekannt vor. Ich musste gegen die in mir aufsteigende Panik ankämpfen. Ich war dankbar, dass Alvah völlig mit ihren eigenen Sorgen beschäftigt war. Automatisch ging meine Hand hoch an die Brust, berührte das helle Gelb meines T-Shirts und fühlte die Wülste der Narben darunter.

»Alvah, außer Putzen kann ich nichts für Sie tun«, sagte ich leise.

»Na gut, dann putzen wir«, erwiderte Alvah schwach. »Was sollen wir auch sonst tun.«

Drei Stunden lang bearbeiteten wir die kleine Wohnung und reinigten Gegenstände, die nie schmutzig gewesen waren, und räumten Dinge auf, die nie unordentlich gewesen waren. Alvah mag es, ihre Besitztümer auf das Allernotwendigste zu reduzieren – sie könnte gut auf einem Boot leben, dachte ich oft. Alles Überflüssige wurde gnadenlos weggeworfen; alles andere wurde rational und kompakt angeordnet. So etwas bewundere ich, weil ich ähnliche Tendenzen habe, wenn auch nicht so extrem wie Alvah. Hinzu kommt, dachte ich, während ich die Schränke im Badezimmer auswischte: Alvah hat solch beschränkte Interessen, dass Putzen eine ihrer wenigen Möglichkeiten zum kreativen Ausdruck ist. Alvah fertigt hin und wieder eher lustlos Stickereien an, aber sie liest oder näht nicht und hat kein besonderes Interesse am Kochen oder Fernsehen. Also putzt sie.

Alvah sollte mir eine Warnung sein.

»Was ist mit dem Wohnwagen?«, fragte ich, als ich das Gefühl hatte, dass wir mit der Wohnung im Grunde fertig waren.

»Was?«, fragte Alvah.

»Normalerweise machen wir auch noch den Wohnwagen«, erinnerte ich sie. Die Yorks haben einen Wohnwagen, den sie an ihren Pickup anhängen, und wenn sie ihre Tochter besuchen fahren, parken sie bei ihr in der Einfahrt und wohnen im Anhänger. Dann können sie sich morgens selbst einen Kaffee kochen und zu Bett gehen, wann ihnen danach zumute ist, hatte sie mir oft erzählt. Bei der Arbeit hatte ich daran gedacht, wie häufig die Yorks ihre Enkelin Sarah erwähnt hatten; als Jüngstes der Kinder ihrer Tochter war Sarah immer verhätschelt worden und hatte erst letztes Jahr die Dummheit einer Eheschließung mit einem Jungen begangen, der nicht älter war als sie. Doch die Yorks hatten Sarah immer vergöttert.

»Erinnern Sie sich noch an all den Ärger, den Pardon uns wegen des Wohnwagens gemacht hat?«, fragte Alvah plötzlich.

Das tat ich allerdings. An beiden Enden der Garage ist ein ungefähr autobreiter Zwischenraum zwischen Zaun und Garagenwand. Die Yorks hatten um Erlaubnis gebeten, ihren Wohnwagen am Nordende parken zu dürfen, und anfangs hatte Pardon auch eingewilligt. Später hatte er seine Erlaubnis jedoch zurückgezogen, weil er behauptete, dass der Anhänger zu weit hervorrage und die anderen Anwohner störe.

Mich hatte die Angelegenheit nicht berührt, deshalb hatte ich dem ganzen Hin und Her keine Aufmerksamkeit geschenkt. Aber ich hatte die Yorks darüber sprechen hören und hatte Pardon gesehen, wie er draußen auf dem Parkplatz gestanden und den Kopf geschüttelt hatte, als ob der Wohnwagen, den er mit dem Zollstock umschlich, ein ungezogenes Kind wäre. Pardon Albee war ein Korinthenkacker gewesen, ein Mann, der nichts einfach auf sich beruhen lassen konnte.

Er hätte schlafende Hunde immer geweckt.

Jetzt weinte Alvah schon wieder. »Vielleicht gehen Sie jetzt besser, Lily«, sagte sie. »Diese Sache hat mich so mitgenommen, dass ich nicht mehr weiß, ob ich Männchen oder Weibchen bin. Die letzten Tage, als wir zur Gerichtsverhandlung dort waren, die waren die reinste Hölle. Bis nächste Woche bin ich wieder auf den Beinen.«

»Natürlich, Alvah«, erwiderte ich. »Rufen Sie mich einfach an, wenn ich beim Aufhängen der Vorhänge oder beim Saubermachen des Wohnwagens helfen soll.«

»Ich rufe Sie an«, versprach Alvah. Ich erinnerte sie nicht daran, dass sie mich noch nicht bezahlt hatte; das war ebenfalls ein Anzeichen, wie durcheinander sie war, da Alvah es mit der pünktlichen Bezahlung immer sehr genau nimmt.

Ich kann genauso gut nächsten Mittwochmorgen wiederkommen, dachte ich. Bis dahin wären die schlimmsten

Nachbeben von Murrells Verurteilung vielleicht etwas abgeflaut.

Sarahs Leidensweg würde natürlich immer weitergehen, wochen- und monate- und jahrelang …

Dass heute wirklich nicht mein Tag war, wurde mir klar, als ich das Gebäude verließ. Deedra Dean kam zur Eingangstür herein, bevor ich mich verdrücken konnte.

Ich kann Deedra nicht ausstehen und seit dem Gespräch, das wir letzte Woche hatten, erst recht nicht mehr. Wir hatten direkt vor der Tür von Deedras Wohnung im oberen Stockwerk gestanden. Sie war zum Mittagessen nach Hause gekommen und wollte gerade zur Stadtverwaltung von Shakespeare zurückkehren, wo sie als Büroangestellte fast genug zum Leben verdient.

»Hallo, liebes Hausmädchen!«, hatte Deedra geflötet. »Was ich dir noch sagen wollte … ich glaube, du hast letzte Woche vergessen, die Tür hinter dir abzuschließen, als du gegangen bist.«

»Nein«, hatte ich mit Nachdruck geantwortet. Zuverlässigkeit ist bei meiner Tätigkeit äußerst wichtig, wahrscheinlich sogar wichtiger als die gründliche Reinigung. »Das vergesse ich nie. Vielleicht hast du es selbst vergessen, aber ich nicht.«

»Aber als ich letzten Freitag nach Hause gekommen bin, war meine Tür nicht abgeschlossen«, hatte Deedra insistiert.

»Ich habe sie beim Weggehen abgeschlossen«, wiederholte ich genauso beharrlich. »Allerdings«, fiel mir plötzlich wieder etwas ein, »war Pardon auf dem Weg nach oben, als ich hinunterging, und der hat natürlich einen Generalschlüssel.«

»Was sollte er wohl in meiner Wohnung zu suchen haben?«, hatte Deedra gefragt, aber nicht so, als wäre die Idee völlig abwegig. Als sie weiter darüber nachdachte, wirkte

Deedra … irgendwie wütend und beklommen zugleich. Ich hatte fasziniert beobachtet, wie Deedra aussah, wenn Gedanken durch ihren hohlen Kopf gingen.

Deedra Dean mit dem glänzenden blonden Haar, der kurvenreichen Figur und einem vom fehlenden Kinn vollständig untergrabenen Gesicht. Deedras Antlitz ist immer grell geschminkt und in hektischer Bewegung, um das Auge von diesem Manko abzulenken. Deedra ist vor drei Jahren in das Apartmenthaus eingezogen und hat es mit jedem Mann getrieben, der je in dem Haus gewohnt hat, eventuell mit Ausnahme von Pardon Albee und höchstwahrscheinlich T. L. York. Deedras treusorgende Mutter, eine liebenswerte, vermögende Witwe, die vor kurzem wieder geheiratet hat, unterstützt Deedra massiv. Lacey Dean Knopp ist vermutlich überzeugt, dass Deedra nur so lange mit Männern ausgeht, bis sie den Mann fürs Leben gefunden hat. Für Deedra scheint jeder der Mann fürs Leben zu sein, zumindest für ein oder zwei Nächte.

Ich habe mir oft genug gesagt, dass mich all das nicht das Geringste angeht, und frage mich, warum Deedras Lebenswandel mich so erzürnt. Ich bin zu dem Schluss gekommen, dass mich Deedras vollständiges Fehlen von Selbstachtung ärgert, dass ihre Risikobereitschaft mich erschreckt und dass die Beiläufigkeit, mit der sie Sex hat, mich neidisch macht.

Aber solange mich Deedras Mama pünktlich bezahlt, ermahne ich mich alle zehn Minuten aufs Neue, dass Deedra erwachsen ist, zumindest auf dem Papier, und ihr Leben führen kann, wie sie will.

»Na ja, pass auf jeden Fall auf, dass es nicht noch mal vorkommt«, hatte Deedra mich letzte Woche belehrt und dabei wenig überzeugend versucht, streng zu wirken, nachdem sie mich beschuldigt hatte, die Tür nicht abgeschlossen zu haben. Selbst Deedras schwaches Hirn hatte schließlich registriert, dass ich wütend war. »Oh, ich muss los! Ich habe meine Versicherungskarte vergessen. Heute Mittag muss ich meinen Wagen zur Inspektion bringen und den Antrag für eine neue Versicherungsplakette abschicken.«

Ich hätte Deedra zu gern etwas über ihren Lebenswandel gesagt, irgendetwas, was eine Wirkung haben würde, aber ich wusste, dass ich mit meinen Worten nichts bei ihr erreichen konnte. Und es ging mich nun wirklich nichts an, Deedra war erwachsen. Ich hatte vom Fenster aus zugesehen, wie Deedra von der Haustür zu ihrem roten Sportwagen geeilt war, den sie mit laufendem Motor auf der Straße hatte stehen lassen. Deedras Mutter hatte die Anzahlung auf das nicht sehr zuverlässige, aber schicke Auto geleistet, was Deedra mir ganz beiläufig erzählt hatte.

»Hast du herausgefunden, ob Pardon damals in deiner Wohnung war?«, fragte ich sie heute. Außer uns war niemand im Treppenhaus und ich redete leise. Ich war so intensiv mit meinen eigenen Gedanken beschäftigt gewesen, dass ich gar nicht in Betracht zog, dass Deedra vielleicht an etwas anderes gedacht haben mochte. Jedenfalls sah sie mich an, als käme ich vom Mars.

»Nein«, zischte sie. Ich zog die Augenbrauen hoch und wartete. »Und der Polizei erzählst du auch nichts davon, dass ich mit dir darüber geredet habe!«

»Ach ja?«

»Sonst kriegst du nie wieder Arbeit in Shakespeare«, drohte Deedra. »Ich will nicht in den Tod von dem alten Schweinehund verwickelt werden.«

»Glaubst du allen Ernstes«, sagte ich, wobei sich mein einer Mundwinkel in einem sehr trockenen Lächeln nach oben kräuselte, »dass irgendjemand in dieser Stadt auf ein erstklassiges und zuverlässiges Hausmädchen wie mich verzichten würde, um deine Haut zu retten?«

Deedra riss sprachlos ihre blauen Augen auf. Oben im

ersten Stock ging eine Tür auf und der einzige schwarze Bewohner des Hauses, Marcus Jefferson, kam die Treppe herunter. Marcus, ein gut aussehender junger Mann Ende zwanzig, warf uns einen überraschten Blick zu, brummte einen Gruß und ging an uns vorbei zur Tür hinaus, die langsam und ächzend hinter ihm ins Schloss fiel.

Das Haus schien heute voller Leute zu sein, die sich merkwürdig benahmen. Als ich den Blick wieder Deedra zuwandte, war ihr Gesicht knallrot und sie blickte hinter Marcus her.

Auweia! Mir wurde urplötzlich klar, was es gewesen sein mochte, das Pardon Albee dazu angeregt haben mochte, doch noch etwas in Sachen Deedra »zu unternehmen«.

»Und soll ich wie gewohnt zum Putzen kommen?«, fragte ich. Vielleicht wollte Deedra ja meine Dienste nicht mehr. Ich putze Deedras Wohnung am Freitagmorgen. Das ist eine begehrte Zeit, da jeder zum Wochenende ein sauberes Haus haben will, und ich hoffte fast, dass Deedra mich feuern würde.

»Aber … aber natürlich. Hör zu, vergessen wir das Gespräch einfach, das wir letzte Woche hatten, wegen der Tür, meine ich. Ich habe sie nicht abgeschlossen, verstehst du? Später ist es mir wieder eingefallen. Tut mir Leid, dass ich auch nur die Möglichkeit in Betracht gezogen hatte, dass du es gewesen sein könntest. Dabei bist du einfach die zuverlässigste …« Deedra sprach den Satz nicht zu Ende, während sich ein aufgesetztes Lächeln auf ihrem Gesicht ausbreitete, wo es durchaus natürlich wirkte.

Als ich auf dem Bürgersteig zurück zu meinem Haus ging, fragte ich mich, ob Pardon in der Vorwoche tatsächlich in Deedras Wohnung gewesen sein konnte. Warum hätte er das tun sollen? Und wenn er es getan hatte, wonach hatte er dort gesucht?

Wenn er nach Beweisstücken über Deedras Privatleben gesucht hatte, wäre er auf jeden Fall fündig geworden. In der obersten Schublade ihrer Kommode bewahrt Deedra Sexfotos auf, die irgendeiner ihrer Liebhaber von ihr in exotischer Unterwäsche und nackt aufgenommen hatte. Ich wäre sicherlich gern von ihnen verschont geblieben, aber Deedra erwartet, dass ich ihre Wäsche wasche und weglege, während ich bei ihr im Apartment putze, und in der betreffenden Schublade bewahrt sie ihre Unterwäsche auf. Deedra hat ein paar Sexspielzeuge und haarsträubende Magazine unter dem Bett (wo ich Staub saugen muss), das natürlich immer in einem unglaublichen Zustand ist. Es ließen sich vermutlich noch andere »belastende« Beweise finden, Beweise, die für Deedras Mutter interessant sein könnten.

Ob Pardon Albee es wirklich gewagt hatte, Deedras Mutter anzurufen, die hochanständige Lacey Dean Knopp?

Das hätte ihm weiß Gott ähnlich gesehen.

Fünf Minuten nachdem ich meine Wohnung betreten hatte, klingelte es. Ich blickte durch den Spion und öffnete die Tür.

Mein Besucher erstaunte mich, war aber nicht bedrohlich – mein meist unsichtbarer Nachbar, Carlton Cockroft. Seitdem ich eingezogen bin, haben Carlton und ich uns höchstens drei- oder viermal im Jahr unterhalten.

Carlton hat etwas irgendwie Leckeres an sich. Er erinnerte mich immer an heißen Kakao und Karamellbonbons im Winter oder Sonnencreme-Kokosgeruch und Grilldüfte im Sommer. Carlton ist genau wie ich Anfang dreißig. Er hat schwarze Haare und dunkelbraune Augen, eine Spalte im Kinn und dicke, gewölbte Augenbrauen. Er riecht gut. Er ist vielleicht zehn Zentimeter größer als ich, ungefähr einsfünfundsiebzig. Mein Nachbar ist höflich, fleißig und heterosexuell – das war alles, was ich über ihn wusste.

»Hallo, Lily«, sagte er mit angenehmer, aber nicht fröhlicher Stimme.

»Carlton.« Ich nickte zum Gruß und machte die Tür auf, sodass er hereinkommen konnte.

Er wirkte sehr überrascht, und ich merkte, dass ich ihn noch nie hereingebeten hatte. Er sah sich schnell um und schien nicht recht zu wissen, wie er sich verhalten sollte, ganz im Gegensatz zu meinem selbstbewussten Besucher des Vortages.

»Setz dich doch«, sagte ich und nahm mir selbst den Ohrensessel.

»Ich will gleich zur Sache kommen, Lily«, fing Carlton an, als er sich auf dem Sofa niedergelassen hatte. Er beugte sich vor, die Ellbogen auf die Knie gestützt. Er trug ein unauffälliges Karohemd in Marineblau und Weiß, Blue Jeans mit Bügelfalte und Reeboks und wirkte wie ein Yuppie in Freizeitkleidung.

Ich wartete darauf, dass er nun gleich zur Sache kommen würde. Die meisten Menschen scheinen zu glauben, dass man etwas erwidern sollte, wenn sie ankündigen, dass sie jetzt gleich etwas tun werden, aber ich habe es immer spannender gefunden, abzuwarten und zu sehen, ob sie es dann auch wirklich tun.

Und tatsächlich hielt er den Blick auf mich gerichtet, als erwarte er etwas von mir.

Ich machte eine Geste mit offenen Handflächen – *na schön und um was geht's?*

»Ich habe dich in der Mordnacht draußen herumlaufen sehen.« Er wartete ab, ob ich vor Entsetzen loskreischen würde. »Ich bin aufgestanden, um eine Erkältungspille zu nehmen.«

Ich zuckte die Achseln. »Ja und?«

»Dadurch stehst du in ziemlich schlechtem Licht da, Lily. Ich habe Friedrich nichts davon gesagt, aber er hat mir schrecklich viele Fragen über dich gestellt. Falls dich sonst noch jemand gesehen hat, glaubt er am Ende vielleicht, du könntest etwas mit Pardons Tod zu tun haben.«

Ich dachte kurz mit im Schoß gefalteten Händen nach.

»Und warum bist du nun hier?«, fragte ich.

»Ich wollte dich nur warnen«, antwortete Carlton und richtete sich aus seiner eindringlichen, aber entspannten Haltung auf. »Ich habe mir immer ein bisschen Sorgen um dich gemacht.«

Meine Augenbrauen schossen in die Höhe.

»Ja, ja, ich weiß«, sagte er mit einem kleinen Lächeln. »Es geht mich nichts an. Aber du bist eine allein stehende Frau, eine hübsche Frau, und da ich neben dir wohne, fühle ich mich ein bisschen verantwortlich … ich will nicht, dass dir irgendetwas zustößt.«

Ich verspürte den schrecklichen Drang, mein Hemd hochzureißen und es ihn sehen zu lassen. Etwas Schlimmes, das Schlimmste, war mir bereits zugestoßen. Doch ich merkte, dass er mich zu schützen, mich von Unglück abzuschirmen versuchte. Ich wusste, dass Carlton überzeugt war, dass ein Mann sich so zu verhalten habe. Und ich dachte, wie ich es oft bei der Begegnung mit ihnen tue, dass Männer regelmäßig mehr Ärger einbringen, als sie es wert sind.

»Carlton, ich wohne neben dir, und da du ein gut aussehender, allein stehender Kerl bist, fühle ich mich verantwortlich für dich«, sagte ich.

Carlton wurde rot. Er wollte aufstehen, beherrschte sich dann aber. »Das hatte ich wohl verdient. Ich hätte drüber nachdenken sollen, wie sich das anhört, bevor ich damit rausgeplatzt bin. Aber ich will dir doch nur helfen, Lily.«

»Das verstehe ich, Carlton, aber warum fühlst du dich für meinen eventuellen Ärger mit der Polizei verantwortlich? Woher willst du wissen, dass ich nicht schuldig bin an Pardons Tod?«

Mein netter Nachbar starrte mich an, als wäre mir ein Schlangenkopf gewachsen, der ihn anzischen würde. Die Abschmetterung seiner ritterlichen Impulse verletzte ihn.

»Nun ja …«, begann er steif, »na ja … Dann habe ich wohl nur meine Zeit verschwendet. Deine natürlich auch.«

Ich blickte hinunter auf meine rechte Hand; der Nagel meines Ringfingers hatte eine ärgerliche Kerbe. Ich würde die Nagelfeile rausholen müssen, bevor es schlimmer wurde.

Fassungslos sagte er: »Ich versuche nur, freundlich zu sein.«

Ich blickte ihm geradewegs in die Augen und fragte mich, ob ich sprechen sollte oder nicht. »Carlton, du bist mit zu vielen Frauen ausgegangen, die dachten, du seist genau das, wonach sie immer gesucht haben«, sagte ich.

Ich hatte die Parade zu und von seinem kleinen Haus mittlerweile vier Jahre lang beobachtet. Ein gut aussehender Kerl ohne offensichtliche Laster und mit regelmäßigem Einkommen in einem Ort dieser Größe? Frischfleisch, Güteklasse A.

»Aber danke, dass du der Polizei nicht gesagt hast, dass du mich gesehen hast. Tatsache ist, dass ich nicht weiß, wer Pardon umgebracht hat, und ich möchte lieber nicht meine ganze Zeit damit zubringen, die Polizei davon zu überzeugen.«

Das fand ich eine relativ verbindliche Aussage. Doch Carlton sagte nur: »Wiedersehen, Lily« und stolzierte schwer gekränkt davon. Er erinnerte sich gerade noch rechtzeitig daran, die Tür nicht hinter sich zuzuknallen.

Als ich mir die Nagelfeile holte, schüttelte ich den Kopf. Unter einigen Lagen getrockneten Dungs steckte da sicher irgendwo ein anständiger Kerl. Ich fragte mich, wie Carlton sich den Verlauf dieses Besuchs vorgestellt haben mochte.

»Lily, ich bin der gut aussehende Mann von nebenan, der

dir durch sein Schweigen beweisen will, dass er galant und zuverlässig ist. Eigentlich müsstest du dich in mich verlieben.«

»Danke, schönes, junges Mannsbild, das mich noch nie beachtet hat. Ich hatte spät nachts noch draußen in einer geheimnisvollen, aber harmlosen Angelegenheit zu tun. In Wirklichkeit bin ich gar nicht so sonderbar, wie ich manchmal scheinen mag, und zutiefst dankbar, dass du mich vor dem Verhör durch die bösen, bösen Polizisten bewahrt hast. Ich bin vollkommen unschuldig, abgesehen von dem starken Verlangen, mit dir ins Bett zu gehen bzw. dich als Steuerberater anzuheuern.«

Ich lachte laut los, was ich vor meinem nächsten Job auch dringend brauchte.

Die Sekretärin der Shakespeare Combined Church hatte einige Tage zuvor angerufen und mich gebeten, bei einer Sitzung des Beirates des kirchlichen Kindergartens zu servieren und hinterher aufzuräumen. Ich verließ das Haus zu Fuß um 16.55 Uhr. Als ich das Apartmenthaus hinter mir gelassen hatte, ging ich an dem großen Parkplatz vorbei, der das Ende der Track Street bildet. Die Kindertagesstätte, ein langer, zweigeschossiger Bau, in dem am Sonntag auch der Kindergottesdienst stattfindet, befindet sich hinter dem Parkplatz. Ein L-förmiger, überdachter Gang verläuft auf der Vorderseite des Kindergartens und an der Seite des Kirchengebäudes entlang, das zur Jamaica Street hinausgeht. Die Kirche ist in traditionellem Stil aus rotem Backstein mit einem weißen Turm gebaut, aber ansonsten weiß ich wenig über diesen Teil des Gebäudekomplexes. Die Büros des Pfarrers und seiner Sekretärin sind im Obergeschoss des Kindergartenflügels.

Sollte ich jemals wieder in die Kirche gehen, dann sicherlich nicht in die Shakespeare Combined Church oder SCC, wie die Einheimischen sie hier nennen. Die SCC entstand, als mehrere konservative Splittergruppen unvermutet für die Vereinigung ihrer Einkünfte stimmten, zusammen einen Pfarrer einstellten und Räumlichkeiten bauten, von denen alle profitieren sollten.

Gefunden hatten sie Reverend Joel McCorkindale, der so viele Spendenaufrufe und Kollekten durchgeführt hatte, dass sie erst die Kirche und dann den Kindergarten bauen konnten. Reverend McCorkindale wusste, wie man Spenden eintreibt. Ich habe ihn bei der Arbeit erlebt. Er kennt den Namen von wirklich *jedem*. Er kennt sämtliche verwandtschaftlichen Beziehungen der Leute, fragt nach den Gebrechen, spricht sein Beileid zu Verlusten und seine Glückwünsche zu Erfolgen aus. Sollte er wirklich einmal nicht weiterwissen, dann gibt er das reumütig zu. Er hat eine blitzsaubere Frau und zwei blitzblanke aufgeweckte Jungen, und obwohl ich überzeugt bin, dass Joel McCorkindale seine Arbeit aufrichtig liebt, läuft es mir in seiner Anwesenheit immer eiskalt den Rücken herunter.

Ich habe gelernt, eiskalte Schauer auf dem Rücken nicht zu ignorieren.

Soweit ich weiß, hat Joel McCorkindale noch nie ein Gesetz gebrochen. Wahrscheinlich würde er das auch nie tun. Aber ich spüre bei ihm die Anlage zur Verübung von etwas wirklich Schrecklichem direkt unter der Oberfläche brodeln. Ich habe jahrelang nur einen Schritt vom Verrücktwerden entfernt gelebt. Anzeichen geistiger Labilität an anderen nehme ich rasch und zutreffend wahr.

Bisher haben sich diese beunruhigenden Anlagen nur in seiner Wahl des Kirchendieners niedergeschlagen. Norvel Whitbread war eines Morgens stinkbesoffen auf der Schwelle der Kirche aufgetaucht. Joel McCorkindale hatte sich Norvels angenommen, ihm eine gehörige Dosis Heiligen Geistes verpasst und ihm eine Stelle als Hausmeister der

Kirche gegeben. Genau wie sein Chef macht Norvel nach außen hin keinen schlechten Eindruck; er ist angeblich trocken, hat ein echtes Händchen für kleine Reparaturen und für die Kirchenmitglieder immer ein Lächeln übrig. Seine Dankbarkeit gegenüber dem Pfarrer und der Gemeinde ist wortreich, was allen ein gutes Gefühl gibt.

Joel McCorkindale mag zwar ein dunkles Ungeheuer in sich tragen, das aber möglicherweise nie zum Vorschein kommen wird; bisher hat er bei dessen Unterdrückung ganze Arbeit geleistet. Norvel hingegen ist innerlich durch und durch verrottet. Seine Munterkeit ist reine Fassade und seine Nüchternheit garantiert genauso. Er ist der Heuchlerischste unter den Pharisäern.

Die SCC zahlt Norvel die Miete seiner Wohnung in den Shakespeare Garden Apartments und obendrein noch ein kleines Gehalt, und die Gemeindemitglieder laden ihn immer nach Hause zum Essen ein. Als Gegenleistung hält Norvel die Toiletten und den Boden der Kirche sauber, putzt zweimal im Jahr die Fenster, leert täglich die Mülleimer, sammelt Müll auf dem Parkplatz ein und versucht sich an kleineren Reparaturen. Er verrichtet außerdem ein wenig Arbeit in den Apartments für Pardon Albee. Aber vor allem, was auch nur im Geringsten mit Haushaltsführung zu tun hat, zum Beispiel die riesige Geschirrspülmaschine der Kirche zu beladen oder Kaffee zu kochen und zu servieren, drückt er sich. Deshalb fallen alle weiteren kirchlichen Pflichten an mich, wenn keines der weiblichen Mitglieder Zeit hat, ehrenamtlich auszuhelfen.

Diese vierteljährlich stattfindende Beiratssitzung, bei der die für die laufende Amtsperiode gewählten Mitglieder des Kindergartenvorstandes zusammenkommen, ist immer ein wichtiges Ereignis, und ich werde meist herbeigerufen, um die Kaffee- und Plätzchentabletts bereitzustellen, weil die weiblichen Gemeindemitglieder bei diesen Diskussionen sonst je nach Veranlagung vor Lachen sterben oder entnervt davonrennen würden.

Als ich hereinkam, hing Norvel Whitbread in der Gemeindeküche herum, die sich an dem von der Kirche am weitesten entfernten Ende der Kindertagesstätte befindet. An der Arbeitsplatte lehnten ein großer Besen und ein Kehrblech, um seine guten Absichten zu belegen.

»Wie geht's, Schwester Lily?«, sagte er mit seiner Kaugummiaussprache, während er aus einer Coladose trank.

»Ich bin nicht deine beschissene Schwester, Norvel.«

»Wenn du den Job behalten willst, Frau, dann pass auf, was du sagst.«

»Wenn du den Job behalten willst, dann hör besser auf, dir Hochprozentiges in die Cola zu kippen.«

Ich konnte den Bourbon auf zwei Meter Entfernung riechen. Auf Norvels dünnem, von der Nase dominiertem, unterernährtem Gesicht zeichnete sich totaler Schock ab. Es war offensichtlich, dass seit längerem niemand mehr mit dem Vorzeigebekehrten der Kirche Tacheles geredet hatte. Norvel trug abgelegte Klamotten eines Gemeindemitglieds – solche weiten braunen Hosen und ein zu großes, gestreiftes Hemd hätte Norvel sich nie ausgesucht.

Während ich die Kaffeemaschine für zwanzig große Tassen herausholte, fing Norvel sich wieder.

»Ich bin Mitglied dieser Gemeinde und du nicht«, zischte er mit leiser, gemeiner Stimme. »Sie werden mir glauben.«

»Weißt du was, Norvel? Sag ihnen doch, was du willst. Entweder glauben sie dir und schmeißen mich raus – in diesem Fall wird die nächste Frau, die sie einstellen, ihnen sicherlich gern von deinen Trinkgewohnheiten berichten – oder sie schmeißen dich raus oder haben zumindest stärker ein Auge auf dich. So wie ich die Sache sehe, verlierst du auf jeden Fall.« Ich hatte es mir bisher zur Regel gemacht, Norvel zu ignorieren oder ihm aus dem Weg zu gehen, aber heute wollte ich mir einfach nichts von ihm gefallen lassen. Vielleicht hatte meine relative Zurückhaltung Carlton gegenüber meine Quote »Nettigkeit« für den Tag ausgeschöpft, vielleicht war das hier einfach eine Begegnung zu viel. Manchmal vergeht eine ganze Woche, in der ich nicht mit so vielen Leuten rede wie heute.

Norvel kämpfte mit seinen Gehirnwindungen, während ich die Kaffeemaschine zusammensetzte und zum Laufen brachte und ein Tablett für die sortierten Bäckereiplätzchen in den weißen Schachteln fand, die man mir auf die Arbeitsplatte gestellt hatte.

»Das zahl ich dir noch heim, du alte Schlampe«, sagte Norvel, dessen eingesunkene Wangen in dem gnadenlosen Neonlicht noch hohler wirkten.

»Nein, das wirst du nicht«, erwiderte ich mit völliger Überzeugung.

Vom Teufel oder vom Alkohol oder beidem geritten, machte Norvel eine falsche Bewegung. Er fasste den Besen mit beiden Händen und versuchte, mich damit zu stoßen. Ich griff die Mitte des Besenstiels zwischen seinen Händen, duckte mich unter seinem Arm hindurch, drehte den Besen und beugte mich vor. Dadurch wurden Norvels Arme verdreht und durch den Druck von hinten gezerrt. Das war äußerst schmerzhaft, wie ich herausgefunden hatte, als Marshall mir diese Technik beigebracht hatte, und Norvel gab einen hohen Quietscher wie eine Fledermaus von sich.

Natürlich musste Reverend Joel McCorkindale genau in diesem Augenblick in die Küche kommen. Noch bevor ich ihn sah, sagte mir der Geruch seines Rasierwassers, wer es war, weil er gern gut roch. Ich ließ den rechten Fuß hinter Norvels Bein gleiten, hob ihn ein wenig und trat ihm in die

Kniekehle. Er brach zu einem keuchenden Häufchen Elend auf dem sauberen Küchenboden zusammen.

Ich verschränkte die Arme vor der Brust und drehte mich zum Pfarrer um.

Bei den außergewöhnlichen Anlässen, bei denen man Joel McCorkindale mit geschlossenem Mund erlebt, wirkt er gar nicht wie er selbst. Seine Lippen waren jetzt angewidert zusammengepresst, als er hinunter auf Norvel und wieder hoch zu mir blickte. Ich vermutete, dass McCorkindale als Jugendlicher in den Spiegel geschaut, einen völlig uninteressanten Mann erblickt und sich dann geschworen hatte, eine starke persönliche Ausstrahlungskraft und eine markante Stimme zu entwickeln, um seinen Mangel an äußerlicher Schönheit zu vertuschen. Er hat eine durchschnittliche Körpergröße, ein mittleres Gewicht und eine unauffällige Hautfarbe. Er ist durchschnittlich gebaut, weder muskulös noch besonders schwammig. Und doch ist er aus irgendeinem Grund ein überwältigender Mann, der einen ganzen Raum mit Freude oder Ruhe oder Überzeugung füllen kann.

Jetzt füllte er ihn mit Verärgerung.

»Was geht hier vor?«, fragte er mit derselben donnernden Stimme, mit der Gott aus dem brennenden Busch hätte sprechen können – auch wenn ich hoffte, dass Gott sich den gereizten Tonfall erspart hätte.

Norvel wimmerte und hielt sich den Arm. Ich wusste, dass er nichts gegen mich unternehmen würde, solange sein Brötchengeber dabeistand. Ich drehte mich zum Spülbecken, damit ich mir die Hände waschen und die Plätzchen hinlegen konnte.

»Miss Bard!«, ertönte die Stimme.

Ich seufzte und drehte mich um. Immer, immer musste man dafür büßen, wenn man sich einmal amüsierte.

Die Leute redeten einfach viel zu viel.

»Was geht hier vor?«, fragte Reverend McCorkindale drohend.

»Norvel konnte seine Schmutzfinger nicht bei sich behalten, da musste ich ihn in seine Schranken weisen.«

Ich rechnete mir aus, dass diese Erklärung am wenigsten Fragerei nach sich ziehen würde.

Der Pfarrer glaubte mir umgehend, womit ich ebenfalls gerechnet hatte. Ich hatte bemerkt, wie er mich ein- oder zweimal ausgiebig gemustert hatte. Ich hatte den starken Verdacht, dass er es nicht unglaubwürdig finden würde, dass ein Mann Annäherungsversuche bei mir machen würde.

»Norvel. Stimmt das?«

Norvel sah (gewissermaßen) die Zeichen an der Wand und nickte. Ich hatte mich gefragt, ob Wut oder Cleverness bei ihm die Oberhand gewinnen würde.

»Bruder Norvel. Wir müssen uns später in meinem Arbeitszimmer unterhalten, nach der Sitzung.«

Wieder nickte Norvel.

»Und jetzt helfe ich dir auf und hier raus, damit Schwester Lily ihre Arbeit verrichten kann«, sagte McCorkindale mit seiner nun wieder wie üblich samtigen Stimme mit dem hypnotischen Tonfall.

Im Nu hatte ich die große Küche für mich.

Als ich nach Servietten suchte, dachte ich, dass Norvels Sauferei dem alles beobachtenden Pardon Albee nicht entgangen sein konnte, da er Norvel sowohl im Apartmenthaus als auch hier in den Kirchengebäuden sah. Ich fragte mich, ob Pardon Norvel so wie ich mit Bloßstellung gedroht haben mochte. Norvel würde sich als Pardons Mörder geradezu anbieten. Für einen Hausmeister wäre es besonders typisch, dienstags meinen Karren am Straßenrand zu bemerken und sich dann daran zu erinnern, als er etwas Schweres zu transportieren hatte.

Die Idee behagte mir immer mehr, ohne mich wirklich zu überzeugen. Norvel ist widerlich, und ich wäre froh, wenn er aus den Apartments neben meinem Haus verschwunden wäre. Aber ich glaubte im Grunde nicht, dass Norvel genug Grips hatte, um sich Pardons Leiche so geplant zu entledigen. Vielleicht hatte die Verzweiflung aber auch seinen Verstand auf Touren gebracht.

Ich stellte eine Schale mit Süßstoff und eine Schale mit Zucker auf das Tablett. Ich holte zwei Thermoskannen heraus und füllte den fertig gebrühten Kaffee hinein. Als sich die Beiratsmitglieder alle in dem kleinen Konferenzraum neben dem Gemeindesaal versammelt hatten, standen Tassen, Untertassen, kleine Teller, Servietten, Thermoskannen und Plätzchenteller auf dem Buffettisch bereit. Jetzt brauchte ich nur noch zu warten, bis die Sitzung vorbei war, meist anderthalb Stunden, und ich konnte das Geschirr abräumen. Dann konnte ich zu meinem Kampfsportkurs gehen.

Eine Viertelstunde lang räumte ich noch in der Küche auf. Ein paar zusätzliche Leistungen machen sich immer gut als Werbung und ich langweile mich nicht so. Dann ging ich nach draußen in den Gemeindesaal, der ungefähr dreizehn mal sieben Meter groß ist. Ringsherum stehen Tische mit Klappstühlen. Die Tische werden die ganze Woche über von den Kindergartenkindern benutzt und sind dementsprechend schmutzig, die Stühle nicht ordentlich herangeschoben, auch wenn die Kindergärtnerinnen darauf Wert legen, dass die Kinder selbst aufräumen. Ich brachte alles in Ordnung, bis ich damit zufrieden war, und wenn ich dabei in die Nähe der Tür geriet, hinter der die Sitzung stattfand … na ja, ich langweilte mich eben doch. Ich sagte mir, dass die Neuigkeiten, die ich eventuell mithören würde, niemals an unbefugte Ohren dringen würden, genauso wenig wie die privaten Angelegenheiten, die mir beim Putzen in den Wohnungen der Leute auffallen.

Die Tür zum Sitzungssaal stand halb offen, damit frische Luft hereinkam. Zu dieser Jahreszeit kann es in einem Raum ohne Fenster sehr stickig werden. Da ich kein Buch mitgebracht hatte, würde mich die Sitzung hoffentlich ein wenig unterhalten.

Eine der Kindergärtnerinnen hatte in der Dinosaurierwoche in ihrer Gruppe über Evolution gesprochen, bekam ich mit. Ich versuchte angestrengt, die Dramatik dieser Tatsache zu verstehen. Die Beiratsmitglieder hingegen fanden es jedoch ganz schrecklich. Ich machte mir Gedanken darüber, welches übereifrige Kind wohl seine Erzieherin verpetzt haben mochte und welches Signal es diesem Kind geben würde, wenn die Erwachsene daraufhin entlassen würde. Bruder McCorkindale, wie sie ihn alle nannten, plädierte dafür, die Erzieherin zu einem Dialog (sein Ausdruck) einzubestellen und dann weiterzusehen; er war der Überzeugung, dass die Frau, die er als »gottesfürchtig und kinderlieb« bezeichnete, Gelegenheit zu Erklärung und Abbitte haben sollte.

Beiratsmitglied Lacey Dean Knopp, die verwitwete und von neuem verheiratete Mutter von Deedra Dean, war der gleichen Meinung, auch wenn sie traurig zugab, dass schon die Erwähnung der Evolution ein schlimmer Fehler der Kindergärtnerin gewesen sei. Die anderen sechs Anwesenden waren jedoch dafür, die Frau schlicht und einfach rauszuschmeißen.

»Ich hoffe bloß, dass das nicht symptomatisch für die Leute ist, die wir hier einstellen. Sonst müssen wir unsere Angestellten in Zukunft sorgfältiger auswählen«, sagte eine nasale Frauenstimme.

Ich erkannte die Stimme: Es war die von Jenny O'Hagen, die mit ihrem Mann zusammen die Geschäftsführung der örtlichen Niederlassung einer landesweiten Restaurantkette namens Bippy's innehatte. Als echte Yuppies schaffen es

Jenny und Tom O'Hagen, ihr Leben mit derart viel Arbeit, Terminen, Veranstaltungen in der Kirchengemeinde und Telefongesprächen betreffend ihrer diversen ehrenamtlichen Funktionen (und das sind nicht wenige, weil sie Mitglieder in jedem Verein sind, der sie aufnimmt) so voll zu packen, dass jede Art von Freizeit und Unterhaltung miteinander vermieden wird.

Jenny und Tom wohnen in einer Erdgeschosswohnung in den Shakespeare Garden Apartments, die direkt neben der von Pardon Albee liegt. Selbstverständlich haben sie keine Minute Zeit zum Putzen ihrer Wohnung, weswegen sie mich beschäftigen. Ich bin immer froh, wenn während meiner Arbeitszeit keiner von beiden zu Hause ist. Meistens steht derjenige der beiden, der am Abend zuvor Spätschicht hatte, jedoch gerade erst auf, wenn ich dort eintreffe.

Ich hatte nicht gewusst, dass die O'Hagens Gemeindemitglieder der SCC sind, erst recht nicht, dass sie ein Amt im Beirat innehatten, aber es passte. Es war typisch für die O'Hagen'sche Lebensphilosophie, dass sich die kinderlose Jenny einen Platz im Beirat des Kindergartens verschafft hatte, da die Kindertagesstätte die wichtigste in Shakespeare und die Warteliste für einen Platz lang ist. Jenny hatte wahrscheinlich einen Termin mit Tom, am 15. Oktober ein Kind zu zeugen, und saß die Zeit im Beirat ab, um dem Neugeborenen einen Platz im Kindergarten zu sichern.

Da Auftraggeber von mir beteiligt waren, hörte ich den im Konferenzraum geäußerten Ansichten mit erhöhter Aufmerksamkeit zu. Alle waren derart erregt, dass ich mich fragte, ob es nicht ein Fehler gewesen war, echten Kaffee statt koffeinfreien zu machen.

Schließlich traf der Beirat die Entscheidung, die glücklose junge Frau zu tadeln und nicht hinauszuwerfen. Als sich die Tagesablaufpunkte trivialeren Dingen wie dem Haushaltsplan des Kindergartens und den ärztlichen Formularen zuwandten, welche für die Kinder ausgefüllt werden mussten, verlor ich das Interesse … gähn. Kurz darauf war ich froh, dass ich nicht weggegangen war, um irgendwo noch weiterzuputzen, weil ein Name genannt wurde, den ich kannte.

»Als Nächstes muss ich eine ebenfalls ernste Angelegenheit ansprechen. Ich möchte sie mit der Bitte einleiten, heute Abend in Ihren Gebeten an unsere Schwester Thea Sedaka zu denken, die momentan unter enormen häuslichen Belastungen leidet.«

Im Konferenzraum herrschte Totenstille, während die Anwesenden (und ich) in atemloser Spannung abwarteten, was da im Haushalt der Sedakas vor sich gehen mochte. Es berührte mich irgendwie merkwürdig, dass etwas Wichtiges mit Marshall vor sich ging und ich es nun auf diese Art und Weise herausfinden würde.

Bruder McCorkindale war natürlich bekannt, wie man Pausen mit maximaler Wirkung einsetzt. »Thea hat keinen Mann mehr – die beiden haben sich getrennt. Ich erzähle Ihnen diese sehr persönliche Angelegenheit, weil Sie das bitte im Hinterkopf behalten wollen, wenn ich Ihnen sage, dass eine der Mütter Thea vorwirft, ein kleines Mädchen im Kindergarten geschlagen zu haben.«

Ich versuchte, die Aussage dieses Satzes zu entwirren. Meine Augenbrauen gingen nach oben. Kinder zu ohrfeigen war in diesem Kindergarten ein großes Tabu – in jedem Kindergarten, wie ich hoffte.

Ein allgemeines Keuchen des Entsetzens war deutlich zu hören.

»Das ist viel, viel schlimmer, als über Evolution zu sprechen«, bemerkte Lacey Dean Knopp traurig. »Das können wir einfach nicht durchgehen lassen, Joel.«

»Natürlich nicht. Das Wohlergehen der Kinder, die unserer Obhut anvertraut sind, muss unser höchstes Ziel sein«, erwiderte Reverend McCorkindale. Obwohl er klang, als hätte er einen Abschnitt aus dem Leitfaden für Erzieherinnen auswendig gelernt, empfand ich ihn als aufrichtig. »Aber ich muss Ihnen sagen, meine Brüder und Schwestern im Herrn, dass Thea es tief bereut, dem Kind auch nur Anlass zum Glauben gegeben zu haben, sie habe es schlagen wollen.«

»Sie streitet es also ab?« Jenny O'Hagen hatte es schneller als alle anderen begriffen.

»Thea sagt, dass das Kind frech zu ihr gewesen sei, und zwar nicht zum ersten Mal, sondern zum siebten oder achten Mal an jenem Morgen. Thea weiß natürlich, dass es Teil ihrer Aufgabe ist, ein solches Verhalten zu ertragen und zu korrigieren, aber da sie solch außergewöhnlichen Belastungen ausgesetzt ist, verlor sie ein wenig die Kontrolle und klopfte dem Mädchen auf die Wange, damit es zuhörte. So sei es gewesen, zeigte sie mir.«

Natürlich konnte ich nicht sehen, was Reverend McCorkindale da demonstrierte.

»Gab es Zeugen?«, fragte Jenny.

Jenny hatte eindeutig das Zeug zur Vernehmungsbeamtin.

»Nein, leider nicht. Thea war mit dem Kind allein im Raum. Thea hatte das Mädchen nicht in die Pause gehen lassen, weil sie sein Verhalten mit ihm besprechen wollte.«

Ein Moment des Schweigens entstand, in der die Beiratsmitglieder vermutlich über die Sache nachdachten.

»Wir müssen sie zur Rede stellen, Joel«, brummte die Stimme eines älteren Mannes. »Körperliche Züchtigung steht den Eltern frei, aber nicht den Erzieherinnen.«

Ich nickte.

»Sie wollen also, dass sie ihre Stelle behält?«, fragte Joel McCorkindale direkt. »Wir müssen eine Entscheidung treffen, sie wartet darauf. Ich muss Sie daran erinnern, dass

Thea ein treues Mitglied unserer Gemeinde ist und eine sehr schwierige Zeit durchlebt. Die Eltern des kleinen Mädchens sagten, dass sie unsere Entscheidung akzeptieren würden.«

Daraufhin flehten sie McCorkindale geradezu an, auf der Stelle hinüber zu Theas Haus zu fahren und ihr zu sagen, dass alles vergeben und vergessen sei – solange es nicht noch einmal vorkäme.

Der Pfarrer hatte keine weiteren Knaller mehr auf Lager und die Sitzung ging offensichtlich ihrem Ende entgegen. Ich sorgte dafür, dass ich für die Beiratsmitglieder unsichtbar wieder in der Küche war, als sie herauskamen. Ich zog die Möglichkeit in Betracht, dass Joel McCorkindale in die Küche kommen und nach meiner Auseinandersetzung mit Norvel fragen könnte, aber ich hörte seine Schritte nach oben ins Büro gehen, nachdem die Beiratsmitglieder weg waren.

Als ich das Geschirr spülte und die Plastikbeutel mit den übrig gebliebenen Plätzchen verschloss, wünschte ich, ich wäre die ganze Zeit in der Küche geblieben. In ein paar Minuten würde ich Marshall Sedaka sehen, und das Gefühl, etwas über sein Privatleben zu wissen, das er mir selbst nicht gesagt hatte, war mir unangenehm. Ich blickte auf meine große, wasserdichte Uhr, wrang schnell das Spültuch aus und hängte es ordentlich über die Trennwand zwischen den Spülbecken. Es war fast 18.40 Uhr.

Da mir nur wenige Minuten blieben, um meinen Karate-Gi anzuziehen, war ich alles andere als erfreut, Claude Friedrich offensichtlich auf mich wartend an seinem Polizeiwagen lehnen zu sehen. Er hatte das Auto direkt vor meinem Haus geparkt. Wollte er mir Angst einjagen?

»Hallo, Miss Bard«, tönte er. Er hatte die Arme locker vor der Brust gefaltet. Er trug nicht mehr seine Uniform, sondern ein legeres, grün-braun gestreiftes Hemd und eine Khakihose.

»Ich habe es schrecklich eilig«, sagte ich und versuchte, nicht schnippisch zu klingen, da das andeuten könnte, dass er mich erfolgreich verunsichert hatte.

»Ist das gemächlichere Tempo nicht angeblich eine der Vorzüge des Kleinstadtlebens?«, fragte er gemütlich.

Ich blieb wie angewurzelt stehen. Gleich würde etwas Schlimmes kommen.

»Shakespeare ist ruhiger als Memphis zum Beispiel«, sagte er.

Ein Schmerz durchzuckte meinen Schädel. Auch wenn ich wusste, dass es psychisch war, tat es so weh wie eine echte Migräne. Dann überkam mich eine Welle der Wut, die so stark war, dass sie mich auf den Beinen hielt.

»Reden Sie bloß nicht *da*rüber«, sagte ich so aus tiefstem Herzen, dass es gar nicht wie meine eigene Stimme klang. *»Sagen Sie kein Wort davon.«*

Ich ging ins Haus, ohne ihn eines weiteren Blickes zu würdigen; wenn er noch mal an die Tür klopfte, würde er mich festnehmen müssen, da ich ihn nach Leibeskräften verletzen würde. Ich ließ mich mit laut klopfendem Herzen gegen die Tür sinken. Ich hörte, wie sein Auto wegfuhr. Meine Hände schwitzten. Ich musste sie immer und immer wieder waschen, bevor ich mir die Putzklamotten vom Körper reißen und meine blütenweiße Anzughose anziehen konnte. Jacke und Gurt steckten bereits zusammengerollt in einer kleinen Tasche; auf dem Weg zu Body Time würde ich nur ein weißes, ärmelloses T-Shirt tragen und dort den Rest meines Karate-Gi anziehen. Ich fasste mit der Hand in die Tasche und berührte den Obi, meinen Grüngurt, der mir mehr bedeutete als alles auf der Welt. Dann warf ich einen Blick auf die Wanduhr und eilte die Seitentür hinaus zum Auto.

Ich bog genau um halb acht auf dem Parkplatz des Body Time ein, später als je zuvor. Ich stürmte durch die Glastür und den Raum mit den Gewichten hindurch. So spät abends rackerten sich nur noch einige Unermüdliche mit den Freigewichten oder an den Maschinen ab. Ich kannte sie gut genug, dass ich ihnen zunickte.

Ich ging schnell durch die Tür hinten im Gewichteraum hindurch und einen Flur entlang, von dem Türen zum Büro, den Toiletten, dem Massageraum, den Sonnenbänken und einer Rumpelkammer abgingen. Am Ende des Flurs war eine geschlossene Flügeltür, was mich sehr ärgerte. Wenn die Tür zu war, hieß das, dass der Kurs schon angefangen hatte.

Vorsichtig drehte ich den Türknauf und versuchte, die Tür möglichst leise zu öffnen. Auf der Schwelle verbeugte ich mich, die Tasche unter den Arm geklemmt. Als ich mich aufrichtete, sah ich, dass der Kurs bereits im Shiko Dachi war – einer tiefen Hockstellung mit gespreizten Beinen, entspanntem Gesicht und vor der Brust verschränkten Armen. Einige Augen verdrehten sich in meine Richtung. Ich ging zu einem der Stühle an der Wand, zog Schuhe und Strümpfe aus und zog den Rest meiner Kampfsportkleidung zur Wand gedreht an, wie es sich gehörte. Ich wickelte den Obi um die Taille, bekam den Knoten in Rekordzeit hin und rannte dann lautlos auf meinen Platz in der Reihe, zweite von vorn. Raphael Roundtree und Janet Shook hatten unauffällig für mich Platz gemacht, als sie mich hereinkommen sahen, wofür ich dankbar war.

Ich verbeugte mich kurz vor Marshall, ohne ihn anzusehen, und nahm dann die Haltung ein. Als mein Atem nach einigen Sekunden gleichmäßiger geworden war, riskierte ich einen Blick hoch zu Marshall. Er zog seine dunklen Augenbrauen leicht nach oben. Marshall nutzt sein zu einem Viertel asiatisches Blut gnadenlos aus und bemüht sich stets um eine undurchschaubare Miene; sein dreieckiges Gesicht, dessen Farbe irgendwo zwischen dem Rosa der Weißen und dem Elfenbein der Asiaten lag, blieb ruhig. Doch die vogelschwingengleichen Augenbrauen sprachen Bände – Überraschung, Enttäuschung, Kritik.

Shiko Dachi ist eine Stellung, als säße man auf Luft; sie ist selbst nach langer Übung noch schmerzhaft und anstrengend. Die beste Methode, sie durchzuhalten, ist die Konzentration auf etwas anderes, zumindest bei mir. Aber ich war zu aufgewühlt, um meditieren zu können. Stattdessen betrachtete ich die Reihe der Mitleidenden, die im Spiegel an der Wand zu sehen waren.

Neue stehen immer am Ende der Reihe. Der Kopf des Neuesten war gebeugt, seine Beine zitterten – der Kurs hatte die Haltung also vermutlich erst vor anderthalb oder zwei Minuten eingenommen. Ich hatte nicht viel verpasst.

Nach einigen Sekunden begann ich mich zu entspannen. Das Ziehen in den Oberschenkeln belegte mich völlig mit Beschlag und die Begegnung mit dem Polizisten begann zu verblassen. Ich fing an, den Ablauf der Kata, die wir später üben würden, vor meinem inneren Auge zu sehen. Ich ignorierte den Schmerz in den Oberschenkeln und stellte mir im Geiste die verschiedenen Bewegungen der Gekisai Dai ni vor, erinnerte mich an die Fehler, die ich mir angewöhnt hatte, und bereitete mich geistig auf die Verfeinerung von Anmut und Techniken der Kata vor, einer Serie von Schlägen, Blocks und Tritten, die zusammen fast wie ein Tanz aussehen.

»Drei Minuten«, sagte der Erste in der Reihe, ein wie ein Bär gebauter Schwarzer namens Raphael Roundtree. Die Uhr hatte er am Gurt befestigt.

»Noch eine Minute«, sagte Marshall, und ich konnte die Verzweiflung in der Gruppe spüren, auch wenn keiner ein Geräusch von sich gab. »Achtet darauf, dass eure Oberschenkel parallel zum Boden sind.«

Eine kleine Bewegung durchlief die Reihe, als die Schüler ihre Haltung korrigierten. Ich blieb stocksteif; mein Shiko

Dachi war so gut, wie ich es konnte. Meine Füße hatten die richtige Entfernung voneinander, die Zehen zeigten im korrekten Winkel nach außen, mein Rücken war gerade.

Ich tauchte kurz aus meinen Gedanken auf und sah im Spiegel die Reihe hinunter. Der letzte Mann in der Reihe hatte schwer zu kämpfen. Obwohl er nur Shorts und T-Shirt trug, lief ihm der Schweiß nur so das Gesicht herab. Seine Beine zitterten wie verrückt. Erstaunt erkannte ich meinen Nachbarn, Carlton Cockroft, der mich so großzügig darüber ins Bild gesetzt hatte, dass er mich nachts draußen gesehen hatte.

Ich schloss die Augen und versuchte mich wieder auf den Ablauf der Kata zu konzentrieren, aber ich war zu verblüfft.

Als Raphael ausrief: »Vier Minuten«, war ich genauso erleichtert wie alle anderen im Kurs.

Wir standen auf und schüttelten die schmerzenden Beine aus.

»Lily! Dehnübungen!«, sagte Marshall, dessen Blick mich kaum streifte, als er die Reihe hinuntersah. Er zog sich in eine Ecke zurück, von wo er aufpasste, dass wir auch ja nicht schlappmachten.

Ich verbeugte mich und rannte an den Platz vor dem Kurs. An diesem Abend waren nur acht Leute da. Janet und ich waren die einzigen Frauen, so ziemlich im selben Alter, Janet vielleicht dreißig und ich einunddreißig. Die Männer waren zwischen zwanzig und zirka fünfundfünfzig.

»Yoi!«, sagte ich schneidend, um sie zur Aufmerksamkeit zu rufen. Mit »Rei« verbeugte ich mich vor ihnen. Sie verbeugten sich auch vor mir, Carlton nur einen Takt nach den anderen. Er behielt den Mann vor sich ständig im Auge und machte dessen Bewegungen nach. Ich fragte mich wieder, warum er hier sein mochte. Doch die Gruppe wartete auf meine Befehle und ich streckte das rechte Bein aus und balancierte auf dem linken. »Großer Zeh hoch ... und runter …«, sagte ich. Einige Minuten später führte ich zum Abschluss seitlich gesprungene Tritte vor, wobei ich die Arme zur Balance vor mir ausstreckte.

Ich verbeugte mich vor Marshall und rannte zurück an meinen Platz.

»Lehrers Liebling«, zischte Raphael aus dem Mundwinkel. »Zu spät obendrein.« Raphael und ich wechseln uns meist mit der Anleitung der Dehnübungen ab. Er ist Mathelehrer an der Highschool und braucht das Karatetraining vermutlich, um Dampf abzulassen.

»Das erste Mal«, flüsterte ich beleidigt und sah, wie seine Zähne grinsend aufblitzten.

Marshall ließ uns eine kurze Pause machen und nach einem Schluck Wasser aus dem Trinkbrunnen im Gewichteraum gesellte ich mich zu Carlton. Jetzt wirkte er nicht mehr essbar, sondern überreif. Sein Gesicht war rot und seine Haare waren schweißgetränkt. Ich hatte ihn noch nie mit ungekämmtem, geschweige denn wirrem Haar gesehen. Raphael tauchte hinter mir auf, bevor ich irgendetwas zu meinem Nachbarn sagen konnte, und ich stellte die beiden einander vor. Raphael ist mein Freund, auch wenn ich ihn nie außerhalb des Trainings sehe. Jetzt würde ich Carlton vielleicht auf dieselbe Art und Weise kennen lernen, nachdem ich vier Jahre neben ihm gewohnt hatte. Nach unserer eher angespannten Unterhaltung hatte er offensichtlich noch einmal nachgedacht.

»Warum haben Sie sich entschieden, hier in den Kurs zu kommen, Carlton?«, fragte Raphael mit unverhohlener Neugier. Es war offensichtlich, dass Carlton kein Fitnessfreak war.

»Ich bin Marshalls Buchhalter«, erklärte Carlton, was mir neu war. »Und ich sehe Lily jetzt seit vier Jahren zu diesem Kurs pilgern, seit ich das Haus neben ihr gekauft habe. Sie macht immer den Eindruck, als freue sie sich auf den

Unterricht. Heute habe ich Marshall angerufen, und er hat gesagt, ich solle es ruhig einmal ausprobieren. Was kommt als Nächstes? Dieses – Shigga oder wie es heißt habe ich nur mit Ach und Krach überlebt.«

»Als Nächstes«, sagte Raphael mit einem genüsslich sadistischen Grinsen, »kommen die Aufwärmübungen.«

»Noch mehr?«, fragte Carlton entsetzt.

Ich sah hoch zu Raphael. Wir brachen gleichzeitig in Lachen aus.

Ich war immer noch dabei, mir die Schuhe zuzubinden, als der Letzte von den Teilnehmern ging. Ich hatte absichtlich getrödelt, damit ich mit Marshall sprechen konnte, ohne mich gezielt mit ihm zu verabreden, weil das womöglich die empfindliche Balance unseres Verhältnisses gestört hätte.

»Warst spät dran heute«, bemerkte Marshall, während er seine Gi-Jacke sorgfältig faltete und in die Sporttasche legte. In dem weißen T-Shirt war der warme Elfenbeinton seiner bloßen Arme deutlicher sichtbar. Marshalls Großmutter war Chinesin und sein Großvater Amerikaner, wie er Raphael eines Abends in meiner Hörweite erzählt hatte. Abgesehen von seinem Teint, den glatten, schwarzen Haaren und den dunklen Augen hätte man es nicht geahnt. Er ist ein bisschen älter als ich – um die fünfunddreißig, vermute ich – und nur sieben Zentimeter größer. Aber er ist der stärkste und gefährlichste Mensch, den ich kenne.

»Die Bullen«, sagte ich als Erklärung.

»Was – wegen Pardon?« Marshall betrachtete mich aufmerksam.

Ich zuckte die Achseln.

»Irgendwas war doch heute Abend mit dir los«, sagte er.

Marshall hatte noch nie etwas Persönlicheres zu mir gesagt als »Guter Tritt« oder »Pass auf, dass Hand und Gelenk auf einer Linie mit dem Arm sind« oder »Die Bizepse haben sich ja gut gemacht.« Angesichts unserer langen Kameradschaft fühlte ich mich zu einer Antwort verpflichtet.

»Mehrere Dinge«, antwortete ich langsam. Wir saßen einen guten Meter entfernt voneinander auf dem Boden. Marshall hatte einen Schuh an und lockerte den Schnürsenkel des anderen, schlüpfte hinein und band ihn zu, während ich meinen zweiten Strumpf anzog.

Marshall setzte sich mit verschränkten Beinen in eine Yogahaltung und stützte sich mit den Händen ab. Er stieß sich vom Boden ab und verlagerte sein gesamtes Gewicht auf Arme und Hände. So kam er auf den Händen zu mir »gelaufen«, worüber ich zu lächeln versuchte, aber diese neue Situation war mir zu unvertraut. Wir hatten noch nie ein persönliches Gespräch geführt.

»Erzähl«, sagte er.

Ich hielt mich so lange wie möglich mit dem Binden meines Schuhs auf und versuchte zu entscheiden, was ich sagen sollte. Ich sah ihn an, als er gerade von dem schwach hörbaren Klingeln des Telefons in seinem Büro abgelenkt wurde. Es hörte nach dem zweiten Klingeln auf, einer der Mitarbeiter musste drangegangen sein.

Marshalls Gesicht ist auffällig dreieckig geschnitten, mit schmalen Lippen und einer Nase, die bereits einige Male eingeschlagen worden ist. Er sieht einer Katze sehr ähnlich, verfügt aber nicht über deren Geschmeidigkeit. Sein Körperbau gleicht eher dem einer Bulldogge.

Ich musste nun entweder den Mund aufmachen oder ihm sagen, dass ich es ihm nicht anvertrauen konnte. Er wartete geduldig, aber er wartete.

»War Pardon Albee dein Partner?«, fragte ich schließlich.

»Ja.«

»Und was passiert jetzt?«

»Wir hatten einen Vertrag. Wenn einer von uns sterben sollte, würde der andere den ganzen Laden bekommen.

Pardon hatte keine Erben. Ich hatte Thea, aber Pardon wollte nichts mit ihr zu tun haben. Stattdessen hatte er eine hohe Lebensversicherung für mich abgeschlossen; das Geld sollte für Thea sein, falls mir etwas zustoßen sollte. Einen Anteil am Unternehmen würde sie nicht bekommen.«

»Also ... gehört Body Time jetzt dir.«

Er nickte. Seine Augen fixierten mich. Ich war es eher gewohnt, andere anzustarren als selbst angestarrt zu werden, und musste mich anstrengen, nicht nervös zu werden. Außerdem saß Marshall mir ein bedeutendes Stück näher, als ich es von anderen gewohnt war.

»Das freut mich«, sagte ich bemüht.

Er nickte wieder.

»Hat die Polizei schon mit dir wegen der Sache mit Pardon gesprochen?«, fragte ich ihn.

»Ich spreche morgen mit Dolph Stafford auf der Polizeiwache. Ich wollte nicht, dass sie herkommen.«

»Das verstehe ich.« Ich glaubte nicht, Thea erwähnen zu dürfen. Ich hätte eigentlich nichts davon wissen dürfen, dass Thea einem kleinen Mädchen eine Ohrfeige gegeben hatte; wenn ich allerdings die Gerüchteküche Shakespeares richtig einschätzte, dann wusste mittlerweile jeder im Ort Bescheid. Und ich konnte nicht einfach mit der Frage herausplatzen, warum Marshall und Thea sich getrennt hatten.

Irgendetwas lag in der Luft und ich wurde immer nervöser.

»Und ... das andere?«, fragte er leise.

Ich warf ihm einen schnellen Blick zu und blickte dann wieder hinunter auf meine Hände, die an dem verdammten Schnürsenkel zerrten. »Nichts, worüber ich sprechen möchte«, versuchte ich abzuwiegeln.

»Ich habe Thea verlassen.«

»Oh.«

Wir starrten einander wieder an, und ich merkte, wie sich eine Blase hysterischen Lachens in meinem Hals bildete.

»Willst du gar nicht wissen warum?«

»Wieso?« Ich wusste, dass ich etwas dümmlich klang, aber ich schien mich einfach nicht konzentrieren zu können. Es kostete mich große Anstrengung still zu sitzen. Eine private Unterhaltung, körperliche Nähe, Gespräche über persönliche Dinge machen mich schrecklich nervös.

Marshall schüttelte den Kopf. »Nichts, Lily. Kann ich dich etwas fragen?«

Ich nickte eher zögerlich. Ich stellte mir vor, dass wir wie zwei Holzvögel auf dem Schreibtisch aussahen, die immer abwechselnd mit dem Kopf nicken.

»Wo hast du die Narben her?«, fragte er sanft.

Fünf

Mir kam es vor, als ob im Raum plötzlich keine Luft mehr sei.

»Willst du das wirklich wissen?«, fragte ich.

»Natürlich«, sagte Marshall. »Wir kommen nie weiter als bisher, solange ich das nicht weiß.«

Ich sah in den Spiegel hinter Marshalls Schulter. Das Gesicht, das ich da sah, erkannte ich nicht.

»Wenn es einmal raus ist, können die Leute mich nicht mehr so sehen wie vorher«, sagte ich. Mein Mund war plötzlich so ausgetrocknet, dass ich kaum sprechen konnte.

»Ich nicht«, sagte er.

Es würde trotzdem so kommen. Es würde den unausgesprochenen Bund zwischen uns zerstören – einen Bund, mit dem er offensichtlich nicht länger zufrieden war.

»Warum willst du, dass ich darüber spreche?« Meine Hände hatten sich verkrampft, und ich sah, wie sie zitterten.

»Ich werde dich nie näher kennen lernen, bis ich es weiß«, sagte er mit geduldiger Überzeugungskraft. »Und ich möchte dich besser kennen lernen.«

Mit einer schnellen Bewegung riss ich mir das T-Shirt vom Leib. Darunter trug ich einen einfachen, weißen Sport-BH. Marshall atmete zischend aus, als er die Narben richtig sah. Ohne ihm in die Augen zu sehen, drehte ich mich ein bisschen um, damit er die sehen konnte, die wie Träger über meine Schulter gingen; ich drehte mich zurück, um ihm die Linien oben auf meiner Brust zu zeigen; ich richtete mich auf, damit er weitere schmale weiße Narben sehen konnte, die in einem Bogenmuster im Gummizug meiner Hose verschwanden.

Und dann sah ich ihn an.

Er schlug die Augen nicht nieder. Sein Kiefer bildete eine harte, feste Linie. Er machte eine heroische Anstrengung, ein neutrales Gesicht zu bewahren.

»Ich habe die Narben letzte Woche gespürt, als ich dich an den Schultern festgehalten habe, aber ich wusste nicht, dass es so …«

»So viele sind?«, fragte ich herausfordernd. Ich ließ ihn nicht weggucken.

»Waren auf den Brüsten auch Schnittwunden?«, fragte er mit dem überzeugenden Versuch, eine neutrale Stimme beizubehalten.

»Ja. Rundherum. In *Kreisen*. In einem *Muster*.«

»Wer hat das gemacht?«

Was mir zugestoßen war, hatte mein Leben in zwei Hälften zerschnitten, tiefer und wirkungsvoller als die Messer, die blutige Girlanden auf meine Haut gezeichnet hatten. Die Erinnerungen waren alle wieder da und trugen mich hinunter in die altbekannte Hölle, und ich konnte mich nicht dagegen wehren. Es war heiß gewesen in jenem Juni …

Es war bereits seit einem Monat heiß gewesen. Ich hatte das College abgeschlossen und lebte seit drei Jahren in Memphis. Ich hatte eine hübsche Wohnung in East Memphis und einen Schreibtischjob beim größten Gebäudereinigungs- und Hausverwaltungsunternehmen der Stadt namens »Queen of Clean«. Trotz des blöden Namens war es ein guter Arbeitgeber. Ich war Managerin, teilte die Leute ein. Außerdem machte ich Stichproben vor Ort und rief die

Kunden an, um zu fragen, ob sie zufrieden waren. Ich hatte ein recht gutes Einkommen und kaufte viele Kleider.

Als ich an jenem Dienstag im Juni von der Arbeit kam, trug ich ein kurzärmliges, marineblaues Kleid, das vorn mit weißen Knöpfen durchgeknöpft war, und hohe, weiße Lederschuhe. Meine Haare waren damals lang und hellbraun und meine langen, lackierten Fingernägel mein ganzer Stolz. Ich war mit dem Mitinhaber eines Mineralwasser-Zulieferbetriebs zusammen.

Abgesehen vom Getriebe meines Autos, das mir schon viel Ärger gemacht hatte, hatte ich keine Probleme. Als ich von der Arbeit nach Hause fuhr, fing ich an, mir Sorgen zu machen, ob ich noch mehr Geld in seine Reparatur stecken müsste.

Ich schaffte es mit dem Auto noch vom Freeway hinunter bis zur Abfahrt Goodwill Road. Dort blieb es stehen und ich musste aussteigen. Auf der Goodwill Road war eine Tankstelle in Sichtweite, es war viel Verkehr, überall waren Leute. Ich lief die Autobahnabfahrt zu Fuß hinunter und war etwas besorgt, weil das für eine Fußgängerin angesichts der vielen Autos etwas gefährlich schien. Ein langsam hinter mir die Abfahrt herunterkommender Van hielt plötzlich neben mir an. Ich dachte, dass der Fahrer mir anbieten würde, mich bis zur Tankstelle mitzunehmen.

Jemand, der hinten saß, riss die Seitentür auf und kauerte sich dann sofort wieder hinter den Beifahrersitz. Der Mann auf dem Fahrersitz hatte eine Pistole in der Hand.

Als ich verstand, was vor sich ging, und nicht mehr so tat, als wäre es etwas anderes, fing mein Herz wie verrückt an zu klopfen und hämmerte so laut, dass ich kaum verstand, was er sagte.

»Steig ein oder du wirst erschossen.«

Ich hätte von der Abfahrtstraße seitlich herunter- und vor ein unter mir entlangrasendes Auto springen können, oder ich hätte ihm sagen können, dass er schießen sollte, oder ich konnte einsteigen.

Ich traf die falsche Entscheidung. Ich stieg ein.

Der Mann, der mich mitnahm, war ein berüchtigter Kidnapper namens Louis Ferrier, von seinen Auftraggebern »Nap« genannt wegen seiner großen Erfolge im Entführen von Frauen und Kindern, von denen die meisten für immer verschwanden. Die Entführungsopfer, die wieder auftauchten, waren ohne Ausnahme tot, psychisch oder körperlich. Nap war im Knast gewesen, aber nicht für sein Hauptgeschäft.

Sobald ich eingestiegen war, wurden mir von dem hinter dem Beifahrersitz kauernden Mann, einem Komplizen Naps namens Harry Wheeler, Handschellen angelegt. Harry langte um den Sitz herum, packte meine Hände, fesselte sie aneinander und hielt die Kette fest, die an den Handschellen hing. Dann verband er mir die Augen. Die Fenster des Kleinbusses waren dunkel getönt. Niemand merkte etwas.

Auf der schrecklichen Fahrt aus Memphis heraus redeten die beiden einfach miteinander, als wäre ich nicht da. Ich war in einer solchen Panik, dass ich kaum mitbekam, was sie sagten. Ich konnte den kalten Atem des Todes spüren.

Am Ende der Fahrt, die uns von Memphis weg nach Norden geführt hatte, fuhren Nap und Harry von der Autobahn herunter und trafen den Verbindungsmann einer Rockerbande an einem vereinbarten Treffpunkt. Nap hatte mich für eine Nacht an die Gang verkauft, was ich allerdings nicht wusste.

Vier Männer und eine Frau brachten mich in eine verlassene Scheune irgendwo mitten auf den Feldern. Einer der Männer war in der Gegend aufgewachsen und kannte die Scheune. Sie befestigten die Kette der Handschellen an dem Metallrahmen eines alten Bettes. Mir waren immer noch die Augen verbunden. Die Männer tranken, aßen und vergewaltigten mich. Als ihnen das langweilig wurde, bearbeiteten sie meinen Oberkörper mit dem Messer. Sie ritzten einen Kreis rund um meine Brüste. Sie schnitten ein Zickzackmuster in das Fleisch meiner Schultern. Sie ritzten eine Zielscheibe in meinen Bauch, in der mein Nabel das Schwarze war. Dabei lachten sie sich kaputt, und ich, an das wacklige Bett gekettet, schrie und schrie, bis sie mir eine Ohrfeige gaben und sagten, ich sollte still sein, sonst würde das Messer tiefer gehen. Und sie vergewaltigten mich wieder.

Die Frau sagte während all dem sehr wenig. Anfangs weigerte ich mich zu glauben, dass eine Frau da sein könnte und mir nicht helfen würde. Als mir klar wurde, dass die stillere Stimme tatsächlich einer Frau gehörte, bettelte und flehte ich sie um Hilfe an. Sie gab keine Antwort, aber in einem Augenblick, als alle Männer zu schlafen schienen oder draußen beim Pinkeln waren, kam die Stimme der Frau ganz nah an mein Ohr und sagte: »Ich habe es überlebt. Du schaffst das auch. Sie schneiden nicht tief. Du hast bisher nur ein bisschen Blut verloren.«

Ich hatte nicht geahnt, dass Nap mich wieder abholen würde, dass ich nur ausgeborgt war, nicht verkauft. Ich erwartete meinen Tod, als die Männer meiner müde waren und weggehen wollten; ich hatte achtzehn Stunden Zeit gehabt, mich auf den Tod vorzubereiten.

Der Schwerste der Männer schien zu dem Namen Rooster zu gehören. Rooster hatte eine höchst amüsante Idee, als sie am nächsten Tag ihre Sachen zusammenpackten. Er hatte sich einen billigen, kleinen Revolver auf der Straße besorgt und ließ ihn mir da. Außerdem steckte er eine Patrone in die Trommel.

»Damit kannst du dich selbst erschießen«, sagte er liebenswürdig. »Oder du kannst sie für Nap aufsparen und den abknallen, wenn er wiederkommt, um dich abzuholen.

Bis Nap da ist, wirst du wahrscheinlich rausgefunden haben, wie das Ding funktioniert.«

»Wär besser, wenn wir sie selbst umbringen«, sagte eine Stimme, der ich keinen Namen und kein Gewicht zuordnen konnte.

»Jetzt betrachte die Sache doch mal so«, beharrte Rooster. »Wenn sie Nap umbringt, können wir immer sagen, dass sie mit uns vögeln wollte, wenn es dumm läuft und sie uns irgendwie findet. Was ich natürlich bezweifle. Aber wenn wir sie umbringen, dann haben wir Nap am Hals. Geht der euch nicht auch irgendwie auf den Sack? Also mir auf jeden Fall.«

Das überzeugte die anderen. Mir einen Revolver dazulassen, fanden sie außerdem sehr spaßig. Beim Gehen lachten sie über Naps Überraschung und schlossen Wetten darüber ab, ob ich ihn oder mich selbst abknallen würde.

Als ich die Motorräder über den Feldweg in Richtung der geteerten Straße davonknattern hörte, lag ich wie betäubt da. Ich konnte nicht glauben, dass ich noch lebte. Ich wusste nicht, ob ich mich darüber freuen sollte oder nicht. Ich fragte mich, wie lange ich noch leben würde, mit diesen Wunden. Mein Schambereich war bestenfalls voller blauer Flecken, schlimmstenfalls hatte ich innere Risse. Aus den Schnittwunden sickerte Blut und die Schmerzen waren schrecklich, auch wenn ich wusste, dass die Wunden nicht tief waren.

Ganz allmählich verstand ich, dass ich wirklich noch am Leben war und allein war; das, was Rooster gesagt hatte, drang nach und nach in mein Gehirn vor. Ich hob die aneinander gefesselten Hände hoch und streifte mühsam die Augenbinde ab.

Der Mann, der mich entführt hatte, wollte zurückkommen, um mich abzuholen und dann für ähnliche Zwecke weiterzuverkaufen.

Ich hatte eine Schusswaffe und eine Kugel. Der Gedanke, alles hinter mir zu lassen, war so verlockend. Doch was mich davon abhielt, war der Gedanke an meine Eltern. Sie würden mittlerweile wissen, dass ich verschwunden war, und nach mir suchen. Hier draußen in dieser Hütte würde ich vielleicht jahrelang nicht gefunden werden und so lange würden sie sich um mich sorgen, für mich beten, sich weigern zu glauben, dass ich tot war.

Es passte mir besser, den Mann zu töten, den sie Nap nannten. Relativ bald fing ich an, mich darauf zu freuen.

Jede Bewegung war mit Schmerzen verbunden, aber ich fand heraus, wie man den Revolver lud und entlud, auch wenn es mit den Handschellen schwierig war; zumindest hatte die Kette so viel Spiel, dass ich meine Arme bewegen konnte. Ich lud, holte die Patrone heraus und lud wieder, bis ich die Sache im Griff hatte und wusste, dass die Patrone in der Kammer war, die abgefeuert würde. Dann versteckte ich den Revolver neben mir und wartete in der stinkenden, heißen Bude darauf, dass Nap mich abholte. Durch ein Loch im Dach konnte ich den Himmel sehen. Als die Sonne fast über mir war, hörte ich einen Wagen über den Feldweg kommen. Ich dachte an den zweiten Mann und betete, dass er diesmal nicht mit dabei war.

Ich schloss die Augen, als die Schritte auf mich zukamen.

»Schönen Morgen gehabt, Schatz?«, fragte Nap fröhlich. »Wo hat Rooster bloß diesen Schlüssel hingetan? Verdammt, die haben dich ja zugerichtet. Das wird ne Weile dauern, bis das verheilt ist …« Ich merkte, dass er sich darüber ärgerte, dass ich zu lädiert war, um in nächster Zeit nützlich für ihn zu sein. Ich machte die Augen auf und sah ihn an, ganz direkt, und das, was er sah, ließ ihn beim Aufheben der heruntergefallenen Augenbinde erstarren.

Ich hob die Waffe, zielte so sorgfältig, wie ich konnte, und drückte ab.

Der Schuss traf Nap ins Auge.

Für meinen Geschmack starb er viel zu schnell.

Ich hatte natürlich ebenfalls keine Ahnung, wo der Schlüssel für die Handschellen war. Nap hatte gesagt, dass er ihn bei Rooster gelassen hatte. Ich ließ mich von dem Bett gleiten und robbte über den Boden, wobei ich das Bett hinter mir herzog. Unter unglaublichen Schwierigkeiten durchsuchte ich Nap, nur um sicherzugehen, dass er ihn nicht hatte. Er hatte ihn nicht.

Ich war überzeugt, dass es eine Möglichkeit geben musste, aus der Hütte herauszukommen, aber der Gedanke, mich selbst und das Bett durch die Tür zu manövrieren, war zu viel. Ich wurde langsam schwach.

Und so lag ich einen weiteren Tag lang auf dem Bett in der Hütte mit dem Toten. Die Fliegen kamen, meine Wunden entzündeten sich und der Korpus fing an zu stinken.

Als ein Bauer, der auf einem Feld in der Nähe gearbeitet hatte, kam, um Naps Kleinbus zu betrachten, an die vierundzwanzig Stunden später, hatte ich hohes Fieber, allerdings nicht hoch genug, um im Delirium zu sein. Ich sehnte mich nach Bewusstlosigkeit wie die Leute in der Hölle nach Eiswasser. Der Bauer sah Naps Leiche durch die offene Tür auf dem Boden liegen und rannte los, um Hilfe zu holen. Die Menschenflut, die danach eintraf, hatte keine Ahnung, dass in der Hütte ein lebender Mensch war. Das Grauen auf den Gesichtern der Männer, die gekommen waren, um den Leichnam zu untersuchen, zeigte mir, dass ich eine Grenze überschritten hatte. Ich war kein menschliches Wesen mehr; ich war das Schreckliche geworden, das mit mir geschehen war.

Niemand, der mich dort ans Bett gefesselt sah, konnte sich vorstellen, dass ich einen Hund namens Bolo gehabt hatte, als ich klein war, dass ich gern mit Puppen gespielt hatte, dass ich in den letzten zwei Jahren drei Gehaltserhöhungen bekommen hatte, dass ich aus einer Familie stammte, die genauso sauber und anständig war wie die ihren.

In den langen Wochen der Genesung, nach wiederholter Vernehmung durch Polizeibeamte verschiedener Dienstgrade, nach einem Medienrummel, der das Unfassbare noch weiter aufbauschte, wurde mir klar, dass eine Rückkehr zu meinem bisherigen Leben nicht möglich war. Es war mir für immer geraubt worden. Für die Zeitungen präsentierte sich mein Freund noch als mein Freund, der er aber in Wirklichkeit längst nicht mehr war. Meine Eltern waren nicht in der Lage, mit dem Grauen meines Schicksals oder der Hinrichtung des Verantwortlichen durch mich fertig zu werden.

Der Verdacht begann an mir zu nagen, dass sie insgeheim glaubten, dass ich in meiner Verwendung der Kugel die falsche Wahl getroffen hatte.

Anfangs war meine jüngere Schwester Varena mein Felsen in der Brandung, aber ganz allmählich erschöpfte meine so langsame körperliche und seelische Genesung Varena mit ihrer lebenslustigen Art und deprimierte sie zutiefst. Varena fand, dass ich aus dem Krankenbett aufstehen und losgehen könne. Varena wollte von meiner Krise in der Vergangenheitsform sprechen und Gespräche führen, die nichts damit zu tun hatten, noch nicht einmal mit meinem Genesungsprozess. Nach einigen zunehmend schärferen Auseinandersetzungen mit Sätzen wie »Nun reiß dich zusammen und mach weiter mit deinem Leben« oder »Du kannst nicht immer nur in der Vergangenheit leben« wandte Varena sich allmählich wieder ihrem normalen Alltag als Krankenschwester in dem kleinen Krankenhaus in unserem Heimatort zu, gab Kindergottesdienste und ging mit dem ortsansässigen Apotheker aus.

Einen weiteren Monat blieb ich noch bei meinen Eltern, die mein Hab und Gut auf dem Dachboden und im Werkzeugschuppen untergebracht hatten. Das Haus mit der großen Veranda vorne heraus und dem Rosengarten, den altbekannten Nachbarn hatte etwas Heilsames an sich. Die meisten Nachbarn waren jedoch nicht in der Lage, sich in meiner Gegenwart natürlich zu benehmen; die Besten schafften es annähernd, doch vor dem totalen Horror dessen, was mit mir geschehen war, kapitulierten die anderen.

Ich versuchte mein Möglichstes, keine tragische Figur abzugeben, und versuchte verzweifelt, an meine Vergangenheit wieder anzuknüpfen, doch schließlich gab ich mich geschlagen. Ich musste Bartley verlassen, Memphis vergessen und irgendwo neu anfangen.

»Und wie bist du auf Shakespeare gekommen?«, fragte Marshall mich.

»Des Namens wegen«, sagte ich fast überrascht, dass außer mir noch jemand da war. Ich zog das T-Shirt wieder über den Kopf. »Ich heiße mit Nachnamen Bard, wie der Barde von Avon. Das hier ist Shakespeare.«

»Du hast es dir einfach so auf der Landkarte ausgesucht?«

Ich nickte und stand auf. »Vorher habe ich es in ein paar anderen Orten probiert, wo es nicht klappte, also dachte ich, dass ich genauso gut per Zufall auswählen könne.« Ich stand reglos da. Jede Bewegung war so anstrengend.

»Wir sehen uns«, sagte ich. »Ich mag jetzt nicht mehr reden.« Ich nahm die Tasche mit meinem Gi und Obi in die Hand und ging rasch hinaus, ohne zu vergessen, mich am Ausgang umzudrehen und zu verbeugen.

Wie ein Roboter fuhr ich nach Hause und versuchte an nichts zu denken. Seit Jahren hatte ich meine Geschichte niemandem mehr erzählt, seit Jahren hatte ich sie nicht mehr durchlebt. Es waren gute Jahre gewesen, in denen mich die Leute relativ normal angesehen hatten, als wäre ich eine richtige Frau, kein Ding, kein Opfer.

Jetzt hatte mir Chief Friedrich zu verstehen gegeben, dass er wusste, wer ich war, was hieß, dass er auch wusste, dass ich jemanden getötet hatte. Vielleicht dachte er, dass ich irgendeinen Kurzschluss gehabt und Pardon Albee ebenfalls umgebracht hatte. Die pointierte Frage nach einem persönlichen Verhältnis konnte bedeuten, dass er mich des Mordes an Pardon verdächtigte, weil Pardon vielleicht unliebsame Annäherungsversuche gemacht hatte. Wenn man Pardon kannte, war das allerdings eine merkwürdige Vorstellung.

Als ich zu Hause war, saß ich auf der Bettkante. Ich versuchte, mir vorzustellen, ich wäre eine Rächerin, eine Art – wie hieß das Mädchen noch, das in *Titus Andronicus* vergewaltigt wird? Lavinia ... ja, Lavinia, der die Vergewaltiger Hände und Zunge abschneiden, damit sie nicht verraten kann, wer es war. Doch Lavinia schafft es trotzdem irgendwie, erinnerte ich mich, es ihren Brüdern mitzuteilen, welche die umgebrachten Vergewaltiger daraufhin der Mutter in Pastetenform zum Mittagessen vorsetzen, da sie erlaubt hatte, dass die beiden Lavinia nachstellten.

Ich hatte kein Interesse daran, mich an allen Männern für das zu rächen, was mir zugestoßen war. Aber ein vertrauensseliger Mensch war ich sicher nicht mehr, erwartete nie viel von anderen und wunderte mich über keine Bosheit auf der Welt.

Ich glaubte nicht an den prinzipiell guten Willen der Männer oder das unsichtbare Band zwischen den Frauen.

Ich glaubte nicht, dass im Grunde alle Menschen gleich sind oder dass man Freundlichkeit zurückbekommt, wenn man freundlich zu den Menschen ist.

Ich glaubte nicht an die Unantastbarkeit des menschlichen Lebens.

Wenn diese Männer vor mir ständen, die vier Vergewaltiger und der Mann, der mich an den Händen gefesselt hatte, und ich einen geladenen Revolver hätte ... würde ich sie alle erschießen, dachte ich. Doch ich ziehe nicht durch die Rockerkneipen Amerikas und stehe nicht auf der Post und lese die Fahndungsplakate, um nachzusehen, ob sie etwas Neues verbrochen haben. Ich habe keinen Privatdetektiv angestellt, um sie zu suchen.

Zeugte das von meiner geistigen Gesundheit, oder hieß das, dass ich nur dann morden würde, wenn es einfach zu bewerkstelligen war? Ich verspürte ein Prickeln am gesamten Körper, wie wenn einem der Fuß einschläft und dann wieder aufwacht. Es ist ein paar Mal passiert, dass ich mich nicht gegen das Erinnern wehren konnte, und danach hatte ich dasselbe gefühlt. Es war meine alte Persönlichkeit, die in dem Panzer, der ich geworden war, wieder zum Leben erwachte.

Ich schlug die Bettdecke zurück, sah nach, ob der Wecker angestellt war, und kroch dankbar ins Bett. Ich streckte den Arm aus, um die Lampe auszuschalten.

Die Frau würde ich auch töten, dachte ich, während eine Welle der Erschöpfung meinen Körper erfasste. Die Frau, die ich nie gesehen hatte. Die Rocker hatte ich ja auch nie gesehen, nur gehört und gespürt.

Aber Pardon Albee – konnte Friedrich wirklich ernsthaft glauben, dass ich so jemanden umbringen würde, jemanden, den ich aus meinem ganz normalen Leben kannte?

Natürlich konnte er das.

Ich fragte mich, auf welche Weise Pardon wohl getötet worden war. Sehr viel Blut hatte ich nicht gesehen, hatte Pardon allerdings auch nicht genauer untersucht. Seit über zwei Jahren, seit ich Goju bei Marshall lernte, dachte ich, dass ich jemanden mit bloßen Händen töten könnte, wenn das nötig sein würde – das war anfangs der Grund für mein Interesse am Kampfsport gewesen.

Das würde natürlich ebenfalls Friedrichs Bild von mir beeinflussen: eine sehr durchtrainierte junge Frau … trifft auf einen mittelalten, neugierigen, vermutlich heterosexuellen Mann, der in unmittelbarer Nähe wohnt … Wenn man es so sah, schien es eindeutig, dass ich Pardon im Schlaf getötet haben musste.

Gleich morgen, beschloss ich, als ich mich auf die linke Seite rollte, muss ich herausfinden, wer den Vermieter auf dem Gewissen hat. Kurz vor dem Einschlafen schien die Sache so einfach.

Sechs

Ich war gerade auf dem Weg zurück ins Haus nach meinem morgendlichen Fitnesstraining im Body Time – zu meiner Erleichterung war heute Morgen nur Marshalls Mitarbeiter da gewesen –, als ich Marcus Jefferson mit einem kleinen Jungen traf. Meine Haare waren verschwitzt und auf meinem grauen T-Shirt und den Shorts zeichneten sich große, dunkle Flecken ab. Ich wollte gerade die Haustür aufschließen, als ich jemand meinen Namen rufen hörte.

»Guten Morgen, Lily«, sagte Marcus auf dem Bürgersteig. Es war das erste Mal, dass ich ihn lächeln sah, und ich verstand plötzlich, was Deedra an ihm fand. Marcus ist muskulös, groß und kaffeebraun mit einem Schuss Milch darin. Seine braunen Augen haben einen goldenen Glanz. Der kleine Junge war noch hübscher, lächelte und war sehr ordentlich angezogen, mit langen, geschwungenen Wimpern und riesigen, dunklen Augen.

Obwohl ich mich nach der Dusche sehnte, schlenderte ich höflichkeitshalber die Einfahrt hinunter auf den Bürgersteig und ging vor dem Kind in die Hocke.

»Wie heißt du?«

»Kenya«, sagte der Junge strahlend.

»Kenya, das ist aber ein schöner Name«, sagte ich. »Wie alt bist du?« Offensichtlich stellte ich die richtigen Fragen, da sowohl Marcus als auch das Kind zufrieden wirkten.

Der Junge hielt drei Finger hoch. Ich musste einen Schauder unterdrücken, als ich sah, wie klein diese Fingerchen waren. Die schreckliche Verletzlichkeit von Kindern macht mir so viel Angst, dass ich mich nicht mit ihnen anfreunden mag. Wie konnte man je wachsam genug sein, etwas so Zerbrechliches, Kostbares zu schützen? Und doch schien das anderen Leuten keine Sorgen zu bereiten, sie waren dumm oder leichtsinnig genug, trotzdem Kinder zu bekommen und zu erwarten, dass diese Kinder unverletzt das Erwachsenenalter erreichen würden.

Auf meinem Gesicht mussten sich meine Gefühle abgezeichnet haben, das merkte ich. Die unsicheren Augen und das erlöschende Lächeln des Kindes brachten mich zu Bewusstsein.

Ich verzog mein Gesicht zu einem Grinsen und klopfte dem Kleinen sehr vorsichtig auf die Schulter. »Du wirst mal ein großer Mann werden, wenn du erwachsen bist«, sagte ich und richtete mich auf. »Ist das dein Sohn, Marcus?«

»Ja, das ist mein einziger«, sagte er stolz. »Meine Frau und ich sind seit einigen Monaten getrennt, aber wir sind uns einig, dass ich so viel Zeit wie möglich mit Kenya verbringen soll.«

»Dann hast du wohl von vier bis Mitternacht gearbeitet«, sagte ich, weil mir nichts Besseres einfiel.

Marcus nickte. »Ich bin nach Hause gekommen und habe etwas geschlafen. Dann habe ich Kenya bei seiner Mom abgeholt, bevor sie zur Arbeit gegangen ist – sie arbeitet auf dem Sozialamt.«

»Und was habt ihr beiden heute vor?«, fragte ich höflich und versuchte, nicht auf die Uhr zu schauen. Donnerstagmorgens muss ich um 8.30 Uhr bei den Drinkwaters sein.

»Erst einmal gehen wir zu McDonald's zum Frühstücken«, antwortete Marcus, »dann gehen wir wahrscheinlich zu mir und spielen Candy Land und gucken dann vielleicht ein bisschen Barney. Ist das okay, Kumpel?«

»McDonald's, McDonald's«, begann Kenya zu singen und zog an der Hand seines Vaters.

»Dann werde ich dem Jungen jetzt besser mal was zu essen zwischen die Kiefer schieben«, sagte Marcus und schüttelte den Kopf über die Ungeduld des Kleinen, wobei er jedoch gleichzeitig lachte.

»Stimmt das«, fragte ich, »dass du ihn bisher nicht mit nach Hause bringen durftest, weil Pardon immer so viel Wert darauf legte, dass sich in den Apartments keine Kinder aufhalten?«

»Einmal hatte ich Kenya da und bekam sofort Ärger mit Mr Albee«, sagte Marcus und sah dem Kind hinterher, das auf dem Bürgersteig losgetrottet war. »Ich frage mich nur, auf was für Ideen der nächste Hausbesitzer kommt. Weißt du vielleicht, wer das sein wird?«

»Nein«, antwortete ich langsam. Das war das zweite Mal, dass diese Frage aufgekommen war. »Nein, keine Ahnung. Aber ich werde versuchen, etwas herauszufinden.«

»Sag Bescheid«, sagte Marcus und hob zum Abschied die Hand.

»Süßer Junge«, sagte ich und sah dem jungen Mann hinterher, der dem Kleinen hinterherjoggte, bevor ich zurück ins Haus ging.

Mel und Helen Drinkwater lassen mich einmal pro Woche für einen ganzen Morgen kommen. Sie sind beide über fünfzig und berufstätig, er in der Countyverwaltung, sie bei einer Bank, und sie sind nicht unordentlich. Sie haben ein großes, altes Haus, und ihre Enkel, die in derselben Straße wohnen, kommen mehrmals in der Woche vorbei.

Helen Drinkwater ist eine Frau, die will, dass alles genau nach ihren Vorstellungen erledigt wird, und hat deshalb für jedes Zimmer eine Liste von Tätigkeiten verfasst, die ich in den dreieinhalb Stunden dort schaffen soll. Anfangs wollte Mrs Drinkwater allen Ernstes, dass ich die erledigten Punkte auf der Liste abhake und in jedem Zimmer eine abgehakte Liste hinterlasse. Ich weigerte mich. Als ich das Haus der Drinkwaters kennen lernte, waren die Listen sogar ganz hilfreich, aber es wäre mir wie Malen in vorgedruckten Kindermalbüchern vorgekommen, wenn ich die Kästchen angekreuzt hätte.

Mrs Drinkwater (ich habe mir geschworen, sie niemals Helen zu nennen) hatte kein Wort gesagt. Bei den ersten Putzterminen hatte ich die Liste haargenau in die Mitte der Zimmer platziert.

Dann hatte Mrs Drinkwater einen Haufen schmutzige Wäsche neben der Waschmaschine liegen lassen, zusammen mit einem Zettel, auf dem stand: »Könnten Sie das bitte nebenbei waschen und trocknen?« Beim ersten Mal hatte ich es – vor Wut kochend – gemacht; beim zweiten Mal hinterließ ich einen Zettel, auf dem stand: »Steht auf keiner meiner Listen«, und danach hatte Helen Drinkwater mir keine weiteren Pflichten aufgebürdet.

Das zweistöckige Haus aus der Zeit um 1900 sah im klaren, warmen Morgenlicht besonders hübsch aus. Das Haus ist hellgelb mit weiß gestrichenen Holzteilen und dunkelgrünen Klappläden und liegt von der Straße aus gesehen ziemlich weit zurück. Natürlich steht ein Haus wie dieses im ältesten erhaltenen Teil Shakespeares; hinter ihm liegen mindestens zweitausend Quadratmeter Wald, der ebenfalls den Drinkwaters gehört und den sie so gelassen haben, wie er ist.

An diesem Morgen hatte ich über vieles nachzudenken. Marshall hatte mir gesagt, dass er sich von Thea getrennt hatte, und zwar auf eine Art, als habe das etwas mit mir zu tun. Als ich im Badezimmer oben den Fußboden schrubbte, fragte ich mich, ob Marshall nach gestern Abend immer noch diese positiven Gefühle für mich verspüren mochte. Bei den wenigen Malen in den letzten Jahren, in denen ich mehr als ruhige Akzeptanz von einem Mann verspürt hatte, hatte ich nur zu erzählen brauchen, was mir zugestoßen war, und schon war er auf und davon. Außer einem Mann, den die Geschichte so erregte, dass er über mich herfiel. Ich tat ihm ordentlich weh, aber es war langwierig und schwierig. Danach wollte ich Kampfsport lernen, was sich zum schönsten Teil meines Lebens entwickelt hat.

Diese Gedanken machten sich in meinem Bewusstsein bemerkbar wie Regentropfen, die auf den Bürgersteig fallen, wichtige, aber nicht alles vereinnahmende Gedanken. Gleichzeitig dachte ich über den Schmutzrand in der Badewanne der Drinkwaters nach und darüber, was ich mit dem Comicheft machen sollte, das ich hinter der Toilette gefunden hatte. Deswegen wurde es mir erst beim zweiten Hören bewusst, dass die Dielenbretter unten geknarrt hatten.

Ich stand stockstill, der Schwamm in meiner Hand schwebte regungslos zwei Zentimeter über dem Waschbecken. Ich blickte in den Spiegel über dem Waschbecken, aber ich sah nicht mich. Ich versuchte zu hören, was es mit den Dielenbrettern auf sich hatte.

Die Drinkwaters lassen immer die Küchentür nach draußen offen, wenn sie um 8.15 Uhr gehen, weil sie wissen, dass ich um 8.30 Uhr da sein werde. Wenn ich komme, schließe ich sie ab, auch wenn Diebstähle bei helllichtem Tage in diesem Teil Shakespeares unbekannt sind.

In diesen fünfzehn Minuten war jemand ins Haus eingedrungen.

Ich schloss die Augen, um besser hören zu können. Ich versuchte, die Gummihandschuhe geräuschlos auszuziehen, und legte sie ins Waschbecken. Er war noch nicht auf der Treppe; ich hatte Zeit, meine Ausgangsposition zu verbessern.

Zum Ausziehen der Schuhe war nicht genug Zeit. Ich verließ lautlos das Badezimmer und versuchte mich zu erinnern, wo oben die knarrenden Dielen waren. Wenn ich mich vorne im Flur, der sich im rechten Winkel zur Treppe befand, vorsichtig an die Wand drückte, dann wäre ich bereit zum Angriff, wenn der Eindringling oben ankäme.

Ich schlich auf die Treppe zu, wobei ich die Hände dehnte, um meine Muskeln zu lockern. Mein Herz schlug sehr stark, mir war etwas schwindlig, aber ich war so weit – ich würde keine Angst haben; ich würde kämpfen.

Ich musste mich entspannen. Ich spürte die Verkrampfung meiner Muskeln. Sie würde mich langsamer machen … so viele auf mich einstürzende Gedanken.

Er war auf der Treppe.

Meine Hände ballten sich zu Fäusten und meine Beinmuskeln waren hart und angespannt. Das Blut pumpte schneller durch mein Herz.

Ein kleines Geräusch wie von Stoff an der Wand. Sehr nah.

Dann gab es ein fast unhörbares Geräusch, das ich nicht einordnen konnte. Ich spürte, dass ich die Stirn runzelte.

War das Metall gewesen?

Wieder ein Knarren auf der Treppe.

Aber – kam dieses Knarren nicht von einer Stufe weiter unten?

Verwirrt schüttelte ich den Kopf.

Das nächste Geräusch kam von noch weiter weg, gar nicht mehr auf der Treppe, sondern unten in der Küche …

Haut ab, der Schweinehund haut einfach ab!

Ich stürzte die Treppe hinunter, ohne einen weißen Gegenstand zu beachten, der dort lag; die Wut verlieh mir Flügel, sodass meine Füße kaum den Boden berührten. Ich hörte die Hintertür zuschlagen, als ich im Flur zur Küche stand, und obwohl ich nur Sekunden hinter ihm war, hatte es dem Eindringling gereicht, um in den Wald hinter dem Haus der Drinkwaters zu fliehen.

Keuchend stand ich eine Minute oder länger in der Tür. Zum ersten Mal verstand ich, was der Ausdruck bedeutete, Blut geleckt zu haben. Dann gewann mein Verstand die Oberhand, ich zog mich ins Haus zurück und schloss die Küchentür hinter mir ab.

Ich erlitt eine sofortige Gegenreaktion auf das Adrenalin, das mein Körper zur Vorbereitung auf den Kampf ins Blut gepumpt hatte; bei jedem Schritt spürte ich mein Fleisch schwer an den Knochen hängen. Mit unglaublichem Widerwillen ging ich nachsehen, was auf der Treppe gelegen hatte. Ungefähr auf halbem Weg nach oben bildete ein blütenweißes Taschentuch ein kleines Zelt. Langsam streckte ich den Arm aus und zog das Taschentuch weg.

In der Sonne, die durch das Buntglasfenster hereinfiel, glänzten billige Spielzeughandschellen aus Blech. Daneben lag ein Plastikrevolver.

Ich sank auf die Treppe und vergrub das Gesicht in den Händen.

Vor drei Tagen war meine Vergangenheit noch ein Geheimnis gewesen, zumindest hatte ich das geglaubt.

Jetzt wusste Claude Friedrich über mein Schicksal Bescheid. Ich hatte es Marshall erzählt. Wer wusste möglicherweise sonst noch davon?

Das Leben, das ich mir so sorgfältig aufgebaut hatte, zerfiel mir unter den Fingern. Ich versuchte etwas zu finden, an dem ich mich festhalten konnte.

Und wieder erkannte ich die düstere Wahrheit: Ich hatte nichts außer mir selbst.

Ich durchsuchte das Haus. Ich führte die ganze Zeit Selbstgespräche und sagte mir, dass ich zu Ende putzen würde, sobald ich alles durchsucht und für sicher befunden hätte. Es war eine enorme Erleichterung, als ich das Haus verlassen und in mein eigenes zurückkehren konnte. Ich rief Helen Drinkwater bei der Arbeit an und sagte ihr, dass ich auf der Fahrt zu ihrem Haus eine verdächtige Gestalt am Rand des Grundstücks gesehen habe.

»Ich fände es besser, wenn Sie das Haus nicht unverschlossen ließen, nicht einmal für die Viertelstunde, bevor ich komme«, sagte ich. »Ich müsste also entweder kommen, solange Sie noch da sind, oder Sie müssen mir einen Schlüssel geben.« Ich konnte das Misstrauen der Frau geradezu durchs Telefon spüren, das von einem klopfenden Geräusch stammte. Helen Drinkwater tippte mit einem Bleistift gegen ihre Zähne. Mrs Drinkwater sieht mich nicht besonders gern in ihrem Haus; sie erfreut sich lieber am Ergebnis meiner zeitweiligen Anwesenheit. Bis heute Morgen war mir das völlig recht gewesen.

»Tja«, sagte sie schließlich, »vielleicht kommen Sie dann besser etwas früher, Lily. Sie können dann so lange in der Küche warten, bis wir weg sind.«

»Das werde ich tun«, sagte ich und legte auf.

Der grausame Streich, den mir heute jemand gespielt hatte, würde nicht wiederholt werden. Ich legte mich aufs Bett und dachte über den Vorfall nach. Vielleicht hatte der Eindringling nicht gewusst, dass ich das Knarren der Dielen hören würde; vielleicht hatte er sich vorgestellt, dass ich später die Treppe heruntergehen und dann Handschellen und Revolver finden würde. Eine Konfrontation war natürlich nicht eingeplant gewesen; die Art, wie er zur Hintertür hinaus geflüchtet war, war deutlich. Doch irgendwie spielte es eine Rolle, ob der heimliche Besucher gewollt hatte, dass ich ihn bemerke, bevor er das Haus verließ, oder nicht.

Ich musste darüber nachdenken. Vielleicht Marshall fragen.

Das brachte mich augenblicklich auf meinem Bett in die Senkrechte. Ich versetzte mir eine Ohrfeige.

Marshall befand sich an den Rändern meines Lebens; nach unserem Gespräch vom vorigen Abend war er wahrscheinlich für immer daraus verschwunden. Ich schwor mir, ihn nicht als Teil meines Lebens anzusehen. Er wird zu Thea zurückkehren. Oder er hat jedes Interesse an mir verloren, seit ich ihm von den Narben erzählt habe. Oder sein gesunder Menschenverstand sagt ihm, dass er jemanden wie mich nicht in seinem Leben gebrauchen kann.

Danach hörte ich für den Rest des Tages auf mit der Grübelei. Hastig aß ich ein Brot und ging dann wieder.

Donnerstagnachmittags habe ich zwei Putztermine, und als ich um 18.30 Uhr mit dem letzten, einem Reisebüro, fertig war, hatte ich das Gefühl, dass es ein sehr langer Tag gewesen war. Das Letzte auf der Welt, was ich jetzt sehen wollte, war Claude Friedrich vor meiner Haustür.

Man sollte meinen, er wäre hinter mir her, dachte ich sarkastisch.

Ich parkte das Auto im Carport und ging ums Haus herum zur Eingangstür, statt wie gewohnt zur Küchentür hineinzugehen.

»Was wollen Sie?«, fragte ich kurz angebunden.

Er zog die Augenbrauen hoch. »Wir sind wohl nicht sehr gut aufgelegt heute, was?«

»Ich habe einen anstrengenden Tag hinter mir. Ich will nicht über die Vergangenheit reden. Ich will zu Abend essen.«

»Dann bitten Sie mich doch herein, während Sie das Essen zubereiten.« Das sagte er sehr freundlich.

Ich war so perplex, dass ich nicht wusste, was ich tun sollte. Ich wollte meine Ruhe haben, aber es würde gereizt klingen, wenn ich ihm sagte, er solle verschwinden – falls er es überhaupt tun würde.

Ohne eine Antwort zu geben, schloss ich die Tür auf und ging hinein. Nach kurzem Zögern trat er nach mir ein.

»Haben Sie Hunger oder Durst?«, fragte ich mit kaum verhohlenem Zorn in der Stimme.

»Ich habe bereits gegessen, aber ein Glas Eistee würde ich gern trinken, wenn Sie welchen dahaben«, brummte Friedrich.

Als ich einen Augenblick allein in der Küche war, legte ich die Arme auf die Arbeitsplatte und ließ den Kopf darauf sinken. Ich hörte an den Schritten des schweren Mannes, wie er durch mein blitzblankes Haus schlenderte und an der Tür zu meinem Fitnessraum Halt machte. Ich richtete mich auf und merkte, dass Friedrich jetzt in der Küche stand und mich beobachtete. Auf seinem Gesicht zeichnete sich Mitgefühl, aber auch Müdigkeit ab. Ich nahm ein Glas aus dem Schrank, schenkte ihm Tee ein und warf ein paar Eiswürfel hinein. Wortlos reichte ich es ihm.

»Ich bin nicht da, um über Ihre Vergangenheit zu reden. Ich musste jeden überprüfen, der eine Verbindung mit Pardon hatte, wie Sie vermutlich verstehen werden. Irgendwoher kam mir Ihr Name bekannt vor … ich erinnerte mich an die Zeitungsberichte. Aber worüber ich mich heute mit Ihnen unterhalten wollte … einer Ihrer Kunden war heute da, um eine Aussage zu machen«, sagte Friedrich. »Er sagt, dass Sie seine Aussage bestätigen können.«

Ich zog die Augenbrauen hoch.

»Tom O'Hagen sagt, dass er an seinem freien Tag, Montag, gegen fünfzehn Uhr vom Golfspielen nach Hause kam.«

Er wartete auf meine Reaktion, aber ich hatte keine zu bieten.

»Er sagt, er sei zu Albees Wohnung gegangen, um seine Miete zu bezahlen, habe die Wohnungstür angelehnt vorgefunden, einen Blick hineingeworfen und gesehen, dass der

Wohnzimmerteppich unordentlich dalag. Das Sofa habe schräg dagestanden und niemand habe auf sein Rufen reagiert. Er habe seinen Scheck mit der Miete auf den Tisch direkt hinter der Tür gelegt und sei weggegangen.«

»Sie glauben also, dass Pardon um fünfzehn Uhr vielleicht schon tot war.«

»Wenn Tom die Wahrheit sagt. Sie sind seine Zeugin.«

»Wie das?«

»Er sagt, dass er Sie in die Wohnung der Yorks gehen sah, als er die Treppe herunterkam.«

Ich dachte nach und versuchte angestrengt, mich an einen völlig normalen Tag zu erinnern. Bis zu meiner nächtlichen Rückkehr vom Spaziergang hatte ich nicht gewusst, dass ich mich an diesen Tag in all seinen Einzelheiten würde erinnern müssen.

Ich schloss die Augen und versuchte den Montagnachmittag vor meinem geistigen Auge ablaufen zu lassen. Ich hatte die Tüte mit Lebensmitteln in der Hand, welche die Yorks bei mir bestellt hatten. Nein, zwei Tüten. Ich hatte sie abstellen müssen, um den richtigen Schlüssel herauszufischen – schlecht von mir geplant. Ich weiß noch, dass ich mich über meine mangelnde Voraussicht geärgert hatte.

»Ich habe niemanden durch den Flur gehen sehen, aber ich habe gehört, dass jemand das Treppenhaus herunterkam. Das hätte Tom sein können«, sagte ich langsam. »Ich hatte Schwierigkeiten, den richtigen Schlüssel an meinem Schlüsselbund zu finden. Ich betrat die Wohnung der Yorks, stellte die Tüten ab … packte einige Sachen in den Kühlschrank. Die anderen Sachen legte ich auf die Arbeitsfläche in der Küche. Den Zimmerspargel brauchte ich nicht zu gießen, weil er noch sehr viel Wasser hatte, und die Jalousie im Schlafzimmer war schon hochgezogen – was ich sonst für die Yorks mache –, dann ging ich wieder.« Ich spielte noch einmal im Geiste durch, wie ich die Tür abschloss und mich umdrehte …

»Ich habe ihn gesehen! Er ging gerade von Pardons Wohnung zu seiner eigenen und schien es eilig zu haben!«, rief ich voller Stolz aus. Ich kann Tom O'Hagen nicht besonders gut leiden, aber ich war froh, seine Darstellung bestätigen zu können. Wenn es Tom gewesen war, den ich die Treppe hatte herunterkommen hören, und wenn ich ihn dann nach den zwei oder drei Minuten, die ich bei den Yorks verbracht hatte, Pardons Apartment verlassen sehen hatte, dann war ihm auf keinen Fall genug Zeit geblieben, um Pardon umzubringen. Aber was hatte Tom im Obergeschoss zu suchen gehabt? Er wohnt unten. Deedra? Fehlanzeige. Sie war bei der Arbeit gewesen.

»Wie ich gehört habe, kennen Sie Marshall Sedaka«, sagte Friedrich unvermittelt.

Die Bemerkung traf mich so unerwartet, dass ich ihn tatsächlich einmal geradewegs ansah.

»Ja.«

»Er war heute Morgen auf dem Revier, wo er mit Dolph Stafford gesprochen hat. Von Dolph weiß ich, dass er seit Pardons Tod nun Alleininhaber des Fitnessclubs ist. Pardon hatte wohl einige Eisen im Feuer.«

Fragend hob ich beide Handflächen. Na und?

»Niemand im Ort weiß besonders viel über Marshall«, erläuterte Friedrich. »Plötzlich tauchte er hier auf und heiratete Thea Armstrong. Niemand verstand, warum Thea nicht schon seit Jahren vergeben war, wo sie doch so hübsch und gescheit ist. Marshall hat wohl Glück gehabt. Wie ich nun gehört habe, ist er aus dem gemeinsamen Haus ausgezogen und hat sich eine kleine Mietwohnung in der Farraday Street genommen.«

Ich hatte nicht gewusst, wo Marshall wohnte. Farraday war ungefähr drei Straßenecken entfernt. Ich langte in den

Kühlschrank, holte eine Plastikschale mit Suppe heraus, die ich am Wochenende gekocht hatte, und stellte sie in die Mikrowelle.

Zwei lange Minuten vergingen, bis der Timer der Mikrowelle piepte. Ich lehnte mich gegen die Arbeitsplatte und wartete darauf, dass der Polizeichef weitersprach.

»Pardon Albee wurde durch einen kräftigen Schlag gegen den Hals getötet«, bemerkte Friedrich. »Ihm wurde zuerst ein Schlag auf den Mund versetzt, dann wurde ihm der Hals zerschmettert.«

Ich dachte daran, wie stark Marshall war.

»Sie glauben also«, sagte ich, während ich mir Suppe in eine kleine Schüssel schöpfte, »dass Marshall Thea meinetwegen den Laufpass gegeben hat und dann Pardon Albee umgebracht hat, damit ihm das Geschäft allein gehört, jetzt, wo er Theas Riesen-SCC-Gehalt von zwölftausend Dollar im Jahr nicht mehr hat?«

Friedrich errötete. »Das habe ich nicht gesagt.«

»Das ist die einzige Schlussfolgerung, die ich aus all dem ziehen kann, was Sie gesagt haben. Oder gibt es etwa noch einen tieferen Sinn, der mir entgangen sein sollte?« Ich starrte ihn einen langen Augenblick lang an, die Augenbrauen fragend hochgezogen. »So ist das also. Aber hier habe ich wirklich mal etwas. *Das* können Sie untersuchen.« Ich streckte ihm das ungemusterte, weiße Taschentuch mit den weißen Streifen verschiedener Stärke am Rand entgegen. In dem Taschentuch zeichneten sich die Umrisse von Revolver und Handschellen ab.

»Würden Sie mir sagen, was das zu bedeuten hat?«, fragte Friedrich.

Bündig und – wie ich hoffte – sachlich beschrieb ich, was am Morgen bei den Drinkwaters vorgefallen war.

»Sie haben uns nicht angerufen? Jemand war in das Haus eingedrungen und Sie haben uns nicht angerufen? Selbst wenn Ihnen nichts zugestoßen ist – was ist, wenn derjenige etwas von Mel und Helen gestohlen hat?«

»Ich bin mir völlig sicher, dass nichts gestohlen wurde. Ich kenne jeden Gegenstand in dem Haus und alles war an seinem Platz. Nichts war durchwühlt oder anders hingestellt worden, Schubladen standen nicht offen.«

»Sie gehen davon aus, dass diese Objekte von jemandem dort abgelegt wurden, der weiß, was Ihnen in Memphis zugestoßen ist?«

»Ist das denn nicht die logische Schlussfolgerung? Ich weiß, dass Sie es herausbekommen haben. Haben Sie jemandem etwas davon gesagt?«

»Nein. Das stand mir nicht zu. Ich habe allerdings vor einigen Tagen das Memphis Police Department angerufen. Wie ich bereits sagte, erinnerte ich mich, wo ich Ihren Namen schon mal gehört hatte – nachdem ich eine Weile darüber nachgedacht hatte. Ich muss sagen, dass ich ein wenig überrascht bin, dass Sie Ihren Namen nicht geändert haben.«

»Es ist mein Name. Warum sollte ich ihn ändern?«

»Um zu vermeiden, dass er wiedererkannt wird und die Leute über das reden, was damals geschah.«

»Eine Weile habe ich mit dem Gedanken gespielt«, gab ich zu. »Aber sie hatten mir schon genug weggenommen. Wenigstens meinen Namen wollte ich behalten. Außerdem … wäre es wie das Eingeständnis, dass ich etwas Unrechtes getan hätte.« Und ich funkelte Friedrich auf eine Art und Weise an, die ihm verdeutlichte, dass er besser nichts dazu sagte. Er nippte nachdenklich an seinem Tee.

Ich fragte mich, ob Pardon über meine Vergangenheit Bescheid gewusst hatte. Er hatte nie eine Andeutung gemacht, aber er war ein Mann gewesen, der gern alles Mögliche wusste, der gern über ein Stückchen der Menschen um ihn herum verfügte. Aber wenn Pardon es gewusst hätte, hätte er sicherlich Andeutungen mir gegenüber gemacht. Dem hätte er nicht widerstehen können.

»Und hat Ihnen die Polizei in Memphis irgendeinen Bericht geschickt, irgendetwas Schriftliches?«, fragte ich.

»Ja«, gab er zu. »Sie haben mir Ihre Akte zugefaxt.« Er legte die Hand auf seine Tasche und fragte, ob er Pfeife rauchen dürfe.

»Nein«, sagte ich. »Wo haben Sie das Fax liegen lassen?«

»Sie glauben, dass jemand aus meiner Dienststelle etwas ausgeplaudert hat? Sie selbst haben niemandem in dieser Stadt davon erzählt, was Ihnen zugestoßen ist?«

Ich log. »Ich habe es niemandem erzählt. Und derjenige, der das da auf die Treppe im Haus der Drinkwaters gelegt hat, weiß, dass ich vergewaltigt wurde, und kennt auch die genauen Umstände. Soweit ich das beurteilen kann, muss dieses Wissen aus Ihrer Dienststelle kommen.«

Claude Friedrich bekam ein rotes Gesicht. Er wirkte größer, härter, bösartig. »Vielleicht hat es ja schon jemand gewusst, als Sie hier hingezogen sind, Lily. Vielleicht hatte derjenige nur so viel Taktgefühl, dass er es nicht erwähnt hat.«

»Dann hat er sein Taktgefühl aber in rasantem Tempo verloren«, gab ich zurück. »Und Sie müssen jetzt gehen. Ich will zum Sport.«

Als er ging, nahm er Taschentuch, Handschellen und Spielzeugrevolver mit. Ich war froh, sie nicht mehr im Haus zu haben.

Normalerweise gehe ich Donnerstagabends nicht zum Training, erst recht nicht, wenn ich schon morgens bei Body Time war. Doch der Tag war eine einzige Anhäufung von Angst und Wut gewesen, unterbrochen von der Eintönigkeit der Arbeit. Ich musste etwas tun, bei dem sich meine Schultern entspannen konnten, und der Sandsack machte mich nicht an. Ich wollte Gewichte.

Ich zog ein rosafarbenes Set aus engen Shorts und Bustier an, bedeckte es mit einem geblümten T-Shirt, schnappte mir meine Sporttasche und fuhr zu Body Time. Marshall arbeitet Donnerstagabends nicht, ich würde ihn also nicht sehen müssen, während er noch das verarbeitete, was ich ihm erzählt hatte.

Derrick, der schwarze Student, der abends den Laden für Marshall führt, hob lässig die Hand, als ich hereinkam. Ich blieb am Empfangstisch links vom Eingang stehen und schrieb mich ein, bevor ich hinüber zu den Bänken mit den Gewichten ging. Ich zog den Reißverschluss meiner Tasche beim Gehen auf. Es waren nur zwei andere Leute da, beides ernsthafte Bodybuilder, die an den Abduktoren- und Adduktorenmaschinen und der Beinpresse an ihren Muskeln arbeiteten. Ich kenne sie nur vom Sehen her, und nachdem sie mir zugenickt hatten, beachteten sie mich nicht weiter.

Der Rest des Gebäudes war dunkel – in Marshalls Büro brannte kein Licht, die Tür des Aerobic- und Karateraums war geschlossen.

Ich machte Dehnübungen und stemmte zum Aufwärmen ein paar leichte Gewichte, dann zog ich meine Gewichtheber-Handschuhe an, die an der Handfläche gepolstert sind und halbe Finger haben. Ich zog die Klettverschlüsse eng zu.

»Soll ich halten?«, rief Derrick, nachdem ich drei Sets vollendet hatte. Ich nickte. Ich hatte die Zwanziger, Dreißiger und Vierziger schon gemacht, nahm jetzt die Fünfzig-Pfund-Hanteln aus der Ablage, setzte mich auf die Hantelbank und legte mich vorsichtig mit einer Kurzhantel in jeder Hand hin. Als ich Derrick hinter meinem Kopf spürte, überprüfte ich noch einmal meine Haltung. Die Hanteln waren parallel zum Boden, ich hielt sie auf Schulterhöhe. Dann hob ich sie hoch, bis sie sich über meinem Kopf trafen.

»Jawohl, Lily!«, feuerte Derrick mich an. Ich brachte die Hanteln nach unten, dann wieder nach oben und kämpfte darum, die Kontrolle zu behalten. Der Schweiß lief mir über das Gesicht. Ich war glücklich.

Bei der sechsten Wiederholung wurde das Heben zum Kampf. Derrick fasste nach meinen Handgelenken und half gerade so viel nach, dass ich die Bewegung vollenden konnte. »Na komm, Lily, du schaffst es«, murmelte er. »Jetzt drücken.« Und meine Arme hoben sich noch einmal.

Ich legte die Fünfziger zurück in die Halterung und holte mir die Fünfundfünfziger. Mit letzten Kräften legte ich mich wieder auf die Bank und quälte mich, die Hanteln hochzustemmen. Hier im Studio wurde immer gesagt, dass das erste Mal am schwersten sei, aber ich habe die Erfahrung gemacht, dass es immer schwierig bleibt, wenn es beim ersten Mal schwierig ist. Derrick hielt meine Gelenke, wenn meine Arme sich hoben, und lockerte den Griff, wenn meine Arme herunterkamen. Ich hob die Fünfundfünfziger sechsmal, die Zähne vor konzentrierter Anstrengung entblößt.

»Einmal noch«, keuchte ich und fühlte die trügerische Erschöpfung durch meine Arme kriechen. Ich war derart auf das Stemmen der Hanteln konzentriert, dass mir erst klar wurde, dass die helfenden Finger elfenbeinfarben und nicht schwarz waren, als ich sie triumphierend oben hatte.

Ich hielt sie nach oben gestreckt, bis meine Arme urplötzlich weich wie Butter wurden. »Runter«, sagte ich gepresst. Marshall trat einen Schritt zurück, ich schaffte es aber noch, sie nicht fallen zu lassen. Ich ließ sie kontrolliert herab, wobei ich die gebeugten Arme entlang der Bank zum Boden führte und die Hanteln erst dann losließ, als sie ohne wegzurollen auf der Gummimatte auftrafen.

Ich richtete mich auf, drehte mich und setzte mich rittlings auf die Bank, so glücklich über meine Leistung, dass ich die Nervosität über das erste Wiedersehen mit Marshall nach meiner großen Lebensbeichte vergessen hatte. Marshall trug das, was ich als seine Arbeitskleidung betrachtete, ein Muskelshirt und bunt gemusterte Stretch-Shorts aus der Kollektion von Sportkleidung, die man über das Fitnessstudio beziehen konnte.

»Wo ist Derrick hin?«, fragte ich und fasste nach meiner Sporttasche, um mein rosa Handtuch zum Schweißabwischen herauszuholen.

»Ich bin in der ganzen Stadt rumgedüst und habe nach dir gesucht.«

»Wieso das?«

»Warst du den ganzen Abend hier?«

»Nein. Ich bin vor einer halben Stunde gekommen … vielleicht vor vierzig Minuten.«

»Und wo warst du vorher?«

»Bei mir zu Hause«, sagte ich in leicht gereiztem Ton. Bei jedem außer Marshall hätte ich die Antwort verweigert. In dem großen Raum war es sehr still. Mir wurde plötzlich deutlich bewusst, dass wir allein waren.

»Wo ist Derrick?«, fragte ich wieder.

»Den habe ich nach Hause geschickt, als du mit den Fünfzigern fertig warst. War jemand bei dir zu Hause?«

Ich starrte ihn an, während ich Brust und Gesicht abtrocknete.

»Worauf willst du hinaus?«, fragte ich.

»Vor ungefähr anderthalb Stunden kam jemand bei Thea zur Hintertür herein, während sie im Wohnzimmer war, und hat eine tote Ratte auf den Küchentisch gelegt.«

»Pfui Teufel«, sagte ich angewidert. »Wer in Gottes Namen würde denn so was machen?« Plötzlich fiel der Groschen. »Du meinst …« Ich war derart außer mir, dass ich spuckte und stotterte, die Hände zu Fäusten geballt.

Marshall saß rittlings auf dem anderen Ende der Bank; er streckte den Arm aus und legte mir einen Finger auf die Lippen. »Nein«, sagte er eindringlich. »Nein, das habe ich nie gedacht.«

»Warum dann die Frage?«

»Thea ... sie hat diese ...«

Ich hatte Marshall noch nie um Worte verlegen erlebt. Irgendetwas war ihm schrecklich peinlich.

»Thea meint, ich wäre es gewesen?«

Marshall sah die Jalousien an, die vor dem großen Schaufenster zur Straße hinaus für die Nacht zugezogen waren. »Sie glaubt, du könntest es gewesen sein«, gab er zu.

»Warum?«, fragte ich völlig perplex. »Warum sollte ich um Himmels willen so etwas tun?«

Eine Röte breitete sich auf Marshalls Wangen aus.

»Thea hat die fixe Idee, dass wir uns deinetwegen getrennt hätten.«

»Aber Marshall ... das ist einfach verrückt.«

»Das ist Thea manchmal – verrückt.«

»Wie kommt sie auf diese Idee?«

Marshall gab keine Antwort.

»Du kannst hingehen und Thea sagen – sonst bin ich auch sehr gern bereit, das selbst zu tun –, dass ich zu Hause war, wo mir der Chief einen unerwünschten Besuch abstattete, bis zur Minute, in der ich hierher gefahren bin. Ich habe also das, was man ein hieb- und stichfestes Alibi nennen könnte.«

Marshall atmete erleichtert auf. »Gott sei Dank. Dann wird sie mich vielleicht in Ruhe lassen.«

»Erklär mir bitte eins. Warum denkt sie, dass ihr zwei meinetwegen nicht mehr zusammen seid?«

»Vielleicht habe ich deinen Namen einmal zu oft erwähnt, wenn ich vom Karatekurs erzählt habe, oder die Leute haben das getan, die zum Fitnesstraining herkommen.«

Marshall sah mir in die Augen. Ich schluckte. Mir war urplötzlich ungemein bewusst, dass wir allein waren. Ich konnte mich nicht daran erinnern, jemals mit Marshall völlig allein im Gebäude gewesen zu sein. Er streckte den Arm und schaltete die Beleuchtung aus, sodass wir nur noch das Licht hatten, das durch die Jalousie von der Straße hereindrang. Es bildete ein Streifenmuster auf seinem Gesicht und Körper.

Wir saßen immer noch rittlings einander zugewandt auf der Bank. Sehr langsam, sodass ich ausreichend Zeit hatte, mich mit dem Gedanken anzufreunden, beugte er sich vor, bis sein Mund meinen berührte. Ich verkrampfte mich in Erwartung der Panik, die mich in den letzten Jahren bei jedem Versuch einer engeren Beziehung zu einem Mann überkommen hatte.

Es kam keine Panik.

Mein Mund bewegte sich Marshalls entgegen und hieß ihn willkommen. Er rutschte näher und schlüpfte mit den Beinen unter meine, bis ich die Beine anhob, ihn umschlang und die Füße hinter ihm auf die Bank stellte. Meine Arme legten sich um seinen Rücken, seine Hände waren hinter mir und drückten mich an ihn.

Vielleicht war es, weil es so unerwartet geschah, vielleicht war es die vertraute Umgebung oder weil ich Marshall erst als Freund schätzen gelernt hatte. Auf einmal war jedoch das, was vorher so schwierig gewesen war, ganz leicht und sehr dringlich.

Marshalls Hände hoben das T-Shirt über meinen Kopf. Er hatte die Narben bereits gesehen. Vor diesem Augenblick brauchte ich mich nicht zu fürchten. Mit zitternden Händen zog ich ihm das Muskelshirt aus. Seine Zunge bewegte sich in meinem Mund. Meine Hände berührten zum ersten Mal seinen Oberkörper. Er zog mir das Bustier über den Kopf und meine Brüste hüpften heraus; seine Zunge fand ein neues Ziel. Ich gab ein kleines, gequältes Geräusch von mir, als der Teil von mir, den ich ein für alle Mal abgestorben wähnte, plötzlich wieder zum Leben erwachte. Meine Hände verrieten, wie eilig auf einmal alles war, und nach einem weiteren Augenblick stand ich auf, immer noch rittlings über der Bank, um meine Stretchhosen herunterzuziehen. Als ich vor ihm stand, küsste er meinen Bauch, dann glitt sein Mund tiefer. In Sekundenschnelle stützte ich ein Knie auf die Bank, drehte mich, um die Shorts ganz auszuziehen, und hörte Stoff im Dunkeln rascheln. Dann fielen Lichtstreifen auf Marshalls nackten, muskulösen Körper. Wenige Augenblicke später kniete Marshall auf dem Ende der Bank, während ich darauf lag, gefüllt von ihm, und die Worte, die er flüsterte, machten mich sehr glücklich und alles funktionierte wunderschön.

Sieben

Ich wachte gut gelaunt auf, ein Zustand, der so selten war, dass ich einige Minuten lang gar nicht wusste, was los war. Ich rekelte mich im Bett und spürte den Muskelkater an ungewohnten Stellen. Da ich am Tag zuvor so viel Sport verschiedenster Art getrieben hatte (und ich grinste mir eins, als ich das dachte), beschloss ich, nur zu Hause ein paar Liegestütze zu machen, statt schon wieder bei Body Time aufzukreuzen. Ich stellte die Kaffeemaschine an, ging in den Raum mit dem Sandsack, ließ mich auf den Boden fallen und machte fünfzig schnelle. Ich duschte kurz und zog weite Jeans und ein T-Shirt an, meine normalen Arbeitsklamotten.

Ich habe noch nie verstanden, wie andere Frauen glauben können, dass sie in hautengen Jeans kämpfen – oder das Haus putzen – können.

Nachdem ich meine Zeitung hereingeholt hatte, setzte ich mich zu Kaffee und Frühstücksflocken an den Tisch. Dabei war mir die ganze Zeit bewusst, wie außergewöhnlich entspannt und zufrieden ich war, eine so ungewohnte Stimmungslage, dass ich kaum wusste, was ich damit anfangen sollte.

Ich ertappte mich dabei, wie ich durch das Küchenfenster hindurch den wunderschönen Morgen anlächelte. Es ist wirklich erstaunlich, wie ein bisschen guter Sex die Einstellung zum Leben verändern kann, dachte ich. Und es waren nicht nur die wunderbaren Körpergefühle; es war die erfolgreiche Vollendung des Geschlechtsaktes ohne Panikattacke oder eine Welle von Hassgefühlen gegen meinen Partner.

Ich merkte, dass ich darüber nachdachte, ob Marshall mich wohl heute anrufen würde. Wie würde es heute Abend beim Kurs sein? Gnadenlos erstickte ich diese Gedanken im Keim. Es war nur das gewesen, guter Sex, sonst nichts. Aber, Junge, Junge, schön war es doch, daran zu denken.

Ich sah auf die Uhr und nahm widerstrebend meinen tragbaren Kasten mit Putzmitteln und Lappen, um mich auf den Weg zu meinem ersten Job zu machen, Deedra Deans Apartment.

Deedra muss eigentlich um acht bei der Arbeit sein, aber heute hatte sie lange gebraucht, um sich fertig zu machen, und als ich an die Tür klopfte, war sie immer noch nicht so weit. Es war nicht das erste Mal, dass Deedra zu spät dran war.

Sie hatte heizbare Lockenwickler in den Haaren und einen schwarzen Spitzenunterrock am Körper. Marcus Jefferson kam gerade aus seiner Tür heraus, als Deedra ihre öffnete, was sie dafür nutzte, ihm einen ausgiebigen Blick auf den Unterrock zu bieten. Ich ging hinein und drehte mich, um die Tür zu schließen, wobei ich Marcus' Gesichtsausdruck sah. Er wirkte ein wenig … angewidert – aber zugleich erregt.

Ich schüttelte den Kopf. Deedra streckte mir die Zunge heraus, als sie zurück ins Bad tänzelte, um ihr Make-up zu vollenden. Ich musste mich wirklich beherrschen, ihr keine Ohrfeige zu verpassen, damit sie endlich zu sich kam; irgendwo in diesem hohlen Kopf musste doch etwas Gehirn herumrasseln, da Deedra ja in der Lage ist, einen Job zu behalten, bei dem sie vermutlich auch tatsächlich Arbeit verrichten muss.

»Lily!«, rief sie aus dem Badezimmer, während ich das Chaos in der Wohnung grimmig betrachtete. »Bist du eine Rassistin?«

»Nein, Deedra, das bin ich meiner Meinung nach nicht«, rief ich zurück und dachte erfreut an Marshalls Elfenbeinkörper. »Aber du spielst doch nur – Marcus ist dir nicht wirklich wichtig. Und mit einem Schwarzen zu schlafen ist immer noch so eine heikle Angelegenheit, dass du es wirklich ernst mit ihm meinen musst, um den ganzen Scheiß zu ertragen, den du dafür abkriegst.«

»Ihm ist es doch auch nicht ernst«, gab Deedra zurück, wobei sie kurz den Kopf herausstreckte, eine Wange rosa und die andere noch ungeschminkt weiß.

»Na toll, warum machen wir nicht alle völlig sinnloses Zeug«, brummte ich und begann, die Zeitschriften, Briefe und Rechnungen aufzustapeln, die über den Couchtisch verstreut lagen. Ich hielt inne. War ich der Esel, der den anderen Langohr nannte? Nein, sagte ich mir mit einiger Erleichterung, was Marshall und ich taten, hatte eine Bedeutung. Ich wusste nur noch nicht, welche. Aber es bedeutete etwas.

Ich erledigte meine Arbeit, als sei Deedra nicht da, und wünschte bloß, sie wäre es nicht. Deedra summte, sang und plapperte sich durch den Rest ihrer Morgentoilette und ging mir damit ganz unglaublich auf die Nerven.

»Was meinst du, was jetzt mit uns passieren wird, wo Pardon nicht mehr da ist?«, fragte Deedra, während sie ihr rot-schwarz gestreiftes Kleid zuknöpfte und gleichzeitig in passende Pumps schlüpfte.

»Du bist jetzt der dritte Mensch, der mich fragt, was aus dem Apartmenthaus werden wird«, erwiderte ich gereizt. »Woher soll ich das wissen?«

»Aber Lily, wir glauben halt, dass du alles weißt«, sagte Deedra ganz selbstverständlich. »Und du verrätst nie was, das ist das Tolle an dir.«

Ich seufzte.

»Aber dieser Pardon, der alte Schleimscheißer«, sagte Deedra im selben Tonfall. »Der hat mich fertig gemacht. Immer hing er rum und wollte ständig wissen, wie es meiner Mama gehe, als bräuchte ich jemanden, der mich dran erinnert, dass sie die Miete für mich blecht. Immer erzählte er, wie schön es wäre, dass ich mich mit dem und dem treffe, wenn derjenige weiß war und viel Geld hatte und Anwalt oder Arzt oder Bankpräsident war. Versuchte mir Angst einzujagen, damit ich ein anständiges Leben führe.«

Das hätte ich auch versucht, wenn ich vom Erfolg überzeugt gewesen wäre, gestand ich mir ein. Jetzt, wo Pardon Albee tot war, fiel es Deedra leicht, über ihn herzuziehen, aber als ich das letzte Mal mit ihr geredet hatte, hatte ihr allein die Vorstellung, dass er ihre Wohnung durchsucht haben könnte, eine Heidenangst eingejagt.

Als der letzte Knopf geschlossen war, stellte Deedra sich wieder vor den Badezimmerspiegel, um ihren kunstvoll zerzausten blonden Haaren den letzten Pfiff zu verleihen.

Sie begann mit ihrer nasalen Stimme: »Als ich am Montagnachmittag meine Miete zahlen ging« – ich war plötzlich hellwach –, »wollte ich den alten Sesselfurzer anbetteln, dass er nichts wegen Marcus sagen sollte. Aber da hat er schlafend auf der Couch gelegen.«

»Um wie viel Uhr war das?«, fragte ich möglichst beiläufig.

»Äh … so gegen halb fünf«, sagte Deedra abgelenkt. »Ich bin für ein paar Minuten von der Arbeit weg. Mittags hatte ich vergessen, ihm den Scheck zu bringen, und man weiß ja, wie er dahinter her war, bis fünf Uhr die Miete auf dem Tisch zu haben.« Ich ging durch den Flur, damit ich sie im

Spiegel sehen konnte. Deedra war mit der Umgestaltung einer Augenbraue beschäftigt.

»Sah die Wohnung ordentlich aus?«

»Warum, hast du bei ihm auch geputzt?«, fragte Deedra neugierig und ließ den Augenbrauenstift fallen. Nun, wo ihr Gesicht und Haar perfekt waren, sammelte sie plötzlich sehr schnell ihre Sachen zusammen. »Nein, die Couch, die mit dem Rücken zur Tür, war verschoben. Sie hatte Rollen, weißt du. Ein Ende stieß gegen den Couchtisch und der Teppich davor war ganz unordentlich.«

»Du bist reingegangen und hast dich gut umgesehen, was?«

Deedra wollte gerade nach ihrer Handtasche auf der Ablage neben der Tür greifen und erstarrte. »Hey, was soll das?«, sagte sie. »Ich bin einfach nur reingegangen, Lily, als er nicht auf mein Klopfen reagierte. Ich dachte, er wäre vielleicht hinten in der Wohnung, weil die Tür nicht abgeschlossen war. Wie du weißt, war er am Monatsersten immer zu Hause, und ich dachte, es wäre eine gute Gelegenheit, um mit ihm zu reden. Ich hätte es ahnen müssen. An dem Tag war schon alles schief gegangen – erst sprang mein Auto nicht an, dann hat mein Chef mich angeschrien und auf dem Weg zurück zur Arbeit wäre ich beinahe in den blöden Wohnwagen reingefahren. Jedenfalls dachte ich, ich hätte ein Geräusch in der Wohnung gehört, also machte ich die Tür auf, und da lag er und schlief wie ein Stein. Also habe ich einfach meinen Scheck auf den Schreibtisch gelegt, weil ich da schon andere liegen sah, und versuchte ganz laut zu reden, um ihn aufzuwecken, aber dann bin ich einfach gegangen.«

»Er hat nicht geschlafen«, sagte ich. »Er war tot.«

Deedras Mund klappte herunter, sodass von ihrem minimalen Kinn gar nichts mehr zu sehen war.

»Oh nein«, flüsterte sie. »Ich hätte nie gedacht … ich

habe natürlich angenommen, dass er schlief. Bist du dir ganz sicher?«

»Ziemlich sicher.« Wie man das jedoch mit Tom O'Hagens Geschichte – dem faltigen Teppich, der schief stehenden Couch, aber kein Leichnam, und das mehr als eine Stunde früher – vereinbaren sollte, wollte mir partout nicht in den Kopf.

»Das musst du der Polizei erzählen«, sagte ich, während Deedra weiter wie erstarrt dastand.

»Hab ich doch schon«, erwiderte Deedra geistesabwesend. »Aber die haben mir nicht gesagt, dass – bist du dir ganz sicher?«

»Eigentlich schon.«

»Deswegen hat er mich also nicht gehört. Und dabei habe ich sehr laut geredet.«

»Und hast du der Polizei auch gesagt, warum du mit Pardon reden wolltest?«

Ein kurzer Blick auf ihre damenhafte, goldene Armbanduhr brachte Deedra zu einem eiligen Aufbruch.

»Natürlich nicht! Ich habe nur gesagt, dass ich runtergegangen bin, um die Miete zu zahlen.« Deedra schnappte ihren Schlüsselbund und warf sich einen letzten Blick in dem großen Spiegel über dem Sofa zu. »Und du sagst ihnen auch nichts davon, Lily Bard! Mein Privatleben geht die gar nichts an.«

Als Deedra zur Tür heraus war, hatte ich viel, worüber ich nachdenken musste.

Der tote Pardon Albee hatte um 16.30 Uhr, plus minus fünfzehn Minuten, auf dem Sofa in seiner Wohnung gelegen. Um drei war er nicht da gewesen. Doch als Tom um diese Zeit ins Zimmer geguckt hatte, war es unordentlich gewesen, die Tür hatte offen gestanden, als hätte dort ein Kampf stattgefunden.

Wo war der Leichnam in den Stunden gewesen, bevor ich

beobachtet hatte, wie er über die Straße in den Park gerollt worden war?

Als Deedras Wohnung wieder bewohnbar aussah, sammelte ich meine Putzsachen zusammen und verschloss die Tür sorgfältig hinter mir. Ich wollte keine Anschuldigungen wie die von Deedra letzte Woche mehr hören. Langsam ging ich die Treppe hinunter zu den O'Hagens. Mit dem Putzen in deren Wohnung würde ich den restlichen Freitagmorgen verbringen.

Auf mein Klopfen hin öffnete Jenny die Tür, weswegen ich wusste, dass sie am Vorabend die Vierzehn-bis-Zweiundzwanzig-Uhr-Schicht im Bippy's gehabt hatte. Nachdem er oder sie dort die Tür abgeschlossen hatte, kam der Dienst habende O'Hagen meist gegen dreiundzwanzig Uhr oder Mitternacht nach Hause, während der andere um fünf Uhr früh aufstehen musste, um rechtzeitig zur Restaurantöffnung um sechs da zu sein. Shakespeare ist ein Ort, in dem die Leute früh aufstehen und früh ins Bett gehen.

Jenny hat rote Haare und Sommersprossen, einen flachen Busen und breite Hüften und verhüllt diese Tatsachen immer gekonnt durch vorteilhafte Kleidung. Aber in ihrem geblümten Bademantel versuchte sie mich heute nicht zu beeindrucken. Jenny betrachtet mich sowieso als Teil der Einrichtung. Nachdem sie gleichgültig »Hi« gesagt hatte, ließ Jenny sich zurück in den Liegesessel plumpsen und steckte sich eine Zigarette an, den Blick wieder auf eine Talkshow gerichtet, die ich mir nie im Leben ansehen würde.

Jenny war der einzige Mensch, dem ich in den letzten fünf Tagen begegnet war, der sich völlig normal verhielt.

Die O'Hagens waschen ihre Wäsche selbst, aber Jenny und Tom hassen es, in der Küche sauber zu machen, was nicht allzu erstaunlich ist, wenn man daran denkt, dass sie ein Restaurant führen. Ich habe insofern fast immer eine

Menge in die Geschirrspülmaschine zu räumen, manchmal anscheinend das Geschirr der gesamten Woche, und der Mülleimer ist immer voller Verpackungen von Mikrowellen-Fertiggerichten und leeren Dosen. Natürlich ist es auch nicht sonderlich überraschend, dass sie nicht kochen wollen, wenn sie zu Hause sind.

Jenny ignorierte mich vollständig, während ich mich in der Wohnung zu schaffen machte, derart, dass sie noch nicht einmal reagierte, als ich die Gegenstände von dem Tablett nahm, das neben dem Liegesessel stand, es abwischte und dann alles wieder ordentlich darauf stellte. Ich hasse Jennys Zigarettenrauch; sie ist die Einzige meiner Kunden, die raucht, bemerkte ich leicht erstaunt.

Als ich bereits eine Stunde gearbeitet hatte, klingelte das Telefon. Ich hörte, wie Jenny dranging und die Lautstärke am Fernseher herunterdrehte. Ich wollte nicht lauschen, aber ich hörte Jenny ein paar Minuten in den Hörer murmeln, dann knallte sie ihn zurück aufs Telefon.

Ich hatte mich bis zum Schlafzimmer vorgearbeitet, wo ich im Handumdrehen die Bettwäsche wechselte und die Überdecke rasch ordentlich darüber breitete. Ich leerte den Aschenbecher auf Jennys Seite des Betts (erkennbar an den roten Haaren auf dem Kissen) und umrundete es gerade, um Toms Aschenbecher zu leeren, als Jenny im Türrahmen erschien.

»Danke, dass Sie Toms Aussage unterstützt haben«, sagte sie ohne jede Einleitung.

Ich blickte auf und versuchte, etwas in dem runden, sommersprossigen Gesicht abzulesen. Ich konnte nur Widerwillen erkennen. Jenny ließ sich nicht gerne anschauen.

»Ich habe nur die Wahrheit gesagt«, sagte ich, während ich die Kippen in den Müllsack fallen ließ und den Ascher auswischte. Mit einem leisen »Klonk« stellte ich ihn wieder auf dem Nachttisch ab. Ich bemerkte einen Bleistift auf dem

Boden, bückte mich, um ihn aufzuheben, und legte ihn in die Schublade des Nachtkästchens.

»Ich weiß, dass Toms Geschichte ein bisschen komisch klingt«, sagte Jenny mit fragendem Tonfall.

»Finde ich nicht«, sagte ich knapp. Ich ließ den Blick durchs Schlafzimmer gleiten, sah nichts, was ich vergessen hätte, und ging auf die Tür zu, in Richtung des anderen Zimmers, das die O'Hagens als Arbeitszimmer benutzten. Jenny trat zurück, um mich vorbeizulassen.

Als ich mit dem Schlafzimmer fertig geworden war, hatte ich mir die Ecke des Staubtuchs in den Gürtel gesteckt. Jetzt zog ich es wieder heraus und fing an, das Arbeitszimmer abzustauben. Zu meiner Überraschung folgte Jenny mir. Ich warf einen Blick auf die Uhr und arbeitete weiter. Um eins musste ich bei den Winthrops sein und wollte noch etwas zu Mittag essen, bevor ich dort hinfuhr.

Jenny hatte den schnellen Blick auf die Uhr bemerkt. »Machen Sie ruhig weiter mit der Arbeit«, sagte sie einladend, als würde ich das nicht bereits tun. »Sie sollen nur wissen, dass wir Ihnen für Ihr gutes Gedächtnis dankbar sind. Tom war erleichtert, dass er keine weiteren Fragen zu beantworten brauchte.«

Eine Frage war mir im Laufe des Morgens noch eingefallen. Normalerweise wäre es mir nie in den Sinn gekommen, Jenny darauf anzusprechen, aber es ging mir auf den Wecker, dass sie mich abwechselnd völlig ignorierte und mir dann hinterherrannte.

»Und, hat die Polizei ihn gefragt, warum er von oben die Treppe herunterkam, wenn er doch im Erdgeschoss wohnt?«, fragte ich. Ich hatte Jenny den Rücken zugedreht, aber ich hörte ein entsetztes, scharfes Einatmen.

»Ja, Claude hat ihn gerade danach gefragt«, antwortete Jenny. »Er wollte mit Tom darüber reden, weil er es vorher nicht erwähnt hatte.«

Es leuchtete mir sofort ein, dass Claude Friedrich auf diese Frage kommen würde, da seine Wohnung im Obergeschoss war, gegenüber von Norvel Whitbreads Bude.

»Und was hat Tom gesagt?«

»Das geht Sie nichts an«, zischte Jenny.

Das klang endlich wieder wie die altbekannte Jenny O'Hagen.

»Wenn das so ist«, sagte ich. Ich fuhr mit dem Staubtuch über die Metallteile des Drehstuhls hinter dem Schreibtisch.

»Also ...« Jenny verstummte, drehte sich um, marschierte ins Schlafzimmer und schloss fest die Tür hinter sich.

Gerade als ich mit dem Putzen fertig war, kam sie, gekleidet in ein leuchtend grünes Safarihemd und eine graue Hose, wieder zum Vorschein, was unmöglich Zufall sein konnte.

»Alles sieht hervorragend aus, Lily«, sagte Jenny, ohne um sich zu gucken. Sie war also wieder die neue Jenny. Mir war die alte, ungehobelte Jenny lieber, da wusste ich wenigstens, woran ich war.

»Schön. Wollen Sie mir jetzt einen Scheck schreiben oder ihn mir später schicken?«

»Hier, ich gebe Ihnen das Geld in bar.«

»Okay.« Ich stellte eine Quittung aus, steckte das Geld in die Hosentasche und wandte mich zum Gehen.

Ich spürte, wie Jenny hinter mir herkam, wirbelte herum und sah, dass sie mir viel näher als erwartet war.

»Alles in Ordnung!«, sagte Jenny hastig und trat etliche Schritte zurück. »Ich wollte Ihnen nur sagen, dass Tom nichts Illegales oben im ersten Stock gemacht hat. Verstehen Sie? Er war oben, aber es war in Ordnung.« Voller Verblüffung sah ich, dass Jenny rot um Augen und Nase aussah, als würde sie gleich weinen.

Ich hoffte nur, dass sie das nicht tun würde; ich würde Jenny O'Hagen nicht beruhigend auf den Rücken klopfen.

Offensichtlich war sie der gleichen Meinung. »Bis nächste Woche dann«, sagte sie mit erstickter Stimme.

Ich zuckte die Achseln, nahm meinen Kasten mit den Putzsachen in die Hand und ging. »Wiedersehen«, sagte ich über die Schulter hinweg, nur zum Beweis, dass ich weiß, was Höflichkeit ist.

Energisch schloss ich die Tür hinter mir, als hätte ich vor, das Gebäude wie gewohnt im Eilschritt zu verlassen. Doch ich blieb stehen und blickte durch den Gang. Weit und breit niemand in Sicht. Es war Freitagmittag und abgesehen von den Yorks und Mrs Hofstettler müssten eigentlich alle bei der Arbeit sein.

Mir war eingefallen, dass die Kammer unter der Treppe (in der Pardon Kleinkram wie Glühbirnen und den großen Staubsauger für die Korridore aufbewahrte) einen hervorragenden vorübergehenden Ruheort für Pardons wandernden Leichnam abgegeben hätte.

Und wie der Zufall es so wollte, hatte ich einen Schlüssel.

Pardon hatte ihn mir vor drei Jahren gegeben, als er meines Wissens das einzige Mal in den Urlaub gefahren war. Er hatte zusammen mit anderen Leuten aus Shakespeare eine Busreise nach Cancún unternommen. Während seiner Abwesenheit hatte ich die Aufgabe gehabt, die Korridore und die Glasscheiben in der Tür zu reinigen, dafür zu sorgen, dass auf dem Parkplatz kein Müll herumlag, und die Beschwerden von Mietern an die entsprechenden Handwerker weiterzuleiten. Zu diesem Zweck hatte Pardon mir den Schlüssel gegeben und ihn nie zurückgefordert, vielleicht weil er für die Zukunft weitere Pauschalreisen erhofft hatte.

Doch seine hypochondrische Art hatte sich schließlich als begründet erwiesen, als ihm ein Spezialist in Little Rock mitteilte, dass sein Herz tatsächlich etwas angegriffen sei. Pardon hatte dem Reisen daraufhin für immer abgeschworen, aus Angst, irgendwo an einem unbekannten Ort eine Herzattacke zu bekommen, doch er wurde es nie müde, anderen Leuten seine Cancún-Fotos zu zeigen und von der Lebensgefahr, in der er geschwebt hatte, zu erzählen.

Ich hatte alle mir anvertrauten Schlüssel mit einem von mir ausgedachten Code beschriftet. Falls sie gestohlen würden, sollte der Dieb nicht in der Lage sein, in die Häuser, Praxen und Büros meiner Arbeitgeber einzudringen. Der Geheimcode, den ich benutzte, war nicht sehr raffiniert: Ich ging einfach einen Buchstaben im Alphabet weiter. Der Schlüssel der Abstellkammer der Shakespeare Garden Apartments trug also auf einem Stück Kreppband in schwarzer Druckschrift die Buchstaben THB.

Ich warf den Schlüsselbund in die Luft und fing ihn mit der rechten Hand wieder auf, während ich mir klar zu werden versuchte, ob ich hineinsehen sollte oder nicht.

Ich entschied mich dafür.

Das Verschwinden und Wiederauftauchen von Pardons Leiche und deren letztendliche Beseitigung mithilfe meiner Sackkarre hatten Neugier und Wut in mir ausgelöst. Es offenbarte unerwartete Abgründe in den Menschen, denen ich ständig begegnete. Ich hielt es nämlich für unmöglich, dass der Mörder nicht einer der Apartmentbewohner war.

Dass ich diese Schlussfolgerung gezogen hatte, wusste ich erst, als ich den Schlüssel im Schloss umdrehte.

Ich blickte in die Kammer. Sie öffnet sich zum Korridor hin, und da sie unter der Treppe liegt, ist sie links viel höher als rechts. Ich fasste nach der Schalterstrippe, die von der nackten Glühbirne an der Decke herunterhing. Gerade als ich daran ziehen wollte, hörte ich hinter mir eine Stimme.

»Nach was suchen Sie denn, Miss Lily?«

Unwillkürlich keuchte ich vor Schreck, aber im Bruchteil einer Sekunde erkannte ich die Stimme. Ich drehte mich um; vor mir stand Claude Friedrich.

»Kann ich Ihnen irgendwie helfen?«, fuhr er fort, während ich fassungslos hoch in das breite Gesicht sah.

»Gütiger Himmel, wo kommen *Sie* denn her?«, fragte ich zornig, voller Wut auf mich, dass ich ihn nicht gehört hatte, voller Wut auf ihn, weil er mir einen solchen Schrecken eingejagt hatte.

»Aus Pardons Wohnung.«

»Da haben Sie sich nur so rumgedrückt?«

Mir war allerdings gleich klar, dass ich nicht in der Lage sein würde, ihn so zu provozieren, dass er seine Frage vergessen würde.

»Ich habe den Tatort untersucht«, antwortete er gutmütig. »Und mich gefragt, wie Sie vermutlich auch, wie es sein kann, dass eine Person um 16.30 Uhr einen Leichnam sieht, nachdem jemand anders um fünfzehn Uhr eine leere Couch gesehen hat, auch wenn das Apartment um fünfzehn Uhr ausgesehen hat, als hätte eine tätliche Auseinandersetzung dort stattgefunden.«

»Vielleicht war Pardon nicht gleich tot«, sagte ich und überraschte mich selbst damit, dass ich dem Polizisten einfach sagte, was mir in den Kopf kam.

Er wirkte ebenso überrascht wie ich und offensichtlich erfreut.

»Natürlich, wenn es eine andere Art von Verletzung gewesen wäre, ja.« Friedrich nickte langsam mit seinem vollen, ergrauenden Haarschopf. »Aber bei dem Schlag gegen den Hals muss er ziemlich schnell erstickt sein.«

Und er blickte hinunter auf meine jetzt leeren Hände – den Putzsachenkasten hatte ich zum Aufschließen der Tür abgestellt. Meine Hände sahen schmal und sehnig und stark aus.

»Ich hätte ihn töten können«, sagte ich, »aber das habe ich nicht getan. Ich hätte keinen Grund, so etwas zu tun.«

»Und wenn Pardon gesagt hätte, dass er die Geschichte

von Ihrem Schicksal in der ganzen Stadt herumerzählen würde?«

»Er wusste nichts davon.« Zu der Schlussfolgerung war ich heute Morgen gekommen. »Sie kannten Pardon doch. Er wollte alles über jeden wissen und ließ keine Gelegenheit ungenutzt, um jemandem unter die Nase zu reiben, dass er etwas über ihn herausgefunden hatte. Er hätte mich liebend gern bemitleidet für das, was mir zugestoßen ist. Niemand wusste es, bevor Sie Memphis angerufen haben und dann den Bericht offen herumliegen ließen.« Das war wieder etwas, was ich ganz allein bewältigen musste – herausfinden, wer auf der Polizeidienststelle geredet hatte und mit wem. Ich fand es relativ einleuchtend, dass derjenige, der Handschellen und Revolver auf die Treppe der Drinkwaters gelegt hatte, die Bedeutung dieser Gegenstände von einem Mitarbeiter des Police Department erfahren hatte, der den Mund nicht halten konnte.

»Vermutlich haben Sie Recht«, gab Friedrich zu, worüber ich angenehm überrascht war, »und ich bin dabei, den Fall zu untersuchen. Und Sie sehen sich also die Abstellkammer an, um herauszufinden, ob er hier versteckt wurde?«

Bei dem abrupten Themenwechsel blinzelte ich. Friedrich reagierte empfindlich auf meine Anspielung betreffend die mangelhafte Geheimhaltung in seiner Dienststelle, was nicht weiter verwunderlich war.

»Ja.« Ich erklärte, woher ich den Schlüssel hatte.

»Na, dann wollen wir uns mal umsehen«, schlug Friedrich mit einer Munterkeit vor, der ich misstraute.

»Sie haben die Kammer doch schon untersucht«, sagte ich.

»Ehrlich gesagt nein. Pardons Schlüsselbund ist verschwunden. Wir wollten die Tür nicht aufbrechen. Heute sollte ein Schlosser kommen, um sie zu öffnen, aber jetzt haben Sie der Stadt Shakespeare ordentlich Kosten gespart.

Ich wäre nie darauf gekommen, Sie zu fragen, ob Sie einen Schlüssel haben.«

Es schien nicht der geeignete Zeitpunkt zu sein, um ihm mitzuteilen, dass ich auch den Schlüssel für Vorder- und Hintereingang des Gebäudes besaß.

»Warum haben Sie nicht Norvel Whitbread gefragt?«, wollte ich wissen. »Er soll eigentlich einen Morgen pro Woche für Pardon arbeiten.«

»Er behauptet, keinen Schlüssel zu haben. Es leuchtet mir ein, dass Pardon ihm nicht genug traute, um ihm einen Schlüssel zu geben. Er schloss Norvel vermutlich die Kammer auf, wenn er etwas von dort brauchte.«

Ich speicherte das Rätsel um Pardons fehlenden Schlüsselbund neben all den anderen Aspekten des merkwürdigen Todes des Hauseigentümers ab.

Friedrich trat neben mich, fasste nach der Strippe und betrachtete die Kammer, als das Licht bis in die hintersten Ecken strahlte. Man mochte über ihn sagen, was man wollte, aber geizig mit Strom war Pardon nicht gewesen.

»Sieht es hier drin so aus wie immer, soweit Sie das beurteilen können?«, fragte Friedrich, nachdem wir uns beide ausgiebig umgesehen hatten.

»Ja«, antwortete ich ein wenig enttäuscht. In den Regalen links und an der Rückseite der Kammer lagen ordentlich aufgereiht Haushaltswaren – Müllsäcke, Glühbirnen, Putzmittel – und Dinge, die Pardon aufgehoben hatte, weil sie eines Tages vielleicht noch gebraucht werden könnten – Mäusefallen, Vasen, ein Türknauf, der dicke Türstopper, mit dem Pardon die Eingangstür aufzuhalten pflegte, wenn der Teppichboden im Gang gereinigt wurde und noch feucht war. Der große Staubsauger nahm die rechte Seite der Kammer ein. Er war alt und riesig und stand ordentlich da, das Kabel exakt aufgewickelt. Das bewies, dass nicht Norvel als Letzter Staub gesaugt hatte;

Norvel könnte eine Schnur nie so schön aufwickeln, dachte ich anerkennend.

Aber Norvel machte hier doch die Hausmeisterarbeiten?

Friedrich betrachtete sorgsam und nachdenklich die Regale und prägte sich offenbar jeden Gegenstand ein.

Ich streckte den Arm aus, um ihn am Ärmel zu zupfen, überlegte es mir dann aber doch anders. »Entschuldigung«, sagte ich.

»Ja bitte?«, sagte Friedrich geistesabwesend.

»Sehen Sie sich das Kabel des Staubsaugers an.« Ich wartete, bis er es betrachtet hatte. »Jemand anderes als Norvel Whitbread hat den Staubsauger so dort abgestellt, obwohl Norvel es hätte tun sollen.« Ich erläuterte ihm meine Theorie.

Friedrich wirkte ein wenig amüsiert. »Und wer hat, aus der Art, wie das Kabel aufgewickelt ist, zu schließen, den Staubsauger dort hingestellt?«, fragte er, und ich merkte, dass er mich ein wenig auf den Arm nahm.

Haha, sehr witzig. »Ich habe beobachtet, wie Pardon Sachen wegstellt. Das ist die Art, wie Pardon es getan hätte. Jeden Montagmorgen muss Norvel hier Staub saugen, die Scheiben in den Türen putzen, den Zugang fegen und Abfall hinten auf dem Parkplatz auflesen. Wie es scheint, hat er das diesen Montag nicht getan.«

»Da lesen Sie aber sehr viel aus einem Staubsauger heraus.«

Ich schaffte es, scheinbar gleichgültig die Achseln zu zucken.

Ich nahm den Schlüssel für die Kammer von meinem Ring und händigte ihn Friedrich aus. Bevor er etwas sagen konnte, wuchtete ich meinen Kasten hoch, verschwand durch die Vordertür und verbannte Friedrich aus meinen Gedanken. Ich dachte angestrengt nach, ob es irgendeinen Grund gab, überhaupt noch mal ins Haus zu gehen; ich hatte plötzlich keinen Appetit mehr. Vielleicht sollte ich direkt ins Auto springen und zu den Winthrops fahren.

Aber da war schon wieder das nächste Hindernis – ein Auto parkte in meiner Einfahrt und jemand lehnte da an meinem Skylark. Mein Herz machte einen Satz, als ich Marshall erkannte. Verlegen stand ich da, wusste nicht, was ich tun oder sagen sollte, und merkte, wie mir heiß wurde.

Er nahm mir den Putzkasten aus der Hand und stellte ihn auf den Boden. Er zog mich weiter nach oben unter das Vordach und legte die Arme um mich. Nach kurzem Zögern schlang ich die Arme um seinen Hals.

»Ich konnte dich nicht anrufen«, sagte er mir ins Ohr. »Ich wusste nicht, was ich am Telefon hätte sagen sollen. Ich weiß auch jetzt nicht, was ich sagen soll.«

Weil er nichts sagte, wagte ich natürlich auch nicht, etwas zu sagen. Ich schaffte es, die Umarmung zu genießen, obwohl es mir nicht gefiel, dass wir in der Einfahrt standen; ich wollte nicht gesehen werden. Doch Marshalls berauschende Nähe, die Erinnerung an seinen Geruch, seine Berührung halfen mir, meine Nervosität zu besiegen. Mir war ein bisschen schwindlig. Seine Zunge berührte meine Lippen.

»Marshall, ich muss zur Arbeit«, brachte ich heraus.

Er hielt mich ein Stück von sich weg und sah mich prüfend an.

»Lily, zeigst du mir die kalte Schulter, weil du nicht mit mir zusammen sein willst? Bereust du, was gestern Nacht passiert ist?«

»Nein.« Ich schüttelte zur Bekräftigung den Kopf. »Nein.«

»Machen dir deine Erinnerungen Probleme?«

»Nein ...« Ich zögerte. »Aber weißt du, einmal schönen Sex zu haben bedeutet nicht, dass ich nie wieder im Schatten der Vergewaltigung leben muss. Damit werde ich mich bis ans Ende meines Lebens auseinander setzen müssen.«

Ich bin keine problemfreie Frau. Ich bin nicht immer benutzerfreundlich. Falls er das vergessen haben sollte, musste es ihm mal wieder zu Bewusstsein gebracht werden.

»Aber, so leid es mir tut, ich komme wirklich zu spät zu meinem nächsten Putzjob«, endete ich prosaisch.

»Lily«, sagte er wieder, als sage er meinen Namen gern. Ich hatte hinunter auf den Punkt geschaut, an dem sich unsere Oberkörper trafen. Jetzt sah ich ihm in die Augen. Sein Mund kam auf meinen zu, und ich konnte spüren, dass er so weit war.

»Ich kann jetzt nicht«, flüsterte ich entschuldigend.

»Heute Abend nach dem Training?«

»Okay.«

»Iss nichts vorher, wir kochen etwas bei mir.«

Vor dem Training aß ich sowieso nie etwas. Ich nickte und lächelte ihn an. Ein auf der Straße vorbeifahrendes rotes Auto erinnerte mich daran, dass es immer später wurde. Hinter seiner Schulter sah ich auf die Uhr und wünschte, ich könnte es mir leisten, bei den Winthrops anzurufen und ihnen zu sagen, dass ich krank sei. Aber Marshall war die Ausnahme und Arbeit war Alltag.

Ich fing an zu hoffen, dass ich bei Marshall genau so sein könnte, wie ich sein wollte. Die Memphis-Lily, die Lily mit den langen braunen Haaren, die nach zwanzig Minuten auf dem Laufband gekeucht und geächzt hatte, hätte nie getan, was die starke, blonde Lily jetzt mit Marshall machte. Bei meiner Berührung erzitterte er von Kopf bis Fuß.

»Du kannst dir nicht vorstellen, was ich durchgemacht habe«, sagte er, als er wieder etwas sagen konnte. Mir wurde klar, dass Marshall auch eine Geschichte zu erzählen hatte.

»Wenn du dir ganz sicher bist, dass du jetzt keine zehn

Minuten erübrigen kannst«, fuhr er atemlos fort, »dann werde ich wohl bis heute Abend warten müssen. Wir kämpfen besser im Kurs nicht gegeneinander.«

Ich lächelte bei der Vorstellung, dass Marshall sich vor Verlangen verzehren würde, während er meine Kicks abblockte, und als er mich lächeln sah, lachte er laut los.

»Bis später«, sagte ich, als mich plötzlich wieder die Schüchternheit überkam. Ich löste mich sanft aus seinen Armen und ging zu meinem Wagen. Als er an mir vorbei zu seinem Toyota ging, genoss ich den Anblick breiter Schultern und eines schönen Hinterns.

Es war so lange her, dass meine Pläne über meinen derzeitigen Stapel Leihbücher oder das Video, das ich ausgeliehen hatte, hinausgingen, dass ich kaum wusste, was ich denken sollte, als ich die altvertraute Strecke zu meinem nächsten Job fuhr. Nach dem Kurs würde ich verschwitzt sein. Konnte ich bei ihm duschen? Würde er erwarten, dass ich die ganze Nacht bei ihm verbrachte, oder würde ich zum Schlafen nach Hause kommen? Wo sollte ich mein Auto parken? Es ging niemanden etwas an, dass ich Marshall in seiner Mietwohnung besuchte. Mein Privatleben sollte auch privat bleiben.

Als ich an der Hintertür der Winthrops aus dem Wagen stieg, war ich aufgeregt und ängstlich zugleich. Ich war zutiefst aufgewühlt, ein Gefühl, das ich nicht recht genießen konnte. Mir wurde klar, dass ich es nicht gewohnt war, mit so viel Unvorhergesehenem zu tun zu haben.

Doch all das musste ich in meinem Kopf ganz nach hinten schieben und endlich loslegen. Ich machte auf, schloss hinter mir ab und sah mich in der Küche um. Die Köchin, Earline Poffard, war da gewesen; die Arbeitsflächen waren blitzblank und der Mülleimer unter der Spüle war voll. Earline kommt zweimal in der Woche und kocht so viel, dass die Winthrops genug zu essen haben, bis sie wiederkommt. Ich habe Earline noch nie persönlich kennen gelernt, aber ich glaubte, sie von ihrer Arbeit her zu kennen; Earline beschriftet alles, was sie zubereitet, jedes Fitzelchen Müll landet in der Tüte und sie schrubbt alle Töpfe selbst, trocknet sie ab und stellt sie weg. Ich muss nur die Mikrowelle von außen putzen, hin und wieder die Tür der Geschirrspülmaschine und den Boden wischen, und die Küche ist fertig.

Zum ersten Mal bekam ich Lust, Earline kennen zu lernen. Vielleicht hatte Earline sich ja auch schon gefragt, wer ich sein mochte.

Meine jahrelang eingeübten Gewohnheiten setzten sich durch und ich machte mich an die Arbeit. Heute Abend wollte ich auf keinen Fall zu spät zum Training kommen; ich freute mich darauf, Marshall, meinen Geliebten, zu sehen, und wollte auf keinen Fall, dass mir Marshall, mein Sensei, einen so kritischen Blick wie beim letzten Mal zuwarf.

Ich war gerade mit Abstauben fertig und holte den Mopp aus dem Schrank, als ich einen Schlüssel im Schloss hörte.

»Hey, Lily!«, rief eine lockere Jungenstimme.

»Hi, Bobo«, erwiderte ich und versuchte mir zu merken, dass ich Beanie sagen musste, dass sie einen neuen Mopp brauchte.

»Hey, was war da bei euch los mit dem alten Typ, der umgebracht worden ist?«, fragte Bobo, wobei seine Stimme näher kam.

Ich sah über die Schulter. Der Junge – der Ein-Meter-fünfundachtzig-Junge – lehnte in der Küche an der Spüle und sah hinreißend aus in den abgeschnittenen Jeans und dem Umbro-Shirt. An dem Grinsen konnte man sein Alter ablesen, aber sein Körper war vor ihm erwachsen geworden. Wenn ich bei den Winthrops arbeite, gehe ich auch ans Telefon, und während der Sommerferien sind fast alle Anrufe unweigerlich für ihn. Natürlich hat er einen eigenen Telefonanschluss, aber die Nummer gibt er, sehr zum Ärger seiner Mutter, nur ganz bestimmten Freunden.

»Er ist tot«, antwortete ich.

»Na, komm, Lily, ich könnte wetten, dass du alles darüber weißt.«

»Du weißt garantiert genauso viel darüber wie ich.«

»Stimmt es, dass einer den alten Claude Friedrich aus dem Bett geklingelt und ihm erzählt hat, wo die Leiche ist?«

»Ja.«

»So was in der Art sollst du mir erzählen.«

»Das weißt du doch schon, Bobo.« Meine Geduld war bereits weitestgehend erschöpft.

»Insiderwissen will ich! Irgendwas musst du doch wissen, das nicht in der Zeitung gestanden hat, Lily.«

»Das bezweifle ich.« Bobo quasselte gern, und ich wusste, dass er mir durchs Haus folgen würde, wenn ich ihm auch nur die kleinste Ermutigung gab.

»Wie alt bist du, Bobo?«, fragte ich.

»Ich bin siebzehn. Ich bin in der zwölften Klasse«, sagte er. »Deswegen habe ich heute auch früher frei. Und, wirst du mich nächstes Jahr vermissen, wenn ich weggehe zum Studieren, Lily?«

»Darauf kannst du Gift nehmen, Bobo.« Ich nahm das Putzmittel aus dem Schrank und drehte das heiße Wasser auf. »Schließlich muss ich dann ja weniger Geld von deinen Eltern verlangen, weil ich deinen Scheiß nicht mehr aufzuräumen brauche.«

»Ach, übrigens, Lily …«

Als er nicht weitersprach, hob ich den Kopf und sah, dass Bobo knallrot anlief.

Während ich die Augenbrauen hochzog, um ihm zu signalisieren, dass ich auf das Ende des Satzes wartete, spritzte ich etwas von dem Reinigungsmittel auf den Boden. Das

Wasser aus dem Hahn war jetzt sehr heiß; ich drückte das überschüssige Wasser aus dem Mopp und begann zu wischen.

»Als du neulich bei mir sauber gemacht hast, hast du da zufällig etwas ... äh ... Persönliches gefunden?«

»Wie das Kondom zum Beispiel?«

»Äh. Ja. Genau.« Bobo starrte irgendetwas Faszinierendes neben seinem rechten Fuß an.

»Ja.«

»Was hast du damit gemacht?«

»Wie meinst du das? Ich hab's weggeschmissen. Glaubst du, ich leg es mir unters Kopfkissen?«

»Ich meine ... hast du meiner Mom was davon gesagt? Oder meinem Dad?«

»Geht mich doch nichts an«, sagte ich und registrierte interessiert, dass Howell Winthrop Jr. auf der Liste der Menschen, die Bobo fürchtete, einen deutlichen zweiten Platz belegte.

»Danke, Lily!«, sagte Bobo enthusiastisch. Er sah mir kurz in die Augen, dann entspannten sich seine Schultern: Ein Mann sah Land.

»Hauptsache, du benutzt sie weiter.«

»Was? Oh. Oh ja.«

Und wenn das möglich war, wurde Bobo noch röter, als er es vorher schon gewesen war. Mit groß zur Schau gestellter Lässigkeit machte er seinen Abgang, pfeifend, mit rasselnden Schlüsseln, offenbar das Gefühl auskostend, dass er mit einer erwachsenen Frau ein ernstes Gespräch über Sex geführt hatte. Ich hätte wetten mögen, dass er solch persönliche Gegenstände in Zukunft etwas sorgfältiger entsorgen würde, was er ja auch tun sollte.

Ich stellte fest, dass ich bei der Arbeit sang, was ich seit Jahren nicht getan hatte. Wenn ich allein bin, singe ich Kirchenlieder; seit den zahllosen Sonntagen, die ich mit meinen Eltern und Varena in der Kirche verbracht habe – immer in derselben Kirchenbank, fünfte von vorn, links –, kenne ich sehr viele. Ich erinnerte mich an die Pfefferminzbonbons, die meine Mutter immer in der Handtasche hatte, den Kugelschreiber und das Blöckchen, die mein Vater herauszog, wenn ich zu unruhig wurde.

Doch jeder Gedanke an meine Kindheit bereitet mir meist nichts als Kummer. Damals hatten meine Eltern noch nicht die Augen niedergeschlagen, wenn sie mit mir sprachen. Sie hatten sich mit mir unterhalten, ohne jedes Thema sorgfältig zu umgehen, von dem sie glaubten, dass es ihre geschändete Tochter aufregen könnte. Damals hatte ich sie umarmen können, ohne mich auf diesen Kontakt extra geistig vorzubereiten.

Ich hatte es mir antrainiert, diesen unproduktiven und altbekannten Gedankengang abzublocken. Ich konzentrierte mich auf den Spaß am Singen. Ich finde es immer wieder erstaunlich, dass ich eine hübsche Stimme habe. Ein paar Jahre lang hatte ich Gesangsunterricht; früher war ich als Solistin in der Kirche aufgetreten und hatte manchmal auch bei Hochzeiten gesungen. Jetzt sang ich »Amazing Grace«. Als ich geendet hatte, fasste ich hoch, um mir die Haare aus dem Gesicht zu streichen, und merkte erstaunt, dass sie kurz waren.

Acht

Ich hatte fast vergessen, dass mein Nachbar, der Schreibtischhengst, am Mittwochabend am Training teilgenommen hatte. Er hatte jedenfalls ganz und gar nicht den Eindruck gemacht, als würde er sich amüsieren; deswegen war ich erstaunt, Carlton bei Aufwärmübungen zu sehen, als ich mich auf der Schwelle verbeugte. Er versuchte, seine Zehen zu berühren. An der Art, wie sich sein Mund verzog, konnte ich sehen, dass die Bewegung ihm weh tat.

»Der Muskelkater hat voll zugeschlagen, was?«, sagte ich, als ich mich auf den Boden setzte, um meine Schuhe auszuziehen.

»Bis in die Haarspitzen tut mir alles weh«, sagte er mit zusammengebissenen Zähnen, während er sich nach unten reckte. Er berührte mit den Fingern gerade mal den Fußrücken.

»Schlimmer als heute wirst du dich nicht mehr fühlen«, beruhigte ich ihn.

»Soll das eine Aufmunterung sein?«

»Ich dachte, vielleicht hilft ja der Gedanke, dass es morgen schon nicht mehr so schlimm sein wird.« Ich rollte meine Socken zu einem ordentlichen Ball zusammen und steckte sie in meinen rechten Schuh. Ich stand auf, ließ vorsichtig den Kopf kreisen, beugte mich dann gerade aus der Hüfte heraus vor und legte die Handflächen flach auf den Boden.

Ich stieß einen Seufzer der Erleichterung aus, als sich mein Rücken aushängen konnte und die Anspannungen des Tages abflossen.

»Angeberin!«, sagte Carlton verärgert.

Ich richtete mich auf und musterte ihn. Carlton hatte Shorts und ein T-Shirt an. Auf das ungeübte Auge hätte er einen passablen Eindruck gemacht, aber ich konnte die mangelnde Festigkeit und Deutlichkeit seiner Arme und Oberschenkel sehen. Übergewichtig war er nicht, in Form aber auch nicht.

Marshall kam herein und warf mir ein privates Lächeln zu, bevor einer der anderen Teilnehmer mit einer Frage zu ihm kam. Ich sah ihm einen Augenblick hinterher und betrachtete dann wieder Carlton, der mit gegrätschten Beinen auf dem Boden saß und versuchte, mit dem Oberkörper erst ans rechte, dann ans linke Bein zu kommen. Carltons dichtes schwarzes Haar, das normalerweise mit Gel hinter die Ohren gekämmt ist, war völlig aus der Fasson geraten, während er sich immer wieder aufrichtete und vorbeugte. Ich holte die Anzugjacke aus der Sporttasche und zog sie an, dann band ich den Gurt ordnungsgemäß darüber.

»Und, Carlton, erinnerst du dich an die Selbstverteidigungstechnik, die wir das letzte Mal geübt haben?«, fragte ich. Carlton kam mühsam auf die Beine.

»Äh … nein. Das war zu viel für einen Abend.«

Marshall stand etwas entfernt lachend in einem Pulk jüngerer Männer.

»Na schön. Streck den Arm aus und pack mit der rechten Hand meine Jacke … So ist's recht. Jetzt greif fest zu.« Carlton hatte offensichtlich Angst, dass er mich umreißen könnte, und fasste den losen Stoff gar nicht richtig an. »Nein, Carlton. Du musst ganz fest zupacken, sonst glaubst du, dass ich das schaffe, weil du nicht deine volle Kraft eingesetzt hast.«

Carlton fasste zwar kräftiger zu, wirkte aber sehr ängstlich. »Nein, das würde ich nie denken!«, protestierte er.

»Weißt du noch? Ich fasse mit der rechten Hand nach oben, so … Ich drücke meinen Daumen an die Stelle zwischen deinem Daumen und Zeigefinger, bis ich den Akupressurpunkt finde – wie ich sehe, habe ich ihn getroffen –, und dann verdrehe ich dir die Hand, sodass sie mit der Außenseite, der Seite mit dem kleinen Finger, nach oben Richtung Decke zeigt … Dabei verdreht sich natürlich der gesamte Arm, richtig?«

Ich merkte, dass Carlton sich erinnerte.

»Jetzt drücke ich deine Knöchel gegen meine Brust, wobei ich darauf achte, dass die Verdrehung deines Arms bestehen bleibt. Meine Finger umfassen deine Hand, damit der Druck nicht nachlässt … Mein Daumen drückt weiter zu … und jetzt …«

»Neeeiin«, wimmerte Carlton, als er auf die Knie sackte, während ich mit der linken Hand Gegendruck auf seinen Oberarm ausübte und mich dann aus der Taille heraus vorbeugte.

»Erinnerst du dich an das Aufgeben-Zeichen, das Marshall dir das letzte Mal gezeigt hat?«, fragte ich.

Carlton schüttelte, völlig mit seinem Schmerz beschäftigt, den Kopf.

»Schlag mit der freien Hand aufs Bein.«

Er verlor keine Sekunde und ich ließ umgehend los.

Er sah hoch zu mir, die braunen Augen zu dem bettelnden Hundeblick aufgerissen, der bei anderen Frauen vermutlich sehr wirkungsvoll war.

»Das hat aber weh getan«, sagte er nach einer bedeutungsvollen Pause.

»Wir entschuldigen uns nicht, Carlton«, sagte ich freundlich. »Ich habe dir etwas beigebracht. Weh tut man sich immer mal.«

Carlton stand auf und schüttelte sich. Er kämpfte gegen seinen Stolz, dann gewann seine Vernunft aber die Oberhand.

»Na, dann habe ich wohl etwas dazugelernt«, sagte er reumütig. »Und darf ich es jetzt bei dir machen, um dir zu beweisen, dass ich es kapiert habe?«

Ich streckte den Arm aus und packte ihn am T-Shirt.

Ich musste Carlton Schritt für Schritt zeigen, wie er mir nennenswerte Schmerzen zufügen konnte. »Nein, ich brauche nicht auf die Knie zu gehen ... Jetzt die Hand ein bisschen mehr verdrehen ... Jetzt mach langsam. Den Arm willst du mir nicht brechen. Damit wartest du besser auf einen echten Kampf ... Raphael, was macht Carlton falsch?«

»Er hält zu viel Abstand zu dir«, diagnostizierte Raphael.

»Also, Carlton, du weichst vor mir zurück, was bedeutet, dass ich mich befreien kann oder dich zumindest treten und so dazu zwingen kann, mich loszulassen ...« Um es ihm zu zeigen, machte ich einen blitzschnellen Tritt mit dem Fuß, stoppte aber noch rechtzeitig ab, sodass ich Carltons Weichteile nur berührte.

Keuchend ließ Carlton mich los.

»Wir üben das nachher«, sagte ich. »Vielleicht ist es besser für dich, das mit Raphael oder einem anderen Mann zu üben, weil die meisten Männer so eine Angst haben, einen weiblichen Partner zu verletzen, dass sie nicht ihr Bestes geben.«

»Macht dir das etwas aus?«, fragte er.

»Früher schon. Jetzt freue ich mich, weil es sich in einer echten Gefahrensituation zu meinen Gunsten auswirken würde. Frauen haben im Oberkörper nicht so viel Kraft wie Männer und müssen deswegen jeden Vorteil ausnutzen.« Ich betrachtete Carlton neugierig. »Warum bist du eigentlich zum Karate gekommen?«

»Ich wollte sehen, was dich so an dieser Sache fasziniert. Dreimal pro Woche, und das seit Jahren ... ohne es jemals ausfallen zu lassen oder zu spät zu kommen. Ich hatte den Eindruck, dass es eine Menge Spaß machen muss.«

»Tut es auch«, sagte ich, überrascht, dass man das anders sehen konnte.

»Vielleicht verstehe ich den Spaß noch nicht richtig«, sagte Carlton. Ich hatte nicht gewusst, dass sein Humor so trocken sein konnte.

»Ach, das wirst du noch. Wenn du ein bisschen was gelernt hast, ist es nicht mehr so verwirrend.« Marshall wollte mit dem Kurs anfangen, weswegen ich meinen Platz in der Reihe einnahm. Carlton hatte mich mit der Behauptung, dass er mich so unglaublich interessant fand, dass er dasselbe wie ich tun wollte, nicht überzeugt, insbesondere nicht nach unserem kleinen Geplänkel Anfang der Woche bei mir zu Hause.

»Yoi!«, rief Marshall und die Teilnehmer kamen zur Ruhe.

Nach der Aufwärmphase, als wir alle einen Schluck Wasser tranken, kam Marshall auf mich zu. Ich merkte, dass er mich ansteuerte, und war mir jedes Worts bewusst, das er zu dem einen oder anderen aus der Gruppe sagte. Seine Nähe erregte mich, aber ich hatte absolut keine Ahnung, was ich zu ihm sagen sollte.

»Hast du noch etwas von der Sache mit Thea gehört?«, fragte ich, nachdem wir uns zur Begrüßung zugenickt hatten.

»Nein. Keiner der Nachbarn hat etwas gesehen. Das kleine Haus hat einen zugewachsenen Garten, sodass das nicht weiter erstaunlich ist. Zumindest war die Ratte offenbar einfach in einer Falle gefangen und nicht gequält worden oder so etwas.«

»Hat die Sache sie sehr mitgenommen?«

Marshall machte ein merkwürdiges Gesicht. »Thea ist ziemlich emotional«, sagte er.

Ich fragte mich, ob Thea ihn gebeten haben mochte, zu

ihrem Schutz nach Hause zurückzukommen. Der Gedanke behagte mir gar nicht. Ich wollte auf keinen Fall zwischen Marshall und Thea stehen. Aber wenn man mit einem Mann schläft, dachte ich sarkastisch, dann steht man automatisch zwischen ihm und seiner Frau.

Als ich mit Janet Shook, der einzigen anderen Frau, die regelmäßig zum Training kam, Buntai übte, kam mir plötzlich der Gedanke, dass der widerwärtige Scherz, dessen Opfer ich bei den Drinkwaters geworden war, mit dem gleichermaßen widerwärtigen Streich in Zusammenhang stehen könnte, der Thea gespielt worden war. War irgendeine andere derart in Marshall verknallt, dass sie allen Frauen, die etwas mit ihm zu tun hatten, solche Dinge antat?

Auch wenn es mir bei dieser Vorstellung eiskalt den Rücken herunterlief – das würde zumindest ein ansonsten völlig rätselhaftes Ereignis erklären.

»Lily!«, rief Marshall. Janet und ich unterbrachen unsere Partnerübung, und ich verbeugte mich kurz vor ihr, bevor ich zu Marshall rannte. Er stand neben Carlton und machte einen etwas entnervten Eindruck. »Du bist doch eine gute Lehrerin, Lily. Carlton und ich – wir kriegen die Kumite nicht richtig hin und ich muss Davis bei seiner Kata helfen. Könntest du …«

»Na klar«, sagte ich. Marshall klopfte mir auf die Schulter und ging hinüber zu Davis, einem schlaksigen Zwanzigjährigen, der Versicherungen verkaufte.

»Tut mir Leid, dass du dich um mich kümmern musst«, sagte Carlton, auch wenn er keineswegs aussah, als täte ihm das Leid.

»Bei welchem Teil der Übung gibt es denn Probleme?«

»Bei allen.«

Ich seufzte, und zwar hörbar.

»Also, genauer gesagt habe ich Probleme, mir die Reihenfolge zu merken.«

»Na schön. Stell dich in Shiko Dachi ... jetzt die Fußspitzen nach außen drehen ... jetzt ein bisschen tiefer in die Hocke gehen.«

Carlton stöhnte.

Ich ging vor ihm in dieselbe Haltung. »Du guckst jetzt in *die* Richtung«, sagte ich ihm und zeigte nach rechts, »und ich gucke in die Richtung ... Nein, bleib mit der Hüfte, wo du bist, nur den Oberkörper drehen ...«

»Bitte erklär mir noch mal, warum wir unsere Armknochen gegeneinander kloppen«, sagte Carlton erbärmlich.

»Um uns abzuhärten. Damit es beim Kämpfen nicht mehr so weh tut.«

»Wir tun uns das jetzt an, damit wir es später nicht mehr so merken?«

»Ah ... genau. Jetzt Unterarm hoch und runter ... Seitenwechsel! Unterarm hoch, runter, Wechsel!«

»Und«, sagte er nach ein paar Sekunden schwer atmend, »was würdest du tun, wenn ich mich jetzt vorbeugen und dich auf den Hals küssen würde?«

»Tja, da du in einer Haltung stehst, in der dein Genitalbereich völlig ungeschützt ist, würde ich dich wahrscheinlich mit Seiken schlagen – also ein kräftiger Faustschlag in die Eier – und wenn du dich dann zusammenkrümmst, kriegst du einen mit dem Ellbogen in den Nacken, und wenn du dann auf dem Boden liegst, trete ich auf dich ein.«

»Dann werde ich das mal besser lassen.«

»Ist besser.«

»Wollte ich nur wissen.«

»Ich möchte aber was von dir wissen.«

»Schieß los.«

»Ich will rauskriegen, wer die Apartments und Pardons anderen Grundbesitz, falls er noch weiteren hat, erbt.«

Carlton grunzte, als ich ihm unabsichtlich einen Stoß mit dem Ellbogen versetzte. »Eine Nichte von Pardon, die

Tochter von Pardons verstorbener Schwester. Sie rief gestern bei Pardons Anwalt an, der wiederum mich angerufen hat, da sie übermorgen herkommen wird, um Pardons Beerdigung in die Wege zu leiten. Au, Lily! Nicht so fest! Und um mit mir zusammen seine Bücher durchzugehen. Das Mädel wohnt in Texas. Sie ist Taekwondo-Lehrerin. Pardon hatte mir einmal von ihr erzählt.«

»Könnte es irgendwie sein, dass das der Grund für dein plötzliches Interesse an Karate ist und weniger die Neugier auf meinen Zeitvertreib?«

»Fifty-fifty, würde ich sagen.«

»Aber lass dich warnen: Goju ist ganz anders als Taekwondo. Die Philosophie, die Kampftechnik, die Haltungen.«

Ich hielt den Mund und beschleunigte die Kumite, bis Carlton urplötzlich schlappmachte. Ich hatte die Anzeichen zwar bemerkt (zitternde Beine, Schweißausbrüche, ein verbissener Mund), hatte sie aber gnadenlos ignoriert.

»Aufhören!«, rief Carlton, und ich schämte mich etwas, dass ich ihn so überfordert hatte.

»Vertreib ihn mir nicht gleich, Lily«, sagte Marshall hinter mir.

»Nein, Sir.« Ich versuchte, reuig auszusehen.

»In einer Reihe aufstellen«, rief Marshall den paarweise übenden Teilnehmern zu und wir hüpften (oder humpelten) zurück an unseren Platz.

»Yoi!« Wir standen gerade. »Rei!« Wir verbeugten uns. »Ihr könnt gehen!«

»Meine Lieblingsworte«, flüsterte Carlton Janet zu, die lachte – zu laut für einen so schlechten Witz, wie ich fand.

Marshall kam auf mich zu und sagte fast unhörbar: »Ich hole dich zu Hause ab«, was alle meine Fragen auf einen Schlag beantwortete.

Ich setzte mich auf den Boden, um die Schuhe anzuziehen. Es fiel mir nicht leicht, danach elegant wieder hochzukommen, aber es ging um die Ehre. Carlton saß mit schräg gelegtem Kopf auf einem der Klappstühle, die am Rand des Raumes standen. Er betrachtete mich, als sei ich ein verdächtiger Hundert-Dollar-Schein.

»Gute Nacht«, sagte ich kurz.

»Gute Nacht«, antwortete er und beugte sich hinunter, um seine Turnschuhe zuzubinden, das hübsche Gesicht ärgerlich verzogen.

Ich zuckte die Achseln, ging durch die Flügeltür, vorbei an Marshall in seinem Büro, der sich die Stundenzettel der Angestellten ansah. Ich winkte ihm zu. Im Geräteraum war niemand außer Stephanie Miller, eine von Marshalls Mitarbeiterinnen, die Aerobic unterrichtet. Stephanie steuerte den großen Staubsauger über den abgetretenen grünen Teppich. Ich nickte ihr kurz zu, ging vorne raus und hinüber zu meinem Skylark, einem von vier Autos, die noch auf dem Parkplatz standen. Auf der Kühlerhaube meines Wagens war etwas.

Ich erlaubte mir nicht stehen zu bleiben, aber ich verringerte mein Tempo, um es besser betrachten zu können. Es war ... eine Puppe?

Dann stand ich direkt davor und ließ meine Sporttasche fallen. Es war eine Puppe, eine kleine Ken-Puppe.

Das eine Auge war mit rotem Nagellack entstellt worden. Der Nagellack war noch feucht. Ich roch es. Der Nagellack bildete künstliche Blutstropfen auf dem Gesicht der Puppe. Irgendjemand hatte Ken das Aussehen verliehen, als hätte ihm jemand ins linke Auge geschossen, das Auge, in das ich Nap geschossen hatte.

Ich erinnerte mich genau, wie das ausgesehen hatte, das Geräusch, das der Mann von sich gegeben hatte, als er zu Boden gestürzt war. Er hatte ganz und gar nicht wie eine Ken-Puppe ausgesehen ...

»Was ist los?«, fragte Carlton. »Ärger mit dem Auto?«

Ich war froh, vom Rand dieses Albtraums weggezerrt zu werden. Ich trat zurück, damit Carlton es sehen konnte.

»War das auf deinem Auto?«

»Ja. Das Auto war abgeschlossen, also hat es jemand auf die Kühlerhaube gesetzt.«

Ich erzitterte angesichts der Hinterhältigkeit dieses *Geschenks*.

»Was ist los?«, fragte Marshall. Er hatte gerade den Fitnessclub hinter sich abgeschlossen. Auf der anderen Seite des Parkplatzes stieg Stephanie in ihren Wagen und fuhr heim.

Ich zeigte auf die Puppe. Ich brachte es nicht über mich, sie anzufassen.

»Oh, Lily, das tut mir so Leid«, sagte er nach kurzem Schweigen.

»Ich werde das Gefühl nicht los, dass hier etwas vor sich geht, von dem ich nichts weiß«, sagte Carlton.

Ich atmete tief aus. Ich war so müde. »Wahrscheinlich sollte ich das zur Polizei bringen«, sagte ich.

»Lass es gut sein bis morgen, Lily«, sagte Marshall. »Fahr jetzt heim. Wir sehen uns bald.«

»Nein. Ich will das loswerden. Ich ruf dich an, wenn ich zu Hause bin.«

»Soll ich mit dir zur Polizei gehen, Lily?«, fragte Carlton.

Ich hatte fast vergessen, dass Carlton immer noch da war. Ich verspürte unerwartete Regungen der Wärme und Dankbarkeit für meinen Nachbarn.

»Das ist sehr nett von dir«, sagte ich steif und wünschte, ich könnte dankbarer klingen. »Aber ich gehe lieber allein, glaube ich. Danke für das Angebot.«

»Okay. Ruf an, wenn du Hilfe brauchst.« Carlton humpelte zu seinem Audi und fuhr heim, vermutlich voller Vorfreude auf ein heißes Bad und ein weiches Bett.

Ich sah ihm hinterher, weil ich mich nicht umdrehen und Marshall in die Augen sehen wollte.

»Ich frage mich«, sagte ich, wobei ich immer noch hinaus in die Nacht sah, »ob du vielleicht eine geheime Verehrerin hast – jemand, der von meiner Vergangenheit weiß und mir diese kleinen Aufmerksamkeiten hinterlässt, jemand, der in der Lage wäre, eine Ratte umzubringen und sie Thea auf den Tisch zu legen.«

»Und jetzt kriegst du's mit der Angst zu tun und wir sollen die Sache mit uns vergessen?« Marshall sprang auf den Gedanken hin an wie eine gereizte Bulldogge.

Na ja, von dieser Entwicklung war ich auch nicht gerade begeistert.

»Nein, das habe ich überhaupt nicht gesagt.«

»Willst du sagen, dass du mich heute Abend nicht sehen willst?«

»Ich weiß nicht. Nein, das will ich damit gar nicht sagen. Ich habe mich genauso sehr darauf gefreut wie du.« Frustriert hob ich die Hände, Innenflächen nach oben. »Aber das hier ist eine schlimme Sache, oder etwa nicht? Die Vorstellung, dass mich jemand beobachtet? Hier mit solchen Sachen herumschleicht?« Ich machte eine Handbewegung in Richtung der Puppe. »Sich ausdenkt, was er mir als Nächstes antun kann?«

»Und du willst zulassen, dass dieser Mensch dein Leben noch schlimmer macht, als es schon ist?«

Ich wirbelte so plötzlich zu Marshall herum, dass sich seine Schultern verkrampften. Mir schossen so viele Dinge durch den Kopf, dass ich nicht wusste, was ich zuerst sagen sollte. »Das erlaube ich seit vielen Jahren niemandem mehr«, sagte ich. Ich war steif vor Wut und hätte ihm am liebsten wehgetan. »Und ich habe mich zwar darauf gefreut, heute Abend mit dir zu vögeln, aber wenn nichts draus wird, wird das mein Leben nicht ›schlimmer‹ machen.«

»Ich wollte auch mit dir schlafen«, sagte Marshall ebenso erregt. »Aber ich wollte auch einfach nur mit dir zusammen sein. Mit dir reden. Eine normale Unterhaltung mit dir führen – falls das möglich ist.«

Ich schlug zu und versuchte, sein Zwerchfell zu treffen. Wie eine Idiotin, die unbedingt alle ihre Zähne loswerden will, dachte ich später. Schneller, als ich mit dem linken Arm abblocken konnte, war Marshalls Hand vorgeschossen und hatte das Handgelenk meines Schlagarmes umklammert, als meine Knöchel nur noch Zentimeter von seinem Bauch entfernt waren. Seine andere Hand hatte ein Messer gebildet und kam auf meinen Hals zugesaust. Einen langen Augenblick starrten wir uns an, die Augen wütend aufgerissen, bevor wir wieder zu uns kamen. Seine Hand entspannte sich, und er legte die Finger sanft an meinen Hals, wo er meinen rasenden Puls spürte. Meine geballte Faust fiel kraftlos herunter.

»Fast hätte ich dich gehabt«, sagte ich und schämte mich über das Zittern in meiner Stimme.

»Fast«, gab er zu. »Aber du wärst zuerst unten gewesen.«

»Stimmt nicht«, stritt ich ab. »Von dem Schlag ins Zwerchfell hättest du dich zusammengekrümmt und meinen Hals deswegen verfehlt.«

»Aber irgendwo wäre der Handkantenschlag gelandet«, gab er zurück, »und der Aufprall hätte dich zurückgeworfen. Wenn du mich allerdings getroffen hättest ...« Er sprach nicht weiter und wir sahen einander ratlos an.

»Vielleicht«, sagte ich, »bin ich nicht der Einzige hier, der Probleme hat, eine ›normale‹ Unterhaltung zu führen?«

»Du hast Recht. Es ist ziemlich merkwürdig.«

Sehr vorsichtig, als wären wir mit Dornen bewehrt, nahmen wir einander in den Arm.

»Entspann dich«, flüsterte Marshall. »Deine Nackenmuskeln sehen aus wie Drähte.«

Versuchsweise legte ich ihm den Kopf auf die Schulter. Ich drehte meinen Mund an seinen Hals. »Ich tue jetzt das Folgende«, sagte ich leise. »Ich bringe die Puppe zur Polizei, sage ihnen, wo ich sie gefunden habe, und gehe nach Hause. Sobald ich da ankomme, rufe ich dich an. Du holst mich dann ab. Wir essen etwas bei dir und dann machen wir schöne Dinge miteinander.«

Seine Hand massierte meinen Nacken. »Ich kann dich nicht dazu überreden, die Reihenfolge etwas abzuändern?«

»Bis bald«, versprach ich, schlüpfte aus seinen Armen und stieg ins Auto, während ich die groteske Puppe auf dem Sitz neben mir verstaute. Ich fuhr zur Polizeiwache, die in einem ehemaligen Drugstore nahe des Stadtzentrums untergebracht ist. Auf dem Parkplatz stand nur ein einziges Polizeiauto, ein dunkelblauer Wagen der »City of Shakespeare« mit einer großen 3 auf der Seite.

Tom David Meiklejohn hatte die Füße auf dem Schreibtisch. In einer Hand hielt er eine Cola, in der anderen eine Zigarette. Tom David sieht auf eine irgendwie bäurische Art und Weise gar nicht schlecht aus. Er hat kurze, krause Haare, helle, bösartige Augen über einer scharfen Nase und dünnen Lippen und trägt an seinen freien Tagen Westernkleidung. Um die Weihnachtszeit war er mit Deedra liiert gewesen; während dieser ein oder zwei Monate hatte ich ihn regelmäßig in den Garden Apartments ein- und ausgehen sehen.

Damals war Tom David noch mit einer Frau verheiratet gewesen, die ein genauso zäher Typ war wie er, wie ich im Reisebüro beim Putzen mitgehört hatte. Wenige Monate später hatte ich die Scheidungsanzeige der Meiklejohns in der Lokalzeitung gesehen.

Jetzt musterte Tom David, den ich auf meinen nächtlichen Gängen oft auf Streifenfahrten gesehen hatte, mich langsam von Kopf bis Fuß und versuchte offensichtlich, sich einen Reim auf meine völlig weiße Kleidung zu machen.

»Auf dem Weg zu einer Pyjamaparty?«, fragte er.

So viel zur Höflichkeit gegenüber den Bürgern, die er schützen soll, dachte ich wenig erstaunt. Nicht jeder Polizist war ein Claude Friedrich. Friedrich beging vielleicht auch Fehler, aber er gab sie wenigstens zu.

»Das hier habe ich auf meinem Auto vor dem Body Time gefunden«, sagte ich knapp und legte die Puppe vor seinen Füßen auf den Schreibtisch. Ich hatte sie in Küchenkrepp aus meinem Putzzeug gewickelt. Jetzt breitete ich das Papier aus.

Tom David nahm ganz allmählich die Füße vom Tisch und stellte die RC-Cola ab. Er drückte die Kippe aus und starrte die Ken-Puppe an.

»Das ist nicht schön«, sagte er. »Das ist wirklich nicht schön. Haben Sie jemand an Ihrem Auto gesehen?«

»Nein. Ich war über eine Stunde lang im Body Time. Jeder x-Beliebige hätte auf den Parkplatz fahren, die Puppe auf mein Auto setzen und wieder wegfahren können, ohne bemerkt zu werden. Heute Abend waren nicht viele Leute dort – die meisten gehen Freitagabends nicht zum Training.«

»Sie waren bei dem Kampfsporttraining, das dieser Marshall Sedaka gibt?«

Aus der Art, wie er Marshalls Namen sagte, sprach nicht nur eine allgemeine Ablehnung, sondern eine ganz persönliche Animosität. Ich machte mich aufs Schlimmste gefasst.

»Genau.«

»Der hält sich doch für einen ganz tollen Hecht«, bemerkte Tom David. In seinen hellen, bösartigen Augen glomm ein kaltes Licht. »Diese Orientalen glauben, sie könnten die Frauen rumkommandieren, als wären sie Schafe oder was.«

Ich zog die Augenbrauen hoch. Wenn irgendjemand Frauen als Besitzerinnen austauschbarer Körperteile betrachtete, dann Tom David Meiklejohn.

»Hat Sedaka das gesehen?«

»Ja«, antwortete ich.

»Hatte er Gelegenheit, das bei Ihnen aufs Auto zu legen? Haben Sie persönlich mit ihm zu tun?«

»Er hatte keine Gelegenheit, es auf mein Auto zu legen. Als ich kam, war er bereits im Gebäude, und er ging erst nach mir.«

»Machen wir's so. Ich bin momentan allein hier. Wenn Lottie mit ihrem Essen, das sie sich gerade holt, zurückkommt, muss ich auf Streife gehen. Wollen Sie morgen wiederkommen und eine Aussage machen?«

»Okay.«

»Ich werde Fingerabdrücke davon abnehmen lassen, mal sehen, ob was dabei rauskommt.«

Ich nickte und wollte gehen. Als ich bereits die Tür berührte, sagte Tom David unvermittelt: »Ich kann gut verstehen, dass Sie sich für Selbstverteidigung interessieren.«

Ich merkte, wie ich kreidebleich wurde.

Ich blickte zur Glastür hinaus in die Dunkelheit.

»Jede Frau sollte sich für Selbstverteidigung interessieren«, sagte ich und ging hinaus in die Nacht.

Angst- und wuterfüllt fuhr ich nach Hause und konnte den Gedanken an die Ken-Puppe mit dem blutigen Auge, an Tom David Meiklejohn, der mit seinen Kumpeln beim Bier saß und mein Schicksal durchhechelte, nicht loswerden. Ich war mir ziemlich sicher, dass ich die undichte Stelle in der Polizeidienststelle gefunden hatte.

Ich parkte das Auto im Carport, schloss die Hintertür auf und warf alles außer meinen Schlüsseln und meinem Ausweis ins Haus. Die steckte ich in die Tasche meines T-Shirts, wo sie einen merkwürdigen Knubbel auf der Brust bildeten. Ich musste laufen. Das war das Einzige, was helfen würde.

Die Straße war wie ausgestorben. Es war ungefähr neun Uhr abends. Die Nacht war viel wärmer als bei meinem letzten Spaziergang, die Luftfeuchtigkeit hoch, ein Vorgeschmack auf die schrecklich heißen Sommerabende. Es war vollkommen dunkel, ich hielt mich im Schatten und ging lautlos in Richtung Park. Marshalls Haus in der Farraday Street war nicht weit weg. Die Hausnummer wusste ich nicht, aber ich würde sein Auto erkennen.

Als ich mich so unsichtbar durch die Nacht bewegte, entspannte ich mich. Ich fühlte mich wieder ein wenig mehr wie die Lily mit dem langweiligen Leben, vor dem Mord an Pardon Albee. Damals war die Schlaflosigkeit, die mich vielleicht zweimal pro Woche überfiel, meine einzige Sorge gewesen. Ansonsten hatte ich alles unter Kontrolle gehabt.

Versteckt im Gebüsch des Parks stehend, wartete ich, bis ein Auto auf der Jamaica Street vorbeigefahren war, bevor ich mich über die Straße schlich.

Ich hatte mir nicht überlegt, wo ich entlanggehen sollte, aber jetzt trieb mich die Neugier in Richtung des Hauses, das bis vor kurzem Marshalls Heim gewesen war. Celia Street, die von bescheidenen, aber adretten Häusern mit picobello gepflegten Gärten gesäumt wird, bietet nur wenig Deckung. Ich plante meine Annäherung sorgfältig. Mein Spaziergang fand früher als gewöhnlich statt, und es waren noch mehr Leute unterwegs, was in Shakespeare allerdings nicht viel heißt – hin und wieder fuhr ein Auto vorbei, oder ich sah jemand aus dem Haus kommen, um etwas aus einem Pickup oder einem Jeep zu holen, und wieder hineineilen.

Im Sommer spielten die Kinder bis spät abends draußen, aber in dieser Frühlingsnacht schienen alle drinnen zu sein.

Ich ging die Straße hinunter, wobei ich unauffällig, aber

nicht verdächtig zu wirken versuchte, da die Leute noch wach waren. Eine Mischung aus beidem funktionierte nicht. Es war mir lieber, gesehen zu werden, anstatt als verdächtige Person gemeldet zu werden, weswegen ich in gleichmäßigem Tempo weiterging, statt von einer Deckung zur nächsten zu huschen. Immerhin trug ich Weiß, was nun nicht gerade eine Tarnfarbe war. Trotzdem schien mich niemand zu bemerken und die Vorhänge an der kurzen Straße waren überall vorgezogen.

Ich sah den Polizeiwagen erst, als ich Marshalls früherem Haus direkt gegenüberstand. Er war vor der Hecke von Theas Nachbarn geparkt, die vorn und an der Seite der Grundstücke verläuft. Der Streifenwagen parkte hinter einem Auto, das vermutlich Theas war und im trüben Licht der Straßenlampe dunkelrot oder braun wirkte. Es sah nicht gerade so aus, als ob der Fahrer des Streifenwagens in offizieller Mission hier sei. Ich vermutete eher, dass Tom David Meiklejohn, dessen Wagen mit der Nummer 3 da in der Einfahrt stand, im Haus saß und mit der armen, rattengeplagten Mrs Sedaka plauderte, während er in den Straßen Shakespeares Streife fahren sollte, um sie für Witwen und Waisen sicher zu machen.

Stattdessen schien sich Tom David Meiklejohn als persönlicher Begleitschutz einer fast geschiedenen Dame zu betätigen.

Der Wunsch, noch einen anonymen Anruf bei Claude Friedrich zu tätigen, überkam mich, aber dann überlegte ich mir, dass das nicht nur hinterhältig und moralisch verwerflich war, sondern auch, dass es mich nichts anging, ob Thea und Tom David etwas miteinander hatten.

Ich ging weiter, geisterte durch die dunkle, stille Straße und dachte scharf nach, während ich von Schatten zu Schatten glitt.

Fünf Minuten später war ich in der Farraday Street.

Marshalls Wagen stand in der geschotterten Einfahrt des Eckhauses, eines kleinen Bungalows genau in der Mitte eines Gartens, der sehr viel Gärtnerarbeit nötig hatte. Gemessen an der Celia Street war es ein deutlicher Abstieg.

Ich fragte mich, ob es Marshall schwer gefallen war, Thea das gemeinsame Haus zu überlassen.

Das Licht auf der Veranda leuchtete gelb, doch ich ging durch den Garten nach hinten zur Hintertür, wobei sich meine Augen schnell an die Dunkelheit gewöhnten. Ich klopfte dreimal energisch und hörte Marshalls schnelle Schritte.

»Wer ist da?«, fragte er. Er ist ebenfalls kein Mann, der sich gern überraschen lässt.

»Lily.« Er machte schnell die Tür auf. Ich ging die Treppe hoch und ins Haus. Und trotz allem, was er vom Miteinanderreden gesagt hatte, legte er in der Sekunde, in der die Tür zuging, die Arme um mich, sein Mund fand meinen. Meine Hände glitten, begierig, seinen Körper wieder zu berühren, unter sein T-Shirt.

Ich hatte keine Zeit, meine Befähigung zu Sex ohne Angst zu bewundern; ich hatte keine Zeit, mich zu fragen, ob das klug war, was ich da tat, da ich bereits genug Ballast für zwei mit mir herumtrug und Marshall ebenfalls nicht gerade ein problemfreier Mann war. Wir nahmen uns diesmal allerdings einen Moment, um uns zu schützen, und ich hoffte, dass wir nicht für unsere Dummheit beim ersten Mal würden büßen müssen.

Hinterher war es schwer, wieder in die Begrenzungen meiner eigenen Haut zurückzukehren, zu merken, wie ich wieder zurück in die Form schrumpfte, die ich mir gegossen hatte, als ich nach Shakespeare gekommen war. Zum ersten Mal seit Jahren schien sie mehr Einengung als Schutz zu sein.

Und doch fühlte ich mich irgendwie unwohl, nicht bei mir zu Hause zu sein, als ich mich in Marshalls spartanischem Schlafzimmer umsah: die Doppelmatratze und der Sprungfederrahmen auf einem einfachen Bettgestell ohne Kopf- oder Fußteil; eine Kommode, die eindeutig von irgendeinem Dachboden stammte, ein Nachttisch aus dem Secondhandladen. Seit vielen Monaten war ich außer zum Putzen in keinem fremden Haus mehr gewesen.

Nachdem wir uns geliebt hatten, lagen wir schweigend beieinander, mein Rücken an seiner Vorderseite, sein Arm über mir. Ab und zu küsste Marshall meinen Hals oder streichelte meine Seite. Die Intimität dieses Augenblicks beglückte und bedrohte mich zugleich.

»Weißt du, dass Thea einen anderen hat?«, fragte ich leise.

Wenn er sich scheiden lassen wollte, musste er das wissen. Wenn er sich wieder mit Thea versöhnen wollte, musste er das auch wissen.

»Ich hatte es mir gedacht«, sagte er nach langem Schweigen. »Weißt du, wer es ist?«

»Was machst du, wenn ich dir den Namen sage?« Ich drehte mich zu ihm um und fasste automatisch nach dem Laken, um meine Narben zu bedecken. Bevor er antwortete, zog er es wieder weg und küsste meine Brust.

»Vor mir brauchst du dich nicht zu verstecken, Lily«, flüsterte er.

Meine Hände zuckten, weil ich unbedingt nach dem Laken greifen wollte. Marshall rutschte noch näher an mich heran, sodass er die Narben mit seinem Körper bedeckte, und ich entspannte mich schließlich.

»Meinst du, ich würde ihm auflauern und ihn verprügeln, um Theas Ehre zu retten?«, fragte er, nachdem er genug Zeit hatte verstreichen lassen, um mir zu verstehen zu geben, dass ihn Theas Affäre nicht persönlich berührte.

»So gut kenne ich dich nicht, dass ich wüsste, was du tun würdest.«

»Thea ist der Liebling Shakespeares, weil sie hübsch ist und hier aufgewachsen ist. Sie weiß, wie man sich charmant und sonnig gibt. Sie kann gut mit Kindern umgehen. Die Einzigen, die nicht mit dieser übertriebenen Begeisterung von Thea reden, sind die Männer, mit denen sie zusammen war – mit denen sie lange genug zusammen war, um mit ihnen ins Bett zu gehen.«

Ich rutschte ein wenig von Marshall weg, um ihm ins Gesicht sehen zu können. Er sah aus, als hätte er einen bitteren Geschmack im Mund.

»Als ich herkam, hatte Thea bereits die wenigen hiesigen Männer, die sie als ihrer würdig erachtete, durch. Ich glaube, ihr wurde klar, dass sich die Leute langsam fragten, warum die hübsche, liebenswerte Thea keinen Mann dauerhaft halten konnte, also fing sie etwas mit mir an und heiratete mich rasch. Vor unserer Hochzeit war ich nicht mit Thea ins Bett gegangen. Sie sagte, dass sie warten wolle, und ich respektierte das, aber nach ungefähr einem Monat war mir klar, dass sie das nur getan hatte, damit ich keinen Rückzieher mache wie alle anderen Männer.«

»Mag sie keinen Sex?«, fragte ich zögernd. Ich war die Letzte, die eine Frau dafür kritisieren durfte, dass sie Probleme mit Männern hatte.

Marshall lachte bitter. »Oh doch. Sie mag es schon. Aber sie mag es nicht so, wie wir es tun«, und seine Hand glitt meinen Rücken hinunter und liebkoste meine Hüfte. »Sie mag … andere Sachen, Sachen, die wehtun. Weil ich sie liebte, versuchte ich, es ihr recht zu machen, aber ich fühlte mich schrecklich dabei. Es machte mich traurig.«

Abartig, dachte ich.

»Dann beschloss sie, dass sie ein Baby wollte, und ich hoffte irgendwie, dass das unsere Ehe retten könnte, und versuchte, ihrem Wunsch Folge zu leisten. Aber da hatte ich schon das Interesse an ihr verloren und … konnte nicht.« Es kostete Marshall eine Menge Überwindung, das zu sagen. »Daraufhin beschimpfte und verhöhnte sie mich, aber nur, wenn es sonst niemand mitbekam. Nicht aus Rücksichtnahme auf mich, sondern damit niemand erfuhr, dass sie in der Lage war, solche Dinge zu sagen. Nach Hause zu kommen war die reinste Hölle. Ich konnte es nicht mehr aushalten. Ich habe seit einem halben Jahr keinen Sex mehr gehabt, Lily, aber das war bei weitem nicht das Schlimmste. Und jetzt bin ich hier, in dieser miesen Bude, und frage mich, wie ich mich von ihr scheiden lassen kann, ohne dass sie mir mein Geschäft wegnimmt.«

Hinsichtlich seiner finanziellen Sorgen wusste ich keine Lösung. Mir selbst steht nur sehr wenig Geld zur Verfügung, weil ich streng für den Tag spare, an dem ich ein neues Auto oder ein neues Dach brauche oder irgendeine der unvorhergesehenen finanziellen Katastrophen eintritt, die einen Haushalt mit nur einem kleinen Einkommen leicht in den Untergang treiben können. Aber zumindest bin ich mit meinem Geld nur von mir selbst und niemandem sonst abhängig. Ich kann mir nicht ausmalen, wie ich mich fühlen würde, wenn ich die Hälfte meines Geschäfts an jemanden abtreten müsste, der sich an meiner Erniedrigung erfreut hatte.

»Tom David Meiklejohn.«

Er hatte über meine Schulter hinweg irgendwo ins trostlose Nichts gestarrt. Jetzt sah er mich an.

»Der Bulle.« Seine dunklen Augen blickten tief in meine. Ich nickte. »An seinen Handschellen wird sie Spaß haben«, sagte er.

Ich versuchte, mich bei der Vorstellung einer gefesselten Frau nicht zu schütteln, aber mein Atem kam mit einem leisen Winseln heraus, was sofort Marshalls Aufmerksamkeit erregte. »Denk nicht daran, Lily«, sagte er leise. »Denk nicht daran, denk an das hier.« Und seine Hand glitt zwischen meine Beine, sein Mund fand meine Brust, was mich tatsächlich ablenkte.

»Marshall«, sagte ich hinterher, »nur für den Fall, dass du es noch nicht selbst bemerkt haben solltest: Ich wollte dir sagen, dass ich hinsichtlich deiner Manneskraft keinerlei Beschwerde anzumelden habe.« Er lachte ein wenig atemlos und wir dösten beide eine Weile.

Aber ich wachte bald wieder auf und fühlte mich nicht wohl. So leise ich konnte, stand ich auf und zog mich an. Marshalls Atem ging tief und gleichmäßig und er drehte sich im Schlaf um und nahm auch meinen Platz im Bett ein. Ich beugte mich über das Bett, die Hand einen Zentimeter über seiner Schulter, zog sie dann aber wieder zurück. Ich wollte ihn nicht aufwecken; ich hatte jetzt einfach das Bedürfnis zu gehen.

Ich schlüpfte zur Hintertür heraus, wobei ich den Knopf in der Mitte des Türknaufs eindrückte, damit sie hinter mir ins Schloss fiel.

Als Marshall über Thea geredet hatte, hatte ich angefangen, über die tote Ratte nachzudenken, die jemand in dem sauberen, weißen Haus an der Celia Street auf Theas Küchentisch gelegt hatte. Seit dem Aufwachen hatte mich die Ratte immer stärker beschäftigt.

Die Ken-Puppe, die Spielzeug-Handschellen, die tote Ratte. Die für mich hinterlassenen Andenken bezogen sich offensichtlich auf meine Vergangenheit. Die tote Ratte schien nicht in das Schema zu passen. Ein Gedanke zog sich durch meinen Kopf wie die Schleimspur einer Nacktschnecke: Hatte Thea in ihrer Kindheit vielleicht Tiere gequält? Entstammte die Ratte Theas Vergangenheit? Ich zog eine Grimasse, während ich durch die Dunkelheit ging. Grausamkeit gegenüber hilflosen Kreaturen konnte ich nicht ertragen.

Um diese Nachtzeit waren die Straßen ausgestorben, die Stadt lag im tiefen Schlaf. Ich war nicht so vorsichtig wie sonst. Die einzigen Leute, die mich um diese Uhrzeit sehen konnten, waren die beiden Streifenbeamten, und von einem wusste ich, wo er war. Ich hatte auf dem Nachhauseweg nachgesehen; Tom David war immer noch bei Thea. Seine Dienstzeit musste wohl vorbei sein, sonst hätte ihn die Telefonzentrale doch sicher aufgeweckt.

Ich gähnte ausgiebig, als ich meine Einfahrt hochging. Ich hatte den Schlüsselbund aus der Tasche genommen und wollte gerade von der Einfahrt vor meine Haustür treten, als der Angriff erfolgte. So müde und unachtsam ich auch gerade war – auf diesen Augenblick hatte ich mich drei Jahre lang vorbereitet.

Als ich das Geräusch von Füßen hörte, wirbelte ich herum, um dem Angreifer von vorn zu begegnen, die Schlüssel mit der Faust umklammert, um den Schlag zu verstärken. Aber der Mann mit der Skimaske hatte einen Stock, einen Besen- oder Schrubberstiel, den er mir unter meinen abwehrenden Händen hindurch in die Rippen schlug. Mit äußerster Anstrengung hielt ich mich aufrecht. Als der Angreifer versuchte, wieder mit dem Stock auszuholen, ließ ich den Schlüsselbund fallen, packte den Stiel mit beiden Händen, riss das Bein hoch und trat ihm so hart wie möglich gegen die Brust – kein sehr effektiver Tritt, aber das Beste, was ich unter diesen Umständen hinbekam. Den Stock musste er tatsächlich loslassen, was gut war, aber ich strauchelte, als er das Ding losließ, und ließ es ebenfalls fallen, was wiederum schlecht war.

Mein Tritt hatte ihn zum Zurückweichen gebracht, was mir genug Zeit gab, einen stabilen Stand wiederzugewinnen, bevor er sich mit dem wütenden Knurren eines wild gewordenen Hundes auf mich stürzte.

Da konnte ich mithalten. Als ich das von einer Skimaske

verhüllte, aber ansonsten ungeschützte Gesicht auf mich zukommen sah, atmete ich tief ein und schlug dann so stark wie möglich mit der Faust zu, wobei ich ausatmete und automatisch die nächste Angriffsposition einnahm. Der Mann schrie auf und stolperte, die Hände fassten an seine Nase und auf seinem Weg nach unten kam ihm mein Knie entgegen, das ihn krachend unters Kinn traf.

Und das war es dann gewesen.

Ich stand zwar noch in Kampfhaltung im schwachen Licht, der Mann rollte jedoch gurgelnd und eindeutig k. o. auf den Rasen. In den Apartments gingen die Lichter an – der Schrei des Mannes war zwar nicht lang, aber durchdringend gewesen – und Claude Friedrich, der Mann, der es gewohnt war, in Notfallsituationen einzugreifen, kam mit einer für einen Mann seines Alters erstaunlichen Geschwindigkeit um den Zaun herum gesprintet. Er hielt eine gezogene Pistole in der Hand. Ich warf ihm einen Blick zu und bewachte dann weiter den Mann auf dem Rasen.

Friedrich kam zum Stehen.

»Was zum Teufel machen Sie da, Lily Bard?«, fragte er ziemlich atemlos. Ich warf ihm wieder einen Blick zu, lange genug, um zu sehen, dass er nichts als eine Khakihose anhatte. Er sah ziemlich gut aus.

»Dieses miese Schwein hat mich angegriffen«, sagte ich, sehr stolz, dass meine Stimme nicht zitterte.

»Ich würde ja davon ausgehen, dass es andersherum war, Miss Lily, wenn er keine Maske anhätte und nicht bei Ihnen im Garten wäre.«

Darauf brauchte ich nicht zu antworten. Ich konzentrierte mich weiter auf die wimmernde, sich windende Gestalt.

»Der ist erledigt«, sagte Friedrich mit einem Anflug von Sarkasmus. »Warum sind Sie nicht so gut, Lily, und gehen jetzt schön in Ihr kleines Häuschen und rufen die Polizei an und sagen Bescheid, dass ich hier Verstärkung brauche.«

Mein größter Wunsch war es, den Angreifer anzuspringen und ihm noch ein paar ordentliche Schläge zu verpassen, weil das Adrenalin noch durch meinen Körper raste, und, mein Gott, er hatte mich wirklich erschreckt. Aber Friedrich hatte natürlich Recht; es lohnte sich nicht, sich strafbar zu machen. Ich richtete mich auf, ließ die Hände sinken und atmete zur Reinigung einmal tief durch. Ich ging einen Schritt aufs Haus zu und spürte einen stechenden Schmerz, so stark, dass ich wie angewurzelt stehen blieb.

»Fehlt Ihnen was?«, rief Friedrich besorgt.

Ich merkte, dass mir mehr als nur der Wunsch, es meinem Angreifer heimzuzahlen, in den Knochen steckte. Sein erster Schlag hatte gesessen, und er hatte es geschafft, mir die Finger durchs Gesicht zu kratzen, wenn ich auch nicht mehr wusste, wie oder wann. Als der Zorn verebbte, nahmen die Schmerzen ihren Platz ein.

»Ich schaffe es schon«, sagte ich mit zusammengebissenen Zähnen und bückte mich, um meinen Schlüsselbund aus dem Gras zu klauben. Die kleine Kette, die sie zusammenhielt, war aufgegangen und die Schlüssel lagen zu unseren Füßen verstreut. Ich konnte nur einen finden, aber wenigstens war es der Haustürschlüssel. Ich humpelte hinein und schleppte mich ins Schlafzimmer. Als Erstes rief ich bei der Polizei an. Nachdem ich das Gespräch beendet hatte, hielt meine Hand den Hörer weiter umklammert. Ich hatte keine Ahnung, was ich der Frau von der Telefonvermittlung, der unbekannten Lottie, gesagt hatte. Es war jetzt 1.30 Uhr morgens.

Marshall hatte mir das Versprechen abgenommen, dass ich ihn anrufen würde, wenn ich in Schwierigkeiten war.

Ich sah auf dem kleinen Stück Papier nach, auf das er seine neue Nummer geschrieben hatte, und tippte sie ein.

»Ja?«, sagte Marshall ein wenig benommen, aber bei vollem Bewusstsein.

»Ich bin zu Hause, Marshall«, sagte ich.

»Ich weiß, dass du gegangen bist«, sagte er kurz angebunden.

»Jemand hat mich angegriffen.«

»Alles in Ordnung?«

»Nicht vollständig. Aber mir geht's nicht so schlecht wie ihm.«

»Ich bin unterwegs.«

Und plötzlich hörte ich nur noch das Freizeichen.

Mehr als alles andere wünschte ich mir, mich hinzulegen. Aber das durfte ich nicht. Ich zwang mich, wieder aufzustehen und mich langsam nach draußen zu schleppen, wo Claude Friedrich immer noch eine Pistole auf den Jammerlappen gerichtet hielt, der seine mittlerweile blutgetränkte Skimaske mit beiden Händen bedeckte.

Ich wusste immer noch nicht, wer der Angreifer war.

»Ich würde sagen, Sie dürfen die Maske runterziehen, Lily«, sagte Friedrich. »Er schafft es anscheinend nicht.«

Mühsam beugte ich mich vor, sagte: »Nimm deine verdammten Pfoten weg«, was umgehend befolgt wurde. Ich zog mit der rechten Hand die Skimaske an der Naht nach oben. Ganz ging sie nicht ab, weil er mit dem Hinterkopf darauf lag, aber die gestrickte Vorderseite rutschte weit genug hoch, um den Mützenträger erkennen zu können.

Blut lief aus Norvel Whitbreads Nasenlöchern. »Du hast mir die Nase gebrochen, alte Fotze«, sagte er heiser, und meine Hand holte aus, um wieder zuzuschlagen. Norvel krümmte sich.

»Aufhören!«, bellte der Chef der Polizei ohne jede Spur von beruhigendem Grummeln in der Dienststimme. Unter Aufbringung aller Willenskraft entspannte ich mich und trat einen Schritt zurück.

»Ich riech den Bourbon bis hierher«, sagte Friedrich angewidert. »Was haben Sie gerade getan, als er Sie angriff, Lily?«

»Ich lief auf meinem eigenen Grundstück zu meinem eigenen Haus und kümmerte mich um meine eigenen Sachen«, sagte ich schnippisch.

»Oh. Einfach so also?«

»Einfach so«, stimmte ich zu.

»Norvel, Sie sind das dümmste Arschloch, das mir je untergekommen ist«, sagte der Polizeichef nicht unfreundlich.

Norvel gab Gestöhne und Geächze von sich und erbrach sich.

»Himmelherrgott, Mann!«, rief Friedrich aus. Er sah zu mir herüber. »Warum hat er das Ihrer Meinung nach getan, Lily?«

»Als ich neulich bei der Kirche gearbeitet habe, hat er mich geärgert und da habe ich ihn verdroschen«, sagte ich ausdruckslos. »Das sollte wohl seine Rache sein.« Norvel schien bei der Planung seines Angriffs bei seinen Leisten geblieben zu sein. Ich hätte wetten können, dass der Stiel zu demselben Besen gehörte, mit dem er mich schon in der Kirche zu stoßen versucht hatte, bloß mit abgesägtem Unterteil.

Ein Wagen der städtischen Polizei bog mit blinkenden Lichtern, aber ohne Sirenengeheul um die Ecke, wofür ich sehr dankbar war.

Ich hatte plötzlich eine Eingebung und hockte mich in einigen Schritten Entfernung vor Norvel, der jetzt sehr unerfreulich roch. »Hör zu, Norvel, hast du heute Abend diese Puppe auf mein Auto getan?«, fragte ich.

Norvel Whitbread antwortete mit einer Flut von Obszönitäten, der ich entnahm, dass er nicht wusste, wovon ich sprach.

»Worum geht es?«, fragte Friedrich.

»Na schön, Norvel, versuchen wir's noch mal«, sagte ich, weil mir noch eine Idee gekommen war. Ich streckte Friedrich eine Hand entgegen, dass er kurz warten solle. »Warum war Tom O'Hagen an dem Tag, an dem Pardon starb, oben bei dir?«

»Weil er seinen Schwanz nicht in der Hose behalten konnte«, knurrte Norvel, der offensichtlich nicht in der Laune war, seine lukrativen Geheimnisse länger für sich zu behalten. »Er hat mir sechzig beschissene Kröten dafür gegeben, dass ich seiner Frau nicht stecke, dass er es mit Deedra getrieben hat.«

Claude Friedrich stand jetzt direkt neben mir. Als er meine Frage hörte, war er unmerklich näher gekommen. Ihn packte die kalte Wut. »Hast du bei der Vernehmung vielleicht vergessen, mir etwas zu sagen, Norvel?«, fragte er zornig. »Sobald du nach einem Zwischenstopp im Krankenhaus in deiner Zelle sitzt, unterhalten wir uns.« Er nickte dem Deputy zu, einem jungen Mann, meiner Einschätzung nach eher ein Junge, der vom Streifenwagen herübergekommen war.

Während der Deputy Norvel Handschellen anlegte und ihn in den Streifenwagen setzte, blieb Claude Friedrich neben mir stehen und starrte auf mich herunter. Ich war immer noch in der Hocke, weil ich wusste, dass das Aufstehen schwierig werden würde. Friedrich steckte die Pistole in den Hosenbund und streckte mir eine Hand entgegen. Nach kurzem Zögern fasste ich sie und er zog mich kräftig hoch. Ich kam keuchend zum Stehen.

»Es hat wohl keinen Sinn, Sie zu fragen, wo Sie waren – na ja, vielleicht brauche ich das auch nicht«, sagte er, als er Marshalls Auto sah, das hinter dem Streifenwagen einparkte. Er ließ meine Hand los, die er immer noch festhielt.

Marshall sprang mit angemessener Geschwindigkeit aus dem Auto. Er fasste nicht nach mir und umarmte mich auch nicht; er betrachtete mich aufmerksam, als untersuche er ein preislich heruntergesetztes Möbelstück auf Kratzer und Dellen.

»Wir müssen reingehen«, brummte er. »Hier draußen kann ich nicht gut genug sehen.«

Claude Friedrich bewegte sich. »Guten Abend, Mr Sedaka«, sagte er.

Marshall sah ihn zum ersten Mal an. »Chief«, grüßte er ihn mit einem kurzen Nicken, bevor er weiter die Kratzer in meinem Gesicht begutachtete. »Sie blutet im Gesicht«, unterrichtete er Friedrich, »und ich muss mit ihr reingehen und die Wunden sauber machen, damit ich sehen kann, wie tief sie gehen.«

Das Bedürfnis laut loszukichern überwältigte mich. So sorgfältig war ich nicht mehr begutachtet worden, seit meine Mutter einen Brief von der Schule mit einer Warnung vor Kopfläusen bekommen hatte.

»Norvel Whitbread hat Lily angegriffen«, teilte ihm der Ältere mit, der, seiner Gänsehaut nach zu schließen, allmählich die kalte Nachtluft auf dem bloßen Oberkörper spürte. Friedrich schien Marshall zwingen zu wollen, sich wie ein ordentlicher Geliebter aufzuführen und mich zu trösten oder Norvel vielleicht mit dem Tod zu bedrohen.

»Ich gehe davon aus, dass du es ihm ordentlich gezeigt hast«, sagte Marshall zu mir.

»Ja, Sensei«, sagte ich und prustete laut los.

Beide Männer starrten mich derart verwundert an, dass ich immer stärker kichern musste und mich schließlich vor Lachen schüttelte.

»Sollen wir sie vielleicht auch ins Krankenhaus einliefern, so wie Norvel?«

»Ach, er muss ins Krankenhaus?« Marshall war so stolz, als ob er der Trainer einer kleinen Baseballspielerin wäre, die ihren ersten Homerun geschlagen hat.

»Hab ihm die Nase gebrochen«, bestätigte ich, als mein Lachanfall langsam wieder abebbte.

»War er bewaffnet?«

»Mit einem Besenstiel«, sagte ich. »Liegt da drüben.« Der Stock war in den Büschen neben meiner Veranda gelandet.

Friedrich ging ihn holen. Als Beweisstück, vermutete ich.

»Lily«, polterte er, wobei er das Stück Holz vorsichtig an einem Ende festhielt, »Sie werden morgen auf die Wache kommen und eine Aussage machen müssen. Heute Nacht brauchen Sie nicht mehr zu kommen. Es ist spät und Sie müssen versorgt werden. Wenn Sie wollen, bringe ich Sie ins Krankenhaus.«

»Nein, danke«, sagte ich ernst, mein Heiterkeitsanfall war völlig überwunden. »Ich will reingehen.« Ich merkte, dass ich mich am allermeisten nach einer Dusche sehnte. Ich hatte einen langen Arbeitstag, den Karatekurs, zwei lange Spaziergänge, Sex und eine Schlägerei hinter mir. Ich hatte das Gefühl, stark zu riechen.

»Dann tun Sie das«, sagte Friedrich leise. »Ich bin froh, dass Sie die Sache so gut überstanden haben. Ich nehme an, dass ich alles über diese Puppe auf Ihrem Auto erfahre, wenn ich auf die Wache gehe, ja?«

Ich konnte es nicht lassen, mit bedeutungsschwer hochgezogenen Augenbrauen in Marshalls Richtung zu sehen. Zum Glück hatte mich meine Vernunft am frühen Abend zur Polizei gehen lassen. Marshall funkelte mich an. Ich lächelte zurück. »Jawohl, Sir«, sagte ich, wobei ich versuchte, nicht selbstzufrieden zu klingen. »Ich habe die Sache bereits bei Tom David Meiklejohn gemeldet. Er wollte auch, dass ich morgen komme und eine Aussage mache.«

»Arbeiten Sie Samstagmorgens?«

»Ja, aber gegen Mittag bin ich bei Ihnen.«

»Wir sehen uns dann. Ihnen beiden eine gute Nacht.« Und der Polizist ging mit dem Besenstiel in der Hand weg.

Sobald er weg war, brach ich vor Erschöpfung fast zusammen.

»Lass uns reingehen«, sagte ich. Ich ließ den Blick über

den Rasen schweifen, der von der Straßenlampe an der Ecke des Parks ein wenig beleuchtet war. Das Kettchen, an dem die Schlüssel gehangen hatten, war zerrissen. Zum Glück war es mein persönlicher Schlüsselbund, an dem nur meine Haus-, Auto- und Schließfachschlüssel hingen. Ich sah etwas metallisch Schimmerndes im Gras – mein Autoschlüssel. Ohne nachzudenken beugte ich mich vor – Schmerzen durchzuckten wellenförmig die Seite, die von dem ersten Schlag am meisten abbekommen hatte. Ich zischte und Marshall, der dem weggehenden Gesetzeshüter hinterhergesehen hatte, half mir wieder hoch.

Den Schlüssel zu meinem Schließfach sah ich auf dem Weg zur Veranda und Marshall hob ihn für mich auf. Er half mir die Treppe hoch und ins Haus hinein. Bis ich merkte, wie er sich umsah, hatte ich vergessen, dass er noch nie hier gewesen war.

Er sagte: »Ins Badezimmer bitte« und bedeutete mir vorzugehen. Marshall zog mich recht … medizinisch aus. Zuerst säuberte er die Kratzer in meinem Gesicht, betupfte sie mit antibiotischer Salbe und wandte seine Aufmerksamkeit dann meinen Rippen zu. Er befühlte jede einzelne Rippe sanft, aber bestimmt mit den Fingern, wobei er mir Fragen stellte, während er den Grad meiner Verletzung zu ertasten versuchte.

»Nimm zwei Aspirin und ruf mich morgen früh an«, sagte er schließlich. »Ich glaube nicht, dass etwas gebrochen ist. Aber du hast einen bösen blauen Fleck und du wirst Muskelkater haben. Ich verbinde dich. Zum Glück ist er ein unsportlicher Säufer, sonst wärst du jetzt im Krankenhaus. Wie viel Vorwarnzeit hattest du?«

»Nicht genug«, gab ich zu. »Er lauerte mir am Einstellplatz auf, mit Maske und dunklen Kleidern. Aber trotzdem …« Ich verstummte, als ich merkte, dass ich keinen zusammenhängenden Gedanken herausbrachte. Er holte meinen Erste-Hilfe-Kasten aus dem kleinen Wäscheschrank und verarztete mich.

»Ich muss duschen«, sagte ich. »Raus.«

»Das Klebeband darf nicht nass werden. Dreh die Seite weg vom Wasser.«

»Ja, Sensei.«

»Ich schlafe heute Nacht hier auf der Couch.«

»Es ist ein Zweisitzer. Da tut dir hinterher alles weh.«

»Schlafsack?«

»Nein. Zelten mag ich nicht.«

»Boden.«

»Du kannst bei mir schlafen. Das Bett ist groß.«

Ich merkte, dass er mich gern gefragt hätte, warum ich heute Nacht sein Bett verlassen hatte, und war froh, dass er zu anständig war, mich jetzt mit so etwas zu behelligen. Er half mir beim Ausziehen meiner restlichen Klamotten und ging dann einfach hinaus, ohne etwas zu sagen. Ich verspürte enorme Dankbarkeit und Erleichterung. Ich drehte die Dusche auf, und sobald das Wasser warm genug war, stellte ich mich darunter, zog den Vorhang zu und ließ das Wasser über mich laufen. Nach einigen Sekunden benutzte ich Seife und Shampoo, so gut es mit Marshalls Auflagen ging. Ich rasierte sogar meine Achselhöhlen, das Vorbeugen für meine Beine war aber zu schwierig.

Als ich aus der Dusche in den dampfgefüllten Raum trat und mir die Zähne putzte, fühlte ich mich schon viel mehr wie ich selbst. Mein Nachthemd hing am Haken an der Tür und ich zog es nach meiner automatischen Deodorant-, Hautcreme- und Nagelhautentferner-Routine über den Kopf. Ich hatte fast vergessen, dass Marshall da war, bis ich ins Schlafzimmer kam. Es war ein Schock, die schwarzen Haare auf dem Kissen neben meinem zu sehen. Höflicherweise hatte er die Seite des Betts genommen, an der es keinen Nachttisch gab, und die Nachttischlampe angelassen.

Er lag fest schlafend von mir weggedreht auf der linken Seite.

So leise ich konnte, überprüfte ich noch einmal, wie jeden Abend, dass alle Türen und Fenster zu waren, und machte die Lampe aus. Vorsichtig schlüpfte ich unter die Decke, drehte mich auf die rechte, nicht bandagierte Seite mit dem Rücken zu ihm und wurde trotz der merkwürdigen Tatsache, dass jemand in meinem Haus und Bett war, in den Schlaf hinabgesogen wie Wasser, das um den Ausfluss in der Badewanne wirbelt.

Punkt acht Uhr gingen meine Augen auf. Die Digitaluhr auf dem Nachttisch stand direkt vor mir. Ich konnte mich nicht erinnern, was so anders war ... dann fiel mir wieder die vergangene Nacht ein. An meinem Rücken, der gegen Marshall gedrückt war, war es sehr warm. Ich merkte, wie er sich hinter mir rührte und seinen Arm um mich legte. Durch das dünne Nachthemd spürte ich, wie er sich gegen mich presste.

»Wie fühlst du dich?«, fragte er leise.

»Hab mich noch nicht bewegt«, murmelte ich zurück.

»Wie wär's mit ein bisschen Bewegung?«

»Hast du an etwas Bestimmtes gedacht?«, fragte ich, wobei ich merkte, wie sein Körper auf die Berührung mit meinem reagierte.

»Nur, wenn ich dir nicht wehtue ...«

Ich drückte mich stärker an ihn und fühlte ihn zur Antwort heftig gegen mich drängen.

»Wir müssen einfach ausprobieren, ob es geht«, flüsterte ich.

»Sicher?«

Ich drehte mich zu ihm um. »Ganz sicher«, sagte ich.

Mit seiner Kraft war er in der Lage, sein Körpergewicht nicht auf mich fallen zu lassen, und in seinen Augen war nichts als Genuss zu lesen. Angesichts meines zerkratzten

Gesichts und der schwarzblauen Flecken auf meiner Seite fand ich das rührend und erstaunlich. Mir wurde klar, dass ich es bereits als selbstverständlich ansah, dass er meine Narben akzeptierte. Deswegen empfand ich es als doppelt beunruhigend, als er nach dem Liebesakt, als wir uns an den Händen haltend nebeneinander lagen, sagte: »Lily, ich muss dir etwas sagen.« Seine Stimme klang ernst, viel zu ernst.

Ich merkte, wie mein Herz zusammenschrumpfte.

»Was?«, fragte ich in bemüht lockerem Tonfall. Ich zog das Laken hoch.

»Es geht um deine Oberschenkelmuskeln, Lily.«

»Meine … Oberschenkelmuskeln?«, sagte ich fassungslos.

»Du musst dringend an ihnen arbeiten«, riet Marshall mir.

Ich drehte mich um, sodass ich ihn ansehen konnte. »Ich habe den ganzen Bauch voller Narben, das Gesicht voller Kratzer, einen riesigen blauen Fleck auf den Rippen, und das Einzige, was dir dazu einfällt, ist, dass ich etwas an meinen Oberschenkeln tun muss?«

»Abgesehen von deinen Oberschenkelmuskeln bist du perfekt.«

»Du … Blödmann!« Halb amüsiert, halb fassungslos zog ich das Kissen unter meinem Kopf weg und schlug damit auf ihn ein, was mir sofort sehr wehtat. Ich konnte einen Schmerzensschrei nicht unterdrücken und hielt mir die Seite.

»Leg dich wieder hin«, sagte Marshall, wobei er sich aufsetzte, um mir zu helfen. »Ganz langsam zurücklehnen … gut. Kopf heben.« Er schob das Kissen zurück unter meinen Kopf.

»Lily«, sagte er, als er merkte, dass das Schlimmste vorbei war. »Lily, das war ein Witz.«

»Oh.« Ich fühlte mich wie ein totaler Idiot.

»Tja, ich bin den Umgang mit Menschen nicht mehr gewöhnt«, sagte ich nach einer kurzen Pause.

»Lily, warum bist du letzte Nacht gegangen?«

»Ich war einfach unruhig. Ich bin es nicht gewöhnt, Zeit und Raum mit jemandem zu teilen. Ich bin es nicht gewöhnt, bei anderen Leuten zu Gast zu sein. Du bist noch verheiratet. Du bist es gewöhnt, dass eine andere Person da ist. Du und Thea, ihr wurdet ja vermutlich eingeladen? Mich lädt niemand ein. Ich gehe mit niemandem aus. Ich ...« Ich zögerte, weil ich nicht genau wusste, wie ich das Leben der letzten paar Jahre beschreiben sollte.

»Du lässt dich treiben?«

Ich dachte nach. »Ich existiere«, sagte ich. »Ich lebe möglichst sicher von einem Tag zum nächsten. Verrichte meine Arbeit, bezahle meine Rechnungen, verhalte mich unauffällig. Ich werde in Ruhe gelassen.«

»Ist das nicht einsam?«

»Nur manchmal«, gestand ich ein. »Es gibt nicht viele Menschen, die ich mag oder respektiere; ich will nichts mit den Menschen im Allgemeinen zu tun haben.«

Marshall hatte sich auf einen Ellbogen gestützt, sodass seine muskulöse Brust in ihrer vollen Pracht zu sehen war. So empfand ich ihn: als seltenes, kostbares Geschenk, das mir vielleicht nicht noch einmal in den Schoß fallen würde. »Wen magst du?«, fragte er mich.

Ich überlegte. »Ich mag Mrs Hofstettler. Claude Friedrich mag ich, glaube ich, auch, trotz allem. Ich mag dich. Ich mag die meisten im Karatekurs, außer Janet Shook vielleicht. Ich mag die neue Ärztin. Aber ich kenne keinen dieser Leute besonders gut.«

»Hast du irgendwelche Freunde, die du nicht von der Arbeit oder vom Karate her kennst, jemand in deinem Alter, mit dem du ... shoppen oder in Little Rock essen gehst?«

»Nein«, sagte ich mit ausdrucksloser, an Ärger grenzender Stimme.

»Schon gut.« Er hob beschwichtigend die Hand. »Ich will es ja nur wissen. Ich will wissen, wie sehr es eine Umstellung für dich sein wird.«

»Eine ziemlich große, leider.« Ich entspannte mich bewusst. Ich sah wieder auf den Wecker. »Marshall, ich will nicht weg, aber ich muss arbeiten.«

»Hast du nur einen unsozialen Anfall oder musst du heute Morgen wirklich arbeiten?«

»Ich muss wirklich zur Arbeit. Ich muss die Praxis der Ärztin putzen, Mrs Hofstettler besuchen, zur Polizei gehen und am Nachmittag einkaufen.« Ich schaffe es, relativ wenig für Lebensmittel auszugeben, indem ich eine genaue Einkaufsliste mache, die ich bei meinem einen Besuch im Supermarkt pro Woche rigoros befolge.

»Wie willst du das mit den Rippen schaffen?«

»Ich tue, was ich tun muss«, sagte ich ein wenig überrascht. »Das ist mein Job. Wenn ich nicht arbeite, verdiene ich kein Geld. Wenn ich kein Geld verdiene, habe ich nichts mehr.«

»Ich muss den Club auch aufmachen«, sagte er widerstrebend. »Wenigstens machen wir samstags später auf, aber bis heute um eins ist außer mir niemand da, ich muss also wirklich hin.«

»Wir müssen aufstehen«, schlug ich vor, obwohl es mir plötzlich sehr widerstrebte, das warme Bett mit dem Geruch nach ihm und nach Sex zu verlassen.

»Darf ich dich heute Abend zum Essen einladen?«

Dieses Gefühl der Einengung überkam mich wieder. Beinahe wäre ich zurückgeschreckt und hätte nein gesagt. Ich ermahnte mich streng, dass ich mir mit so etwas das eigene Grab schaufeln würde. Marshall streckte mir die rettende Hand entgegen, und ich weigerte mich, danach zu greifen.

»Warum nicht«, sagte ich und war mir bewusst, wie steif und ängstlich ich klang.

Marshall musterte mich.

»Du darfst dir aussuchen, wo wir hingehen«, schlug er vor. »Was isst du eigentlich gern?«

Ich hatte seit Ewigkeiten nicht mehr in einem Restaurant gegessen. Wenn ich mal keine Lust zum Kochen habe, was nicht sehr häufig vorkommt, da ich sehr gerne koche und es billiger ist, als auswärts zu essen, hole ich mir etwas und esse es zu Hause.

»Äh«, sagte ich und kramte in meinen Erinnerungen, »ich mag mexikanisches Essen.«

»Wunderbar, ich auch. Wir können ins El Paso Grande in Montrose gehen.«

Montrose war die nächste größere Stadt, in der die Einwohner Shakespeares meistens ihre Einkäufe machten, wenn sie nicht die anderthalb Stunden nach Little Rock fahren wollten.

»Abgemacht.« Ich richtete mich vorsichtig auf und bugsierte die Beine über die Bettkante. Ich biss mir auf die Lippen, blieb so sitzen und hoffte, dass sich der Wunsch einstellen würde, aufzustehen und die Zähne zu putzen. Marshall sollte nichts von meinen Schwierigkeiten merken, was er merkwürdigerweise auch nicht tat. Er ließ mir die Zeit, mich langsam ohne seine Hilfe zu erheben und steif ins Bad zu gehen, wo ich mich kurz wusch und Zähne und Haare sorgfältig bürstete. Ich trug schnell im ganzen Gesicht getönte Abdeckcreme auf und hoffte, dass die Kratzer nicht so sichtbar seien. Ich wendete das Gesicht vor dem Spiegel hin und her und fand, dass ich schon viel besser aussah.

Ich sah trotzdem immer noch wie eine Frau aus, die in eine Schlägerei verwickelt gewesen war.

Ich verließ das Bad, wobei ich mich immer noch bemüht gerade hielt, damit Marshall hineingehen konnte.

Als er geduscht und mit geputzten Zähnen (ich hatte ihm eine der in Plastik verpackten Zahnbürsten hingelegt, die ich bei jedem Zahnarztbesuch bekomme, aber selbst nicht benutze) aus dem Bad kam, hatte ich es geschafft, mich anzuziehen. Ich trug meine billigen Arbeitsklamotten: weite Blue Jeans und ein altes, rotes College-Sweatshirt mit abgeschnittenen Armen. Das Sockenanziehen hatte ich nicht geschafft, weswegen ich in offene Halbschuhe statt der gewohnten Turnschuhe schlüpfte.

Marshall wollte etwas sagen, überlegte es sich anders und sagte schließlich nur: »Soll ich dich um sechs abholen?«

Ich war froh, dass er das ganze überflüssige Zeug, das ich befürchtet hatte – »Bist du dir auch sicher, dass du es schaffst? Warum meldest du dich nicht krank? Warte, ich helfe dir« –, weggelassen hatte.

»Na klar«, antwortete ich und zeigte meine Dankbarkeit mit einem Lächeln.

»Bis dann«, sagte er kurz und ging raus zu seinem Auto, das immer noch relativ schräg vor dem Haus geparkt war.

Langsam, aber stetig suchte ich die Sachen zusammen, die ich heute brauchen würde, und fuhr zur Praxis der Ärztin. Wie gewohnt parkte ich auf dem gepflasterten Platz hinter dem Gebäude, der für Arzt und Angestellte reserviert ist. Ohne großes Interesse bemerkte ich, dass Dr. Thrushs Auto auch da war. Dr. Thrush ist neu in der Stadt und ich hatte erst vor drei Wochen für sie zu putzen begonnen.

Ich schloss mit meinem Schlüssel auf und hatte Mühe, über die hohe Türschwelle zu kommen. Carrie Thrush steckte den Kopf zur Tür ihres Arztzimmers heraus, die Stirn in ängstliche Falten gelegt.

»Ach, Gott sei Dank sind Sie das, Lily!«, rief die Ärztin aus. »Ich hatte ganz vergessen, dass Sie um diese Uhrzeit kommen.« Als ich durch den Gang auf sie zukam, wich das erleichterte Lächeln Besorgnis. »Gütiger Himmel, was ist denn mit Ihnen passiert?«

»Ich bin gestern Nacht in eine Schlägerei geraten«, antwortete ich.

»In einer Kneipe?« Die junge Ärztin wirkte erstaunt, die dunkelbraunen Augenbrauen hochgezogen über Augen, die genauso dunkelbraun waren.

»Nein, ein Mann hat mich auf meinem Grundstück überfallen«, sagte ich knapp, aber auch nur, weil sie so besorgt gefragt hatte.

Ich hatte heute nicht sehr viel Kraft und musste mich insofern ganz auf die zu erledigende Arbeit konzentrieren. Ich machte die Tür zur Patiententoilette auf. Die war am schlimmsten, deswegen fing ich immer hier an. Ich hatte den starken Verdacht, dass zwischen meinen Putztagen Dr. Thrush morgens selbst kurz drüberwischte. Sonst wäre die Toilette schmutziger gewesen. Ich zog die Gummihandschuhe an und legte los.

Ich säuberte die kleine Durchreiche mit den zwei Türen, in welche die Patienten die Urinproben stellen, und wischte den Knopf des Türchens zum Labor ab. Ich legte ein frisches Papierhandtuch für die nächste Probe hin. Mir fiel ein, dass ich dieses Paar Gummihandschuhe noch nicht auf undichte Stellen untersucht hatte, und merkte mir, dass ich das tun musste, sobald ich nach Hause kam. Mir hier etwas zu holen war das Letzte, was ich gebrauchen konnte.

Ich merkte, dass Dr. Thrush in der Toilettentür stand und mich anstarrte.

»In dem Zustand können Sie nicht arbeiten!«, sagte Carrie Thrush.

Sie hat eine strenge Stimme, die sie meiner Meinung nach benutzt, damit die Leute nicht vergessen, dass sie Ärztin ist. Carrie Thrush ist kleiner als ich und rundlich wie eine Taube. Sie hat ein Vollmondgesicht mit einem forschen Kinn, ungezupfte Augenbrauen und Aknenarben. Sie trägt das kinnlange schwarze Haar in der Mitte gescheitelt und hinter die Ohren gekämmt. Ihre dunklen Augen sind rund und klar und der einzige Aspekt, der sie interessant aussehen lässt. Ich hielt sie für genauso alt wie mich, Anfang dreißig.

»Doch, doch, kann ich«, sagte ich, da sie auf eine Antwort wartete. Ich hatte keine Lust mich zu streiten. Ich verteilte Scheuerpulver im Waschbecken und feuchtete den Schwamm an, um es sauber zu scheuern. Ich presste die Lippen zu einem, wie ich hoffte, entschlossenen Strich zusammen.

»Kann ich nur mal einen Blick auf Ihre Rippen werfen? Da tut es Ihnen doch weh, oder? Hören Sie, Sie sind hier in einer Arztpraxis.«

Ich schrubbte einfach weiter, aber meine Vernunft siegte dann doch über meinen Stolz. Ich legte den Schwamm hin, zog die Gummihandschuhe von den Fingern und zog den Pulli hoch.

»Ach, Sie wurden also schon verklebt. Ich muss das mal kurz abmachen ...« Dann musste ich noch einmal die prüfenden Finger über mich ergehen lassen, um dann von einer echten Ärztin das Gleiche zu hören, das auch Marshall mir schon gesagt hatte: Keine meiner Rippen war gebrochen, aber blauer Fleck und Schmerzen würden eine Weile anhalten. Natürlich sah Carrie Thrush auch die Narben und schürzte die Lippen, sagte aber nichts.

»Sie dürfen eigentlich so nicht arbeiten«, sagte die Ärztin. »Aber ich merke schon, dass ich Sie durch nichts davon abhalten kann, also tun Sie, was Sie für richtig halten.«

Ich blinzelte. Sehr erfrischend. Carrie Thrush wurde mir immer sympathischer.

In der Shakespeare Clinic, wie sie ihre Praxis nannte, sauber zu machen war wegen des vielen Papiers anstrengend. Papier war der Fluch dieser Arztpraxis. Dreifach auszufüllende Formulare, Rechnungen, Krankengeschichten der Patienten, Laborberichte, Versicherungsformulare, Medicare, Medicaid – überall lag was herum. Ich musste jeden Stapel so lassen, wie er war, zum Abstauben hochheben und dann an derselben Stelle wieder absetzen; das Büro, in dem Sprechstundenhilfe und Buchhalterin saßen, war das reinste Minenfeld. Im Vergleich dazu waren Wartezimmer und Sprechzimmer ein echtes Zuckerschlecken.

Mir wurde zum ersten Mal klar, dass auch dort häufiger als einmal in der Woche sauber gemacht worden war. Während ich Staub saugte, dachte ich darüber nach. Nita Tyree, die Sprechstundenhilfe? Ich konnte mir kaum vorstellen, dass Nita zu so etwas bereit wäre. Ich kenne Nita zwar kaum, weiß aber, dass sie vier Kinder hat, zwei davon noch so klein, dass sie in die SCC-Kindertagesstätte gehen. Nita ist also zur Tür hinaus, sobald der letzte Patient geht, egal, was auf dem Schreibtisch liegen bleibt.

Gennette Jinks, die Arzthelferin, kam ebenfalls nicht in Frage. Erst letzte Woche hatte ich hinter der Mitfünfzigerin im Superette-Supermarkt in der Schlange gestanden und (genau wie alle anderen im Umkreis von drei Metern) mitgehört, wie hart es sei, für eine Frau wie die junge Dr. Thrush zu arbeiten, welche die Berufserfahrung nicht zu schätzen wisse, die sie (Gennette) sich in jahrelanger Arbeit angeeignet habe, woraufhin ich sie ausgeblendet und die Schlagzeilen der Sensationsblättchen an der Kasse gelesen hatte, die unterhaltsamer waren.

Also musste das heimliche Heinzelmännchen wohl die gute Frau Doktor selbst sein. Ich hatte ihre Rechnungen aufgestapelt. Ohne es zu wollen, wusste ich, wie viele Schulden Carrie Thrush noch vom Studium her hatte, und ich hatte das Gefühl, dass es ihr manchmal schwer fiel, mich zu bezahlen, ganz zu schweigen von Gennette und Nita.

Beim Putzen des Bodens grübelte ich weiter darüber nach, nachdem ich um die Ärztin an ihrem Schreibtisch, auf dem jeder Zentimeter mit dem allgegenwärtigen Papier bedeckt war, herum gewischt und gesaugt hatte.

Als alles funkelte und sauber, vielleicht sogar rein roch, streckte ich den Kopf zur Tür des Arztzimmers hinein und sagte: »Auf Wiedersehen.«

»Warten Sie, ich schreibe Ihnen einen Scheck«, sagte Dr. Thrush.

»Nein.«

»Was?« Carrie Thrush hielt den Kugelschreiber über dem Scheckbuch gezückt.

»Nein. Sie haben mich untersucht. Eine Art Tauschhandel.«

Ich war mir sicher, dass Ärzte so was nicht machen dürfen, aber ich war mir genauso sicher, dass es meiner Auftraggeberin gefallen würde. Und ich hatte Recht. Carrie Thrush grinste breit und sagte dann: »Gott sei Dank! Kein Formular auszufüllen!«

»Gott sei Dank, nichts bei der Versicherung einzureichen«, antwortete ich und ging mit dem Gefühl, dass Carrie Thrush und ich, Putzfrau und Ärztin, vielleicht noch keine Freundschaft begonnen hatten, aber zumindest den Anfang freundlicher Gefühle teilten.

Neun

Während der Samstag sich langsam dahinzog, nahm der Schmerz in meiner lädierten Seite zu. Wie eine Schnecke kroch ich durch Mrs Hofstettlers Apartment. Sie bemerkte es jedoch nicht, da sie einen ihrer schlechten Tage hatte. Ich fragte mich, wie es wohl wäre, wenn ich mich oft so fühlen müsste wie heute und wenn ich mit Sicherheit wüsste, dass das für den Rest meines Lebens so weitergehen würde.

Auf der Polizeiwache machte ich meine Aussage. Dabei saß ich kerzengerade und atmete flach. Der Mann, der die Aussage aufnahm, war von der Kriminalpolizei. Das nahm ich zumindest an, weil er keine Uniform trug. Er sagte mir, er heiße Dolph Stafford und sei sehr erfreut mich zu sehen. Er warf mir verstohlene Blicke aus den Augenwinkeln zu und ich spürte Mitleid hinter seiner ausgesuchten Höflichkeit. Daher wusste ich, dass auch er meine alte Geschichte gehört hatte, die ich wie einen Mühlstein um den Hals mit mir herumschleppte, wohin ich auch ging.

Gelangweilt schilderte ich die Angelegenheit mit der Ken-Puppe und die Details von Norvels Angriff und wälzte dabei ein altes Problem hin und her. Sollte ich jetzt, da meine Vergangenheit bekannt war, umziehen? Bisher war die Antwort immer ja gewesen. Aber ich war nun schon seit vier Jahren in Shakespeare, länger als irgendwo anders zuvor, seit ich vergewaltigt worden war. Zum ersten Mal fragte ich mich, ob ich die Sache nicht doch ohne erneute Flucht durchstehen könnte. Dieser Gedanke setzte sich langsam in mir fest. Als Dolph Stafford mich entließ, ging ich nach Hause, um mich hinzulegen und endlich den Schmerzen nachzugeben. Meinen Großeinkauf würde ich halt am Sonntag oder Montag erledigen müssen.

Die Schmerzen waren nicht der einzige Grund für meinen Widerwillen, einkaufen zu gehen. Ich wusste, dass die Neuigkeiten von Norvels Angriff sich bereits wie ein Lauffeuer in der Stadt verbreitet hatten, und ich wollte mich einfach nicht diesen mitleidvollen Blicken und entsetzten Fragen stellen.

Carrie Thrush hatte mir ein paar Schmerzmittelproben zugesteckt, als ich ihr Büro verlassen hatte. Normalerweise überlege ich es mir zweimal, bevor ich Tylenol nehme, aber diesmal sehnte ich mich nach jeglicher Art von Erleichterung, die diese Pillen bringen mochten.

Ich schluckte zwei der Kapseln mit etwas Wasser und war gerade dabei, mich von der Küche zu meinem Bett zu manövrieren, als ich jemanden an der Tür klopfen hörte.

Ich hätte es beinahe ignoriert, aber es war dieses knappe Tocktocktock, das einem mitteilt, dass der Besucher nicht nur ungeduldig, sondern auch hartnäckig ist. Ich war schon genervt, als ich zur Tür kam und durch das Guckloch spähte. Als ich dann auch noch feststellte, dass der Besucher mein gelegentlicher Brötchengeber Reverend Joel McCorkindale war, stimmte mich das keineswegs fröhlicher. Widerwillig zog ich den Sicherheitsriegel zurück.

Sein Lächeln mit dem üblichen Ausdruck »Wie schön, Sie zu sehen, Schwester« verschwand, als er die Schrammen in meinem Gesicht und meine merkwürdige Körperhaltung sah.

»Darf ich eintreten?« Weise hatte er sich für würdevolles Mitleid entschieden.

»Aber nur kurz.«

McCorkindale nahm das zur Kenntnis, trat über die Schwelle und begutachtete mein kleines Heim.

»Sehr hübsch«, sagte er mit größter Aufrichtigkeit. Ich ermahnte mich, auf der Hut zu sein. Aufrichtigkeit war Reverend McCorkindales beste Nummer.

Ich bot ihm keinen Stuhl an.

Auch dies schluckte er ohne jeden Kommentar.

»Miss Bard«, begann er, nachdem er meine mögliche Reaktion abgeschätzt hatte, »ich weiß, dass Sie und Norvel Whitbread einen gewissen persönlichen Konflikt haben« – an dieser Stelle schnaubte ich –, »seitdem Sie beide für die Kirche arbeiten. Ich wollte Ihnen nur sagen, dass mich sein dummes Verhalten letzte Nacht zutiefst beunruhigt, und ich möchte Ihnen weiter sagen, dass es Norvel selbst sehr, sehr Leid tut, Ihnen so fürchterliche Angst eingejagt zu haben.«

Ich hatte zu Boden gesehen und mich gefragt, wann er endlich mit dem Gelaber fertig sein würde, denn mein Bett hatte mittlerweile eine Stimme bekommen, die mich immer lauter zu sich rief. Aber nun sah ich zu Joel McCorkindale auf.

»Ich hatte überhaupt keine Angst«, sagte ich. »Wütend war ich, aber Angst hatte ich keine.«

»Nun, das ... ist gut. Dann entschuldigt er sich dafür, Sie verletzt zu haben.«

»Ich habe ihm die Scheiße aus dem Leib geprügelt.«

Der Pfarrer errötete. »Er ist schon ein jämmerlicher Anblick heute.«

Ich lächelte.

»Also, kommen Sie zur Sache«, erinnerte ich ihn.

»Ich bin gekommen, um Sie ganz bescheiden zu fragen, ob Sie sich nicht dazu entschließen könnten, die Anzeige gegen Norvel fallen zu lassen. Er ist reuig. Er weiß, dass er nicht hätte trinken sollen. Er weiß, dass es falsch, ganz falsch ist, Groll zu hegen. Er weiß, dass es gegen Gottes Gebot verstößt, einem anderen Menschen, zumal einer Frau, ein Leid zuzufügen.«

Ich schloss die Augen und fragte mich, ob er eigentlich merkte, was er da von sich gab.

Während McCorkindale sich weiter über Norvels Seelenqualen ausließ, dachte ich darüber nach, wie schlimm es war, dass ich womöglich versucht sein könnte, auf diesen ganzen Schrott zu hören, hätte ich nicht früher diese kleine lebensverändernde Erfahrung gemacht.

Ich hob die Hand und unterbrach ihn.

»Ich werde ihn im vollen Umfang des Gesetzes verklagen«, sagte ich matt. »Es ist mir egal, ob Sie mich weiter beschäftigen. Sie wussten, dass er schon seit Wochen wieder trinkt; Sie mussten es wissen. Sie wissen auch, dass die Einsichten, die er jetzt zum Besten gibt, sofort verschwunden sein werden, sobald er eine Flasche sieht. Das ist seine Religion. Ich habe nie verstanden, warum Sie ihn weiterbeschäftigen, obwohl das für jeden offensichtlich ist, der es wissen will. Vielleicht hat er was gegen Sie in der Hand. Das weiß ich nicht und das ist mir auch egal. Aber ich werde die Anzeige nicht fallen lassen.«

Da er nicht dumm ist, nahm er das ruhig hin. Er sah nachdenklich zur Seite und man sah einen neuen Gedanken im Anmarsch.

»Lily, ich muss Ihnen sagen, dass einige Mitglieder unserer kleinen Gemeinde auch über Sie ähnlich denken. Sie fragen sich, warum ich Ihnen nicht gekündigt habe. Wissen Sie, Lily, Sie sind nicht nach jedermanns Geschmack.«

Ich verspürte ein unbändiges Verlangen zu lachen. Das Medikament begann zweifellos zu wirken.

»Sie sind eine geheimnisvolle und gewalttätige Frau«, bohrte McCorkindale weiter. »Einige Leute fragen mich offen, ob Sie überhaupt noch in Shakespeare arbeiten sollten oder zumindest in unserer kleinen Kirche.«

»Es ist mir egal, ob ich für Ihre kleine Kirche arbeite oder nicht«, erwiderte ich, »aber eines sage ich Ihnen: Wenn ich Sie dabei erwische, dass Sie meine Auftraggeber vergraulen, weil ich ›geheimnisvoll und gewalttätig‹ bin, dann werde ich Sie verklagen. Jeder, den es interessiert, kann in meiner Vergangenheit nachsehen. Und was die Gewalttätigkeit angeht, so geben Sie mir eine Liste mit den Schlägereien, die ich angefangen habe, oder mit den Zeiten, die ich im Gefängnis saß. Das würde mich sehr interessieren.«

Beschämt darüber, dass ich mich überhaupt gegen diese unhaltbaren und hergeholten Anwürfe verteidigt hatte, winkte ich ihn mit einer Handbewegung zur Tür hinaus.

Mittlerweile schrie mein Bett bereits, und seinen fordernden Ruf konnte ich nun nicht mehr überhören. Ich schlingerte den Flur entlang und bekam den schmerzhaften Vorgang des Hinlegens gar nicht mehr mit.

Als ich aufwachte, lag eine Nachricht auf meinem Nachttisch.

Wäre Reverend McCorkindale jetzt hier gewesen, hätte ich ihm gestehen müssen, dass sie mir tatsächlich Angst einjagte.

Die Nachricht war von Marshall.

»Ich bin um sechs vorbeigekommen, um dich zum Abendessen in Montrose abzuholen«, begann die Nachricht in Marshalls kleiner, eckiger Schrift. »Ich habe fünf Minuten lang geklopft, bevor du an die Tür gekommen bist. Du hast mich reingelassen, bist zu deinem Bett zurückgegangen, hast dich hingelegt und bist wieder eingeschlafen. Ich war besorgt, bis ich die kleine Packung mit der Aufschrift ›Gegen Schmerzen‹ fand. Ruf mich an, wenn du aufwachst. Marshall.«

Ich las die Nachricht ein zweites Mal, während ich mich von meiner Angstattacke erholte.

Ich sah auf die Uhr. Dort stand 05:00. Hm. Behutsam rollte ich hinüber auf die andere Seite des Betts und stand auf. Ich sah zwischen den Jalousielamellen hindurch. Dunkel draußen. Es war fünf Uhr morgens.

»Du meine Güte«, sagte ich, beeindruckt von Dr. Thrushs Pillen. Ich ging ein paar Schritte im Zimmer umher und stellte erfreut fest, dass ich mich nach dieser langen Ruhepause schon viel besser fühlte. Die schlimmsten Schmerzen waren weg. Es beunruhigte mich, dass ich Marshall hereingelassen hatte. War mir überhaupt klar gewesen, dass es Marshall war? Hätte ich jeden x-Beliebigen hereingelassen? Falls ja, dann hatte ich ja noch mal Glück gehabt, dass sonst niemand mehr geklopft hatte. Oder hatte jemand?

Mit einem Mal ängstlich geworden, durchsuchte ich das ganze Haus. Alles war genau wie gestern; neu waren nur Marshalls Nachricht und die Pillenpackung, die immer noch zwei Kapseln enthielt.

Nachdem ich die verbleibenden Schmerztabletten mit großem Respekt weggelegt hatte, machte ich Kaffee und fragte mich, was ich mit dem Tag anfangen sollte. Sonntag ist mein freier Tag, nicht etwa weil es der Tag für den Kirchgang ist, sondern weil es aus Sicht meiner Kunden der zum Putzen ungeeignetste Tag ist. Und ich finde auch, dass ich einen ganzen freien Tag in der Woche verdient habe. Gewöhnlich räume ich morgens mein Haus auf oder mähe den Rasen. Wenn dann Body Time um eins aufmacht, stehe ich dort auf der Matte. Oft bleibe ich zwei Stunden da, dann fahre ich nach Hause und koche für die kommende Woche. Ich leihe mir Filme aus bei Rainbow Videos (»Kino in allen Farben des Regenbogens«) und hin und wieder rufe ich meine Eltern an.

Da ich so früh aufgestanden und die ganze Woche so ungewöhnlich verlaufen war, sagte mir nichts von diesen Dingen sonderlich zu.

Nachdem ich die dicke Sonntagsausgabe der Little-Rock-Zeitung überflogen hatte und dabei auf meinem Lesepfad vorsichtig um die Geschichten über geschlagene Frauen, vernachlässigte Kinder und hungernde, ausgesetzte Senioren herum zu den Artikeln gelangte, die ich getrost lesen konnte (die sich dann im Wesentlichen um entlaufene gefährliche Haustiere – diese Woche eine Boa Constrictor –, Politik und Sport drehten), zog ich mich behutsam an, in der Hoffnung, dass das Vornüberbeugen die Schmerzen in meiner Seite nicht aufwecken würde. Zu meiner Freude tat mir nichts mehr sehr weh; nur eine gewisse Empfindlichkeit war geblieben, und wenn ich mich in einige Richtungen beugte, zog es doch etwas, aber das war gar nichts im Vergleich zum Vortag.

So weit, so gut. Jetzt musste ich nur noch diesen inneren Aufruhr bezwingen, diese Unzufriedenheit.

Mein Haus musste geputzt werden.

Beinahe vergnügt zog ich die Gummihandschuhe über. Es kam mir in den Sinn, Marshall anzurufen oder durch die Dämmerung zu seinem Haus zu laufen und wieder das Bett mit ihm zu teilen. Aber ich schob diese Gedanken zur Seite; ich lief Gefahr, auf ihn zu zählen, zu denken, dass mein Leben sich grundlegend geändert hätte. Ich ertappte mich dabei, wie ich missmutig meine Handschuhe anstarrte und an das Vergnügen dachte, Sex mit Marshall zu haben, an die Wunder seines Körpers, an die Aufregung, begehrt zu werden.

Ich fing gründlich an zu putzen.

Es ist ein kleines Haus, das ohnehin nie besonders schmutzig wird, und das wusste ich nur zu gut. Nach eineinhalb Stunden, als der Rest der Welt gerade aufwachte, glänzte mein Haus und ich freute mich auf eine Dusche.

Als ich gerade hineinsteigen wollte, ertönte ein leises Klopfen an der Hintertür. Fluchend wickelte ich mich in meinen weißen Frotteebademantel und tappte zur Tür. Ich blickte durch das Guckloch. Marshall blickte zurück. Ich seufzte und wusste nicht, ob ich froh war, ihn zu sehen, oder es mir Leid tat, dass er mir weiterhin Hoffnungen machte. Ich entriegelte die Tür.

»Wenn du nicht damit aufhörst«, sagte ich unfreundlich, »dann glaube ich noch, du magst mich wirklich.«

»Dir auch einen guten Tag«, sagte er, die Augenbrauen überrascht in die Höhe ziehend. »Bist du bei Bewusstsein?«

»Warum kommst du nicht mit mir unter die Dusche«, sagte ich über die Schulter, während ich zu meinem heißen laufenden Wasser zurückkehrte, »und findest es selbst heraus?«

Wie sich herausstellte, war ich voll und ganz bei Bewusstsein.

Als er mich küsste, während das Wasser über uns lief, hatte ich das Angst erregende Gefühl, diesen Moment bewahren zu müssen, weil er so kostbar war. Ich kannte dieses Hirngespinst, das allen Illusionen von Dauerhaftigkeit zugrunde lag, ich wusste, dass die Erniedrigung, die ich erfahren hatte, mich für immer verändert hatte, und ich fürchtete mich.

Hinterher gab ich ihm meinen Frotteemantel und zog meinen bunten, dünnen Morgenrock über. Wir sahen uns zusammen einen alten Film im Kabelfernsehen an. Ich stellte eine Schale Weintrauben zwischen uns auf das Zweisitzersofa, wir klappten das Fußteil hoch und vertrödelten angenehm die Zeit damit, über die Schauspieler zu lästern und über die antiquierte Handlung zu lachen. Als der Film kurz vor Mittag vorbei war, stand ich auf, um die restlichen Weintrauben zurück in den Kühlschrank zu stellen. Durch die geöffneten Jalousien des Wohnzimmerfensters beobachtete ich einen mir vage bekannt vorkommenden roten PKW, der langsam vorbeifuhr.

»Wer ist das, Marshall?«, fragte ich scharf, als die Außenwelt mit einem Schlag wieder da war.

Er sprang auf und starrte aus dem Fenster.

»Das ist Thea«, sagte er. Seine Stimme klang gepresst vor unterdrückter Wut.

»Sie ist schon öfter hier vorbeigefahren.« Es war der Wagen, der an dem Tag vorbeigefahren war, als Marshall mich im Carport geküsst hatte. Ich hatte ihn mehrmals in den letzten Tagen gesehen.

»Scheiße, Lily«, sagte er, »das tut mir Leid. Ich wünschte, die Scheidung wäre schon durch. Wenn sie so dasitzt wie eine Südstaatenschönheit, würde kein Richter glauben, wozu sie fähig ist.«

Ich starrte noch immer gedankenverloren aus dem Fenster, als die Yorks vorbeigingen. Alvah und T. L. hielten einander an den Händen, bewegten sich schneckenhaft langsam und trugen ihre Alltagskleidung. Sie schwänzten die Kirche, ein noch nie vorgekommenes Ereignis.

Aber ich war nicht so verwundert, wie ich es vor ein paar Tagen noch gewesen wäre. In der letzten Woche hatte sich beinahe niemand, den ich kannte, normal verhalten, mich eingeschlossen.

Pardon hatte sich irgendwie um sein Leben geredet.

Die braven Kirchgänger York waren durch die Vergewaltigung ihrer Enkeltochter völlig aus der Bahn geworfen worden.

Norvel Whitbread hatte nach zwei Jahren Speichelleckerei sein wahres Gesicht gezeigt.

Tom O'Hagen hatte Jenny O'Hagen betrogen.

Deedra Dean hatte eine Leiche gesehen.

Claude Friedrich war leichtsinnig mit einer Akte umgegangen.

Carlton Cockroft hatte sich sportlich betätigt und ein ganz unerwartetes Interesse an seiner Nachbarin an den Tag gelegt.

Marcus Jefferson hatte mit seinem Sohn in seinem eigenen Apartment gespielt.

Marie Hofstettler hatte ein Gespräch mit der Polizei.

Reverend Joel McCorkindale hatte mich zu Hause besucht.

Marshall Sedaka hatte ein persönliches Interesse an einer seiner Schülerinnen entwickelt.

Eine seiner Schülerinnen hatte dieses persönliche Interesse erwidert.

Jemand hatte eine Leiche ins Arboretum gekarrt.

Jemand anderes hatte Handschellen dort deponiert, wo ich sie finden musste, hatte eine Ratte getötet und eine angemalte Ken-Puppe auf meiner Motorhaube hinterlassen.

»Alles in allem«, sagte ich und drehte mich zu Marshall um, »dürfte es schwer werden, die letzte Woche zu überbieten.«

»Wir könnten es probieren«, schlug er vor und war überrascht, als ich lachte.

»Ich werde dir erzählen, was Montagnacht geschehen ist«, sagte ich und weihte Marshall in das ein, was ich gesehen hatte, als ich draußen herumlief.

»Du hast den Mörder gesehen?«

»Ich habe die Person gesehen, welche die Leiche weggeschafft hat.«

Marshall überdachte meine Geschichte. »Ich kann verstehen, warum du das nicht der Polizei erzählen wolltest«, sagte er schließlich. »Wo doch dein Karren benutzt wurde. Und da sie bisher noch keinen verhaftet haben, würdest du dich womöglich in Gefahr bringen.«

»Wieso das?«

»Der Mörder könnte glauben, du hättest mehr gesehen,

als du tatsächlich gesehen hast«, sagte Marshall. »Zumindest denken das die Mörder im Film immer. Die sind immer hinter den Leuten her, von denen sie annehmen, dass sie etwas wissen, egal, ob es stimmt oder nicht.«

»Ja, aber das ist im Kino. Und das hier ist Shakespeare.«

Mir wurde plötzlich klar, was ich gesagt hatte, und ich lachte los. Marshall sah mich irritiert an; ich musste es ihm erklären.

»Lily, ich glaube, je eher die Polizei jemanden verhaftet, desto besser für dich.«

»Da bin ich ganz deiner Meinung.«

»Dann können wir uns darauf konzentrieren, denjenigen zu finden, der dir und Thea diese Streiche spielt.«

Etwas in seiner Stimme ließ mich aufhorchen. »Ist ihr noch etwas zugestoßen?«, fragte ich.

»Sie hat mich heute Morgen um sechs angerufen. Jemand war an ihrer Hintertür und hat mit einer Spraydose ›Schlampe‹ draufgesprüht.«

»Ach ja?« Marshall sah angesichts meines Mangels an Entsetzen verdutzt aus.

»Also, Marshall, bist du nun hergekommen, um meine Gesellschaft zu genießen, oder wolltest du sehen, ob ich geduckt mit einer Spraydose in der Hand in meine Einfahrt zurückschleiche?«

Marshall schloss die Augen und holte tief Luft. »Lily, ich glaube, wenn du sauer auf Thea wärest, würdest du sie zum Kampf herausfordern oder sie für den Rest deines Lebens ignorieren. Ich kann mir nicht vorstellen, dass du im Dunkeln herumschleichst und einer Frau die Tür besprühst.«

Aber ich war mir nicht sicher, ob er das selbst hundertprozentig glaubte. War da nicht einen Augenblick lang etwas gewesen, ein Aufflackern von etwas anderem – von Erleichterung –, als ich ihn mit meiner Antwort herausforderte?

Ich sank in meinen Sessel und sah ihn eindringlich an. »Ich weiß nicht, ob es an mir liegt und ich vielleicht überempfindlich bin oder ob Thea dein Urteilsvermögen so unterminiert hat, dass du deinen eigenen Instinkten nicht mehr traust.«

Marshall ließ sich Zeit mit der Antwort, und ich war froh. Ich wollte, dass er darüber nachdachte.

»Vielleicht beides«, sagte er schließlich. »Komm jetzt, es ist schon fast Zeit fürs Training.«

Während ich meine alte, graue Jogginghose und ein dunkelblaues T-Shirt überzog, grübelte ich über die Tatsache nach, dass er sehr bereitwillig Sex mit mir haben wollte, obwohl er mir nun nicht gerade uneingeschränkt sein Vertrauen ausgesprochen hatte. Bedeutete das, er war so begeistert über seine wiedergekehrte Potenz, dass es ihm ganz egal war, ob ich seine Frau terrorisierte oder nicht?

Das Miteinander von Männern und Frauen ist doch der reinste Marsch durch ein Minenfeld, dachte ich angewidert. Marshall wartete draußen im Wohnzimmer auf mich. Er war in seinen Trainingsklamotten vorbeigekommen, einer blauen Jogginghose und einem braunen Body-Time-T-Shirt.

Es war schon merkwürdig, dass ich hier im Flur stehen und beobachten konnte, wie Marshall diesen wunderbaren Körper streckte, und eine Welle der Lust zu verspüren, dass ich die Art und Weise lieben konnte, wie er vor meiner grässlichen Geschichte nicht zurückgeschreckt war. Und doch zog es mich von Zeit zu Zeit von ihm weg.

Jetzt war so ein Zeitpunkt.

Wir sprachen nicht viel auf dem Weg zu Body Time in meinem Wagen, aber bei der Aussicht, etwas zusammen mit Marshall zu unternehmen, was mir Spaß machte und was auch er genoss, entspannte ich mich.

Janet Shook war bereits auf dem Laufband, als wir eintraten. Sie machte große Augen. Offensichtlich hatte sie eins und eins zusammengezählt. Ich winkte ihr beiläufig zu. Marshall wechselte ein paar Worte mit Derrick, der für ihn geöffnet hatte, dann legten wir uns einen Trainingsplan zurecht. Es war Beintag – nicht gerade meine Spezialität –, aber selbst das Beintraining war in Gesellschaft nur halb so schlimm.

Es war sehr praktisch und angenehm, Marshall um sich zu haben, der die Gewichte auflegte und abnahm und mich korrigierte; es war ebenso angenehm, ihm diesen Gefallen zu erwidern.

Leute, die mir bisher höchstens mal zugenickt hatten, kamen jetzt auf mich zu und fingen ein Gespräch an, da ich mit Marshall zusammen war. Klar, jeder kannte ihn. Und mich kannten sie wohl auch, denn sie sprachen mich mit Lily an. Obwohl mein zerkratztes Gesicht einige Seitenblicke auf sich zog, erwähnte niemand Norvel Whitbread.

Das war ebenfalls angenehm, aber nachdem die Begrüßungsfloskeln ausgetauscht waren, schwieg ich. Ich hörte einfach zu, wie sie mit Marshall plauderten. Marshall ist so eine Art Klatschumschlagplatz. Jeder, der ihn ansprach, hatte irgendwelchen Tratsch oder Neuigkeiten zu berichten und keine Scheu, dies auch in meiner Gegenwart zu tun. Ich fragte mich, warum das so sein mochte.

Nachdem zwei Klatschbasen hintereinander es erwähnten, wurde mir klar, dass ich den Ruf genoss, verschwiegen zu sein. Es wunderte mich, dass die Leute überhaupt einen Gedanken an mich verschwendeten, aber ich hätte es mir denken können: In Kleinstädten gibt es kein unsichtbares Leben.

Ich hatte gerade den Set an der 300-Pfund-Beinpresse trotz des Stechens in der Seite beendet, als Brian Gruber, ein leitender Angestellter der Matratzenfirma, die einer der Hauptarbeitgeber in Shakespeare ist, im Verlauf seines

Trainings bei Marshall vorbeikam und ihm leise etwas ins Ohr flüsterte. Marshall hörte grimmig zu und nickte dabei wiederholt knapp. Es handelte sich offensichtlich um ein Männergespräch, sodass ich noch eine Extraübung einlegte, damit sie zum Ende kommen konnten. Marshall hatte ja ohnehin gesagt, dass meine Oberschenkelmuskeln ein Zusatztraining brauchten.

Als ich fertig war, lag ich nur noch da und schnaufte. Brian ging hinüber zum Bizepstraining, während Marshall nachdenklich und grimmig aussehend fünfundzwanzig Pfund auf beiden Seiten des Gewichtsblocks für sein Beintraining zulegte. Er vermied den Blickkontakt mit mir, als ich ihm Platz machte. Ich nahm mein Handtuch und tupfte mir den Schweiß von der Stirn.

Ich würde ihn verdammt noch mal nicht fragen.

Marshall rutschte in Position. Er stellte die Füße auf die Fußstütze und richtete sie sorgfältig aus. Er stemmte ein wenig, sodass der Druck von den Stützholmen genommen wurde, die er gleichzeitig zur Seite kippte. Dann entblößte er vor Anstrengung die Zähne und begann mit seiner Übung. Vielleicht wollte er mir ein Gefühl von Ebenbürtigkeit vermitteln; dreihundert Pfund waren meine absolute Obergrenze, und ich wusste, dass Marshall gut das Doppelte schaffte. Ich wartete stoisch, bis er fertig war und die Stützholme wieder an ihren Platz befördert hatte. Er signalisierte mir, mich neben ihn zu hocken.

So, jetzt kamen die schlechten Neuigkeiten.

»Brian hat gerade gehört, dass Thea jedem in ihrer Kirche erzählt, dass sie mich durch die Mangel drehen wird, was unser Vermögen angeht. Aber er hat mir auch dasselbe erzählt, was du mir schon gesagt hattest – dass sie nächtlichen Besuch hat, was vor Gericht gegen sie verwendet werden kann.«

»Du hast den gleichen Besuch.«

Sein Gesicht wurde ausdruckslos.

Ich stand auf und bedeckte mein Gesicht mit dem Handtuch, als ob ich schweißgebadet wäre, dabei hatte ich mich schon längst abgekühlt. Ich musste meinen gleichgültigen Gesichtsausdruck wiederherstellen. Ich verspürte große Lust, meine Tasche zu nehmen und ohne ein Wort zu gehen, aber das wäre feige gewesen.

Ich drehte mich so, dass ich mit dem Rücken zur Beinpresse stand, und starrte eine hübsche junge Frau an, die es wunderbar fand, Bobo Winthrop zu zeigen, wie schwer es ihr fiel, beim Bankdrücken zwei Zehn-Pfund-Hanteln zu stemmen. Bobo sah zu mir herüber, und seine Augen weiteten sich, als er mein verschandeltes Gesicht zur Kenntnis nahm. Sein Mund formte die Worte: *Alles in Ordnung?* Ich nickte. Dann sagte die junge Frau auf der Bank etwas zu ihm, um seine Aufmerksamkeit zu erregen. Ich schaute in eine andere Richtung, sodass sich unsere Blicke nicht wieder treffen würden und Bobo sich nicht verpflichtet fühlen musste, herüberzukommen und mit mir zu sprechen.

Ich fühlte Hände auf meinen Schultern und zuckte wie ein Pferd, das versucht Fliegen loszuwerden.

»Dann muss ich mich wohl nach jemand anderem umsehen, mit dem ich zusammenarbeite«, sagte Marshall ruhig und fing an, die Fünfundzwanziger, die er aufgelegt hatte, herunterzunehmen.

»Lass sie drauf«, sagte ich. Ich rutschte in Position, stellte die Füße auf, kippte die Stützholme zur Seite und fing an zu stemmen.

Ich schaffte fünf Wiederholungen, bis ich merkte, dass ernsthafte Schmerzen drohten.

Zum Abschluss machten wir noch drei Sätze mit je dreißig Ausfallschritten und Beinhebern im Aerobicraum. Als wir uns nach einer kurzen Pause aufsetzten, sagte ich ihm, was er meiner Meinung nach von mir hören wollte. »Ich glaube, wir sollten uns nicht mehr treffen, bis du endgültig geschieden bist. Thea ist eine labile Person; sie hat Probleme bei der Arbeit und zu Hause. Es gibt keinen Grund, es ihr noch schwerer zu machen. Letztendlich würde dir das auch Schwierigkeiten bereiten – mit der Abfindungsregelung und all dem.«

»Ich will nicht, dass eine kranke Frau wie sie mein Leben diktiert«, sagte Marshall. Er meinte das zwar ernst, schien aber dennoch erleichtert. Ich konnte es ihm nicht verübeln; auch ich hatte hart für alles, was ich besitze, gearbeitet.

»Dann kommt noch die Sache mit den miesen Streichen hinzu«, fuhr ich nach einer Bedenkpause fort. »Es kann nicht so weitergehen, dass ich jedes Mal, wenn ich aus dem Haus komme, Angst haben muss, dass mir jemand was vor die Tür oder auf den Wagen gelegt hat. Vielleicht hört das auf, wenn wir uns eine Weile nicht sehen. Wenn es dieselbe Person ist, die auch Thea übel mitspielt, dann hegt dieser Jemand ernsthafte Gefühle für dich; vielleicht teilt er oder sie dir diese Gefühle mit, wenn ich nicht mehr mit dir zusammen bin. Du kannst dann damit umgehen, und ich wäre aus der Sache raus.«

»Ich weiß nicht, was ich sagen soll, Lily«, sagte Marshall. »Ich will dich nicht verlieren, jetzt wo wir endlich ...«

»Ich gehe ja nicht weg«, sagte ich und stand auf. Dabei ignorierte ich den wiedererwachten Schmerz in meiner Seite. »Wir werden uns in der Karatestunde sehen und manchmal hier im Aerobicraum.«

Ich ging, bevor Marshall sich noch eine Erwiderung ausdenken musste.

Als ich nach Hause fuhr, wurde mir klar, dass ich etwas verspürte, was ich seit Jahren nicht mehr gefühlt hatte: Enttäuschung.

Kaum war ich in die Track Street eingebogen, sah ich auch schon den Polizeiwagen am Bordstein vor meinem

Haus parken. Daran gelehnt stand Claude Friedrich, so unbeweglich, als hätte er alle Zeit der Welt.

Ich fasste den plötzlichen Entschluss, zum Einkaufen zu fahren, und nachdem ich festgestellt hatte, dass hinter mir frei war, setzte ich zurück, bevor Friedrich mich sehen konnte, und wendete in der nächsten Einfahrt. Ich wollte jetzt mit niemandem sprechen, und schon gar nicht mit diesem überaus aufmerksamen Friedrich.

Ich war schon seit Jahren nicht mehr ohne Einkaufsliste in den Laden gegangen. Sonntags koche ich immer vor, und mein kleiner Gefrierschrank war so gut wie leer.

Das letzte Mal, als ich bei Kroger's war, hatte ich für mich selbst und für die Rückkehr der Yorks eingekauft ... He, die hatten mich noch gar nicht für die Lebensmittel und meine Arbeit vom letzten Mittwoch bezahlt. Der Gedanke, sie belästigen zu müssen, gefiel mir gar nicht, weil ich wusste, wie mitgenommen sie vom Prozess gegen den Peiniger ihrer Enkelin waren, aber wenn es ihnen schon wieder so gut ging, dass sie spazieren gehen konnten, dann konnten sie mir auch mein Geld geben.

Ich versuchte gerade, mich an all die Zutaten für meinen heiß geliebten Tortilla-Auflauf zu erinnern, als ein Einkaufswagen gegen meinen krachte. Ich blickte wütend hoch und stellte fest, dass der Zorn, der die ganze Zeit in mir gekocht hatte, hier links neben mir ein exzellentes Ziel gefunden hatte. Es trug ein bescheidenes Hemdblusenkleid und Mokassins.

Die Frau, die den Wagen schob, war Thea Sedaka. Thea hatte meinen Wagen absichtlich gerammt; der Blick, den sie mir zuwarf, sollte wohl eine Art Entschuldigung ausdrücken, ließ aber bestenfalls Abscheu erkennen.

Es war schon lange her, dass ich Thea von nahem gesehen hatte. Sie war so hübsch wie immer. Die künftige Ex-Mrs-Sedaka war klein und feingliedrig und hatte ein süßes, ovales Gesicht, das von schulterlangem, dunklem Haar perfekt eingerahmt wurde. In Theas Gegenwart hatte ich mich immer wie ein klobiges Milchmädchen neben einer zierlichen Prinzessin gefühlt. Ich wusste nie, ob dieser Effekt beabsichtigt oder das Ergebnis meiner eigenen Unsicherheit war.

Mit meinem jetzigen Insiderwissen über Theas Charakter konnte ich erkennen, wie planmäßig sie vorging. Sie sah zu mir auf, und zwar in übertriebener Weise, sodass ich mich noch größer fühlte, und sie schob ihren Wagen mit gefurchter Stirn, als ob er fast zu schwer für sie sei.

Theas dunkelgrünes Kleid war mit winzigkleinen, rosa Blümchen bedeckt; nichts Grelles oder Kräftiges für Thea. Sie verzog den Mund angesichts meiner Trainingskleidung.

Sie lenkte ihren Wagen so, dass sie genau vor den Gemüsekonserven neben mir zu stehen kam. Ich beobachtete, wie sich ihre Lippen zu einem giftigen Grinsen verzogen, und wusste, dass sie gleich irgendetwas zum Besten geben würde, mit dem sie mir wehzutun hoffte.

Also kam ich ihr zuvor.

Ich beugte mich zu Thea herunter und sagte mit dem breitesten Lächeln, das meine Lippen hergaben: »Wenn Sie noch einmal an meinem Haus vorbeifahren, lasse ich Sie von Claude Friedrich verhaften.«

Theas Gesichtsausdruck war wirklich Gold wert. Aber sie hatte sich schnell wieder im Griff.

»Marshall gehört mir«, zischte sie und erinnerte mich damit lebhaft an unser Schultheater in der siebten Klasse. »Sie versuchen, eine glückliche Ehe zu ruinieren, Sie Biest.«

»Nicht gut genug«, sagte ich. »Sie sollten besser Tom warnen, dass er woanders parken soll.«

Ich hatte sie schon wieder aus der Fassung gebracht. Aber da sie Thea, die Schöne von Shakespeare, war, erholte sie sich rasch.

»Wenn Sie diejenige sind, die diese widerlichen Dinge bei mir zu Hause hinterlässt« – und hier baute sie tatsächlich ein paar Tränchen ein –, »dann hören Sie bitte damit auf.« Sie sagte dies gerade laut genug, dass eine ältere Dame, die Suppendosen verglich, es verstehen und mich mit Entsetzen anstarren konnte.

»Was für Dinge?«, fragte ich verständnislos. »Sie armes Mädchen, hat jemand was auf Ihrer Treppe liegen lassen? Was hat die Polizei denn dazu gesagt?«

Thea wurde rot. Natürlich hatte sie nicht die Polizei gerufen; die Polizei in Person von Tom David Meiklejohn war ja schon im Hause gewesen.

»Wissen Sie«, sagte ich mit so viel Besorgnis, wie ich aufbringen konnte, »ich bin mir sicher, dass Claude einen Mann vor Ihrem Haus abstellen würde, wenn Sie glauben, dass es dort einen Herumtreiber gibt.« Die ältere Frau nickte mir zustimmend zu und bewegte sich den Gang hinunter, um die Preise für Tomatensoßen zu vergleichen.

Ich hatte schon so lange nichts Unaufrichtiges mehr gesagt, dass es sich tatsächlich erfrischend und kreativ anfühlte.

Thea musste sich mit einem leisen »Ich krieg Sie noch« zufrieden geben und stolzierte, mühsam den Einkaufswagen schiebend, zur Fleischtheke. Ein sehr schwacher Abgang.

Ich verließ den Laden mit etlichen Tüten und schaffte es, mich beinah wieder wie ich selbst zu fühlen, als ich zu Hause ankam.

Verdammt, der Polizeichef war noch immer da. Er hatte lediglich seinen Wagen weggefahren, wahrscheinlich auf seinen Parkplatz hinter den Apartments, stand aber selbst schon wieder in meinem Carport. Ich fuhr in meine Einfahrt und schloss den Kofferraum auf. Ich würde mich nicht aus meinem Haus vertreiben lassen. Friedrich ließ die verschränkten Arme sinken und schlenderte zu mir herüber.

»Was ist mit Ihnen los?«, fragte ich. »Warum kreuzen Sie immer wieder hier auf? Ich habe nichts getan.«

»Ich könnte glatt glauben, ich wäre nicht willkommen, wenn ich's nicht besser wüsste«, polterte Friedrich. »Ihr Gesicht sieht schon viel besser aus. Wie geht's der Seite?«

Ich schloss die Seitentür zur Küche auf und stellte die Tasche mit den Trainingsklamotten ab. Ich ging zurück zum Wagen und holte die ersten beiden Einkaufstüten heraus. Wortlos nahm Friedrich die nächsten zwei und folgte mir in die Küche.

Schweigend stellte ich die Dosen in die Vorratskammer, verstaute das Fleisch im Kühlschrank und schob die Packungen mit Fruchtsaftkonzentrat in den Gefrierschrank. Als das erledigt war und ich die Tüten zusammengefaltet unter die Spüle auf ihren Platz gelegt hatte, setzte ich mich an meinem einfachen Holztisch Friedrich gegenüber, der schon Platz genommen hatte, und fragte: »Was gibt es?«

»Erzählen Sie mir, was Sie in der Nacht gesehen haben, als Pardon getötet wurde.«

Ich sah auf meine Hände. Ich dachte sorgfältig nach. Mein Schweigen hatte dem Zweck dienen sollen, die Polizei davon abzuhalten, Fragen über meine Vergangenheit zu stellen. Friedrich hatte genau das trotzdem getan und war auch noch zu vertrauensselig seinen Untergebenen gegenüber gewesen; meine Vergangenheit war herausgekommen, und die Folgen waren längst nicht so schrecklich, wie ich mir immer ausgemalt hatte. Oder vielleicht hatte auch ich mich verändert.

Wenn jetzt bloß Claude Friedrich hier saß und mir zuhörte und ich nicht wieder auf die Polizeiwache gehen musste, warum sollte ich ihm da nicht das bisschen erzählen, was ich wusste?

Und vielleicht hatte mir auch Marshall mit seinem »Die-Frau-die-zuviel-wusste«-Szenario ein wenig Angst eingejagt.

Friedrich wartete geduldig. Ich würde mich in der Gegenwart dieses Vertrauen erweckenden Mannes viel wohler fühlen, wenn ich nichts zu verbergen hätte; er würde mich mit warmem Wohlwollen überschütten. Mein Mund verzog sich zu einem sarkastischen Grinsen. Dieser Eindruck war es zweifellos, der Claude Friedrich zu einem so guten Polizisten machte.

»Ich sage Ihnen, was ich gesehen habe, aber es wird Ihnen nichts helfen«, sagte ich zu ihm. Ich hatte meine Entscheidung abrupt gefällt. Ich sah ihm in die Augen und breitete meine Hände flach auf dem Tisch aus. »Deshalb habe ich es bisher nicht für nötig gehalten, Ihnen davon zu erzählen.«

»Sie haben mich in jener Nacht angerufen, nicht wahr?«

»Ja. Das war ich. Zum einen, weil ich nicht wollte, dass er die ganze Nacht da draußen liegt, aber hauptsächlich hatte ich Angst, dass irgendwelche Kinder ihn finden könnten.«

»Warum haben Sie mir das nicht gleich zu Anfang erzählt?«

»Ich wollte Ihre Aufmerksamkeit nicht auf mich lenken. Was ich gesehen hatte, war nicht wichtig genug, um zu riskieren, dass Sie in Memphis anrufen und erfahren, was mir damals zugestoßen ist. Ich wollte nicht, dass es die Leute hier erfahren. Und jetzt ist es trotzdem so gekommen.« Ich sah ihm direkt in die Augen.

»Das ist ein Fehler, den ich nicht wieder gutmachen kann«, sagte er. »Dass ich diesen Bericht auf meinem Schreibtisch liegen ließ, bedauere ich mehr, als ich Ihnen sagen kann. Ich habe Schritte unternommen, um den Schaden so gering wie möglich zu halten.«

Das war wohl alles, was ich jemals an Entschuldigung bekommen würde; und was hätte er auch sonst sagen sollen?

Ich zuckte die Achseln. Meiner Wut auf ihn ging allmählich die Luft aus. Ich hatte die ganze Zeit über gewusst, dass meine Vergangenheit mich unweigerlich eines Tages einholen würde.

»Ich sah jemanden in einem Regenmantel mit Kapuze, der Pardon ins Arboretum hinüberkarrte«, sagte ich ausdruckslos. »Ich weiß nicht, wer es war, aber ich bin mir sicher, dass es jemand aus den Apartments war. Das haben Sie sich ja wohl auch schon gedacht, nachdem Pardons Leiche so oft auftauchte und verschwand. Verschwunden, als Tom O'Hagen seine Miete zahlte, wieder da, als Deedra ihre zahlte. Pardons Leiche muss in einem der Apartments versteckt gewesen sein, obwohl ich mir nicht vorstellen kann, warum sie jemand durch die Gegend geschleppt hat.«

»Wie wurde die Leiche zum Arboretum gebracht?«

»Sie steckte in zwei Müllsäcken, einer war von den Füßen, der andere vom Kopf her drübergezogen. Dann wurde die Leiche auf meinen Mülltonnen-Karren gehievt und rübergerollt.« Ich wurde wieder stinksauer beim Gedanken an den Missbrauch meines Karrens.

»Wo sind die Müllsäcke?«

»In der Müllverbrennung.«

»Warum haben Sie das getan?«

»Meine Fingerabdrücke waren drauf. Ich hatte überprüft, ob Pardon tot war.«

Friedrich sah mich seltsam an.

»Was ist?«, fragte ich.

Er schüttelte den Kopf. »Fangen Sie ganz von vorne an«, polterte er.

Ich begann mit meinem Spaziergang. Friedrichs Augenbrauen schossen in die Höhe, als ihm klar wurde, dass ich oft ganz allein mitten in der Nacht spazieren ging, aber er sagte nichts, bis ich mit meinem Bericht zu Ende war.

»Tun Sie mir einen Gefallen, Lily«, sagte er schließlich.

Ich hob die Augenbrauen und wartete.

»Nächstes Mal rufen Sie mich gleich an.«

Ich brauchte einen Moment, um zu merken, dass er scherzte. Ich lächelte. Er erwiderte das Lächeln, kein breites Grinsen, aber kameradschaftlich. Er ließ die erhoffte Wärme über mich strömen, und ich genoss das ebenso wie jeder andere Verdächtige, der sich gerade reingewaschen hat. Warum auch nicht, dachte ich und verzichtete darauf, mich als Dummkopf zu beschimpfen. Ich wartete auf Friedrichs Aufbruch, aber er blieb offensichtlich ganz zufrieden an meinem sauberen, blanken Küchentisch sitzen.

»So«, sagte der Polizist. »Wir haben also gleichzeitig den Mord an Pardon Albee und die seltsame Verfolgung von Lily Bard und Thea Sedaka. Thea hat uns nicht offiziell um Hilfe gebeten. Aber Tom hat Dolph ein paar Sachen erzählt, und der dachte sich, er sollte es mir besser erzählen. Ich weiß gerne Bescheid darüber, was in meiner Stadt geschieht. Finden Sie es nicht seltsam, Lily, dass so viele ungewöhnliche Dinge zur selben Zeit in Shakespeare passieren?«

Ich nickte, obwohl ich mir meine eigenen Gedanken über die »seltsame Verfolgung« gemacht hatte. Ich holte in aller Ruhe mein Schneidebrett, ein Messer und ein Paket Hühnerbrüste und fing an, das Fleisch zu häuten und zu entbeinen.

»Die Yorks waren am Montag nicht da. Sie sind spät in der Nacht wiedergekommen«, sagte Claude. Ich arbeitete und hörte zu. »Mrs Hofstettler war die ganze Zeit da, aber sie ist halb taub und manchmal fast gelähmt. Jenny O'Hagen war bei der Arbeit und Tom O'Hagen schlief. Nach dem Aufstehen spielte er eine Runde Golf im Country

Club. Er kam nach Hause, ging die Treppe hinauf und zahlte das Schweigegeld an Norvel Whitbread, der sich auf seiner Arbeitsstelle krankgemeldet hatte. Dann ging Tom nach unten, um seine Miete zu bezahlen. Sie schlossen gerade die Tür zum York-Apartment auf. Als Tom Pardons Tür offen vorfand, war die Leiche nicht da, aber die Möbel waren in Unordnung. Eineinhalb Stunden später kam Deedra von der Arbeit nach Hause, ging nach oben, um den Scheck ihrer Mutter zu holen, und ging dann nach unten, um die Miete zu bezahlen. Und Pardons viel gereiste Leiche war zurück auf der Couch, aber so natürlich hingelegt, dass Deedra glaubte, er würde schlafen.«

»Wann haben denn all die anderen ihre Miete gezahlt?«, fragte ich über die Schulter hinweg, während ich mir die Hände an der Spüle abwusch. Ich fand diese kleine Plauderstunde sehr merkwürdig, aber es machte mir Spaß.

»Ich hatte meinen Scheck am Morgen auf dem Weg zur Wache unter der Tür durchgeschoben«, sagte Friedrich. »Norvels Miete wurde von der Kirche bezahlt. Reverend McCorkindale hat mir erzählt, dass die Sekretärin Pardon einen Scheck geschickt hat. Marcus Jefferson sagt, er hätte seinen Scheck ebenfalls morgens auf dem Weg zur Arbeit unter Pardons Tür durchgeschoben. Pardon muss auch gleich zur Bank gegangen sein, nachdem sie geöffnet hatte, weil die Schecks von Marcus, mir und Mrs Hofstettler schon Pardons Konto gutgeschrieben waren, als ich bei der Bank anrief.«

»Was ist mit dem Scheck, den die Kirche geschickt hat?«

»Lag erst am Tag nach Pardons Tod in seinem Briefkasten.«

Es wäre typisch für Pardon gewesen, bei der Kirche oder Norvel vorbeizugehen und nach der Miete zu fragen, dachte ich und sah Friedrich in die Augen.

»Aber Norvel sagt, Pardon sei nicht zu seinem Apartment gekommen«, sagte der große Mann, und ich beugte mich schon wieder über die Arbeit, bevor mir klar wurde, wie seltsam dieser kleine Gedankenaustausch war.

»Er lügt allerdings«, sagte ich.

»Wie kommen Sie darauf?«

»Weil Pardon am Montag selber Staub gesaugt hat. Erinnern Sie sich daran, wie das Kabel aufgewickelt war? Also muss er nach oben gegangen sein, um herauszufinden, warum Norvel nicht gesaugt hat. Der muss am Montag erst später in der Kirche sein, nachdem er das Treppenhaus des Apartmenthauses gesäubert hat. Die Kirche bekommt dafür einen Mietnachlass.«

Zum ersten Mal, seit ich ihn kennen gelernt hatte, sah Claude Friedrich erstaunt aus.

»Woher wissen Sie das alles, Lily?«

»Wenn's ums Putzen geht, weiß ich Bescheid. Ich glaube, Pardon hat mir das alles erzählt, als er mir erklärt hat, warum Norvel das Gebäude reinigt und nicht ich.« Pardon hatte einfach reden wollen, wie üblich. Mir war es recht gewesen, diesen schlecht bezahlten und öden Job für den stets kontrollierenden Pardon nicht machen zu müssen.

Claude (wie ich ihn jetzt insgeheim nannte) sah mich etwas länger an, bevor er mit seiner Erzählung über den Todestag des Vermieters fortfuhr. »An diesem Morgen machte Pardon also bei Mrs Hofstettler Halt, um ihren Scheck entgegenzunehmen, dann ging er mit den drei Mietschecks zur Bank.«

Ich rührte eine Marinade an und warf die Hühnerbruststreifen in die Schüssel. Ich hatte heute Abend Lust auf Chinapfanne. Ich briet Suppenfleisch in einer Kasserolle an, während ich Kartoffeln, Karotten und Zwiebeln für den Eintopf hackte. Ich rührte die Soße für den Tortilla-Auflauf um. Ich hatte noch etwas Taco-Fleisch übrig, das ich in die Soße warf, und eine Tomate, danach zerkleinerte ich drei

Weizenmehl-Tortillas. Ich reichte Claude die Reibe und den Käse. Gehorsam fing er an zu raspeln.

»Wie viel?«, fragte er.

»'ne Tasse«, sagte ich und stellte ihm eine auf den Tisch. »Wo waren Sie stehen geblieben?«

»Und er hat mehrmals telefoniert«, fuhr Claude fort. »Er rief die Firma an, für die Marcus arbeitet; wir wissen nicht, mit wem er dort sprach. Gut möglich, dass das keinen Bezug zu Marcus hat. Da arbeiten mindestens zweihundert Leute. Ungefähr um elf rief er jemanden in Creek County an, einen Kumpel, mit dem er zur Schule gegangen ist, aber der Typ ist auf einer Geschäftsreise nach Oklahoma City und wir konnten ihn bisher nicht finden.«

Ich warf alle Zutaten für die Suppe in einen Römertopf und holte meinen Wok hervor. Während er heiß wurde, schichtete ich den Tortilla-Auflauf, inklusive Raspelkäse, in eine Form und stopfte sie in den Gefrierschrank. Claudes Stimme machte sich gut als angenehmes Hintergrundgeräusch, als ob man ein vertrautes Buch auf Kassette hörte.

Ich rechnete mir aus, dass die Chinapfanne zwei Mahlzeiten ergeben würde, der Eintopf drei; an einem Abend würde ich eine Backkartoffel mit Gemüse essen und die verbleibende Mahlzeit wäre Tortilla-Auflauf mit Salat.

Nachdem ich den Reis in die Mikrowelle gestellt hatte, briet ich Huhn und Gemüse an. Ich nahm kaum wahr, dass Claude aufgehört hatte zu sprechen. Ich rührte schnell um und war mir nur dieser stillen Zufriedenheit bewusst, die mich überkommt, wenn ich etwas mache, was ich gut kann. Reis, Fleisch und Gemüse waren beinahe gleichzeitig fertig und ich befand mich nun vor einer schwierigen Entscheidung.

Ich zögerte kurz, weil durch eine gemeinsam eingenommene Mahlzeit mein bisher reibungsloser Wochenverlauf schon wieder durcheinander gebracht werden würde, doch dann holte ich zwei Teller aus dem Schrank und füllte das Essen auf. Ich legte dem Polizisten eine Gabel und eine Serviette hin, stellte ein Glas Eistee und seinen Teller dazu. Dann holte ich mir mein Glas, eine Gabel und meinen Teller. Ich stellte die Sojasoße in Reichweite, ebenso Salz und Pfeffer, und setzte mich. Ich nickte Claude kurz zu, um ihm zu verstehen zu geben, dass alles fertig war, und er nahm seine Gabel und fing an zu essen.

Ich hielt meinen Blick auf den Teller gerichtet. Als ich aufsah, hatte Claude seine Portion gegessen und tupfte sich den Mund mit der Serviette ab, sorgsam darauf bedacht, dass sein Schnurrbart sauber war.

»Wirklich gut«, sagte er.

Ich zuckte mit den Achseln und bemerkte dann, dass dies nicht die feine Art war, sich für ein Kompliment zu bedanken. Ich zwang mich, zu ihm aufzuschauen. »Danke«, sagte ich steif. Nie hatte ich meine lange gesellschaftliche Abstinenz deutlicher gespürt. »Möchten Sie noch etwas mehr?«, zwang ich mich hinzuzufügen.

»Nein danke, das war wirklich reichlich«, erwiderte er erwartungsgemäß. »Sind Sie fertig?«

Ich nickte verdutzt. Ich fand umgehend heraus, warum er gefragt hatte. Er griff über den Tisch, nahm meinen Teller und meine Gabel und ging zum Spülbecken. Er drehte die Wasserhähne auf, fand mein Spülmittel und fing an, das ganze auf der Arbeitsplatte stehende Geschirr zu spülen.

Ich blieb einige Sekunden mit offenem Mund an meinem Platz sitzen, dann schüttelte ich die Verwirrung ab, stand auf und verpackte die Reste in passende Plastikdosen. Zögernd stellte ich Friedrich den nunmehr leeren Wok neben die Spüle. Ich putzte den Tisch und die Arbeitsplatte mit einem sauberen Lappen ab und wischte den Fußboden, während er fertig spülte. Danach wusste ich nicht, was ich sonst tun sollte, deshalb trocknete ich das Geschirr ab, das er in den Abtropfständer gestellt hatte, und räumte es anschließend weg.

In dem Moment, als wir unsere häusliche Arbeit beendet hatten, noch bevor ich mich beim Gedanken an das, was jetzt kommen mochte, wieder verkrampfen konnte, streckte Claude schon seine riesige Hand aus, schüttelte meine und sagte: »Ich weiß Ihre Kochkünste wirklich zu schätzen. Ich habe meine eigenen ganz schön über« und ging zur Haustür.

Ich folgte ihm, wie sich das gehört, verschränkte aber schützend die Arme vor der Brust. »Auf Wiedersehen«, sagte ich und hatte das Gefühl, ich sollte noch etwas mehr sagen, aber mir fiel nichts ein. Er lächelte mich völlig unerwartet an, und mir wurde klar, dass ich ihn noch nie so gesehen hatte. Seine Falten wurden tiefer, als sich seine Lippen nach oben zogen, und seine grauen Augen bildeten vergnügte Schlitze, als das Lächeln sie erreichte.

»Gute Nacht, Lily«, polterte er und ging dann meine Einfahrt hinunter zum Bürgersteig. Er schlug die Richtung zu den Apartments ein. Er sah nicht zurück.

Ich machte die Tür zu, verschloss sie automatisch und ging zurück in die Küche, um sicherzugehen, dass auch alles picobello war, bevor ich schlafen ging. Im Badezimmerspiegel stellte ich fest, dass ich lächelte. Ich ertappte mich dabei, dass ich mich tatsächlich fragte, wie Claude Friedrich wohl im Bett sein mochte, und schüttelte den Kopf über mein Spiegelbild. »Du gehst vor die Hunde, Lily«, sagte ich zu dem Spiegel. Mein Gesicht im Spiegel sah aber so aus, als sei es recht angetan von dieser Vorstellung.

Zehn

Das Telefon klingelte, als ich mein Make-up auflegte. Ich stieß einen verzweifelten Seufzer aus. Ich hatte gehofft, dass mein Leben mit dem Beginn einer neuen Arbeitswoche wieder zur Normalität zurückfinden würde.

»Ja?«, sagte ich knapp.

»Lily Bard?«, fragte eine Stimme, die mir vage bekannt vorkam.

»Ja.«

»Hier spricht Alvah York. T.L. und mir ist gestern erst eingefallen, dass wir Ihnen noch Geld schulden.«

»Ich kann heute morgen so gegen halb elf vorbeikommen.« Bis dahin wäre ich bei meinem ersten Kunden fertig.

»Wir sind zu Hause.«

Während ich die Putzausrüstung überprüfte und in den Wagen lud, überlegte ich, ob ich die Yorks fragen sollte, wie es ihrer Enkelin gehe, oder ob ich das Thema lieber nicht anschneiden sollte. Mir wäre wohler gewesen, wenn ich nicht darüber zu sprechen brauchte. Es war an der Zeit, zu meiner alten, gewohnten Distanziertheit zurückzukehren.

Während ich dem Heim der Familie Althaus seine wöchentlichen zwei Stunden angedeihen ließ (es hätte fünf gebrauchen können, aber mehr als zwei gab das Althaus'sche Budget nicht her), dachte ich lange und scharf über die Leute in den Apartments nach. Einer dieser Mieter hatte Pardon Albee getötet, dessen unangenehmer Charakter bereits in meinem Gedächtnis zu verblassen begann. Trotz all seiner Fehler – seiner Freude darüber, über das Leben anderer Bescheid zu wissen, seinem hingebungsvollen Klatschsammeln – hatte Pardon nicht verdient, was ihm zugestoßen war.

Während ich verbissen einen Klumpen Kaugummi abkratzte, den eines der Althaus-Kinder auf den Linoleumboden in der Küche hatte fallen lassen, grübelte ich über Pardons gewaltsamen Tod und die mangelnde Ehrfurcht nach, die seiner Leiche widerfahren war.

Ich fragte mich wieder einmal, wo die Leiche auf ihrer seltsamen Reise versteckt gewesen sein mochte.

Sie hätte hinten in Pardons eigenem Apartment sein können. Aber Claude, der letzte Nacht so erstaunlich mitteilsam gewesen war, hätte es mir sicherlich erzählt, wenn Spuren gefunden worden wären, die diese Theorie unterstützten. Die Leiche war also in der Nähe, aber nicht in Pardons Apartment gewesen. Nicht im Abstellraum unter der Treppe; Pardon und ich hatten offensichtlich die einzigen Schlüssel, und der Mörder hatte Pardons Schlüssel nicht benutzt, wie der saubere und ordentliche Abstellraum bewies.

Also irgendwo im Apartmenthaus oder vielleicht in der Garage? Mir war so, als wäre da noch etwas gewesen. Wenn es mir nur wieder einfiele. Es war etwas, was einer der Mieter mir erzählt hatte, etwas, was mich zu dem Zeitpunkt verwundert hatte ... aber ich hatte verflixt noch mal in den letzten Tagen mit so vielen Leuten geredet. Kein Wunder, dass ich mich nicht erinnern konnte. Es würde mir wieder einfallen, wenn ich gar nicht daran dachte. Ich brütete wieder über Verstecke für Pardons Leiche nach.

Ich war mir sicher, dass ich Mrs Hofstettlers und Claudes Apartment streichen konnte. Marie Hofstettler war trotz ihrer Altersgebrechen geistig noch voll auf der Höhe – sie hätte schon total senil sein müssen, um eine Leiche zu übersehen – und Claude … hatte Pardon einfach nicht getötet. Ich wusste nicht, warum ich mir da so sicher war, aber ich war's. Die Yorks waren bis spät abends nicht in der Stadt gewesen. Übrig blieben dann noch die O'Hagens – das heißt Tom, denn Jenny war bei der Arbeit gewesen –, Deedra Dean, Norvel Whitbread und Marcus Jefferson.

Als ich den uralten Althaus'schen Staubsauger einstöpselte, dachte ich über Tom O'Hagen nach. Was wäre, wenn Toms Aussage, Pardons Wohnzimmer sei leer gewesen, eine Lüge war? Was, wenn Pardons Leiche auf der Couch gelegen hätte, wie sie es, laut Deedra, ungefähr eine Stunde später tat?

Entschlossen nahm ich diese Idee in die Mangel, doch sie führte zu nichts. Mir fiel einfach kein guter Grund ein, warum Tom O'Hagen in diesem Punkt gelogen haben sollte. Er hätte ebenso wie Deedra sagen können, dass er annahm, Pardon schliefe. Er hätte sagen können, alles hätte ganz normal ausgesehen und er hätte gedacht, Pardon wäre kurz hinaus oder ins Bad gegangen. Stattdessen hatte Tom darauf bestanden, dass die Möbel verrutscht waren und der Teppich unordentlich dalag, als ob irgendetwas in dem Raum stattgefunden hätte.

Schließlich legte ich Tom O'Hagen angewidert zu den Akten. In der Gegenüberstellung der Verdächtigen war nun Marcus Jefferson an der Reihe. Marcus war sicherlich kräftig genug, um Pardons Leiche zu bewegen. Marcus war außerdem sauer auf Pardon; offensichtlich vergötterte er den kleinen Jungen, den er aufgrund von Pardons Reglement nicht mit nach Hause bringen durfte. Aber das war zumindest meiner Meinung nach kein Grund, Pardon derart zu prügeln, dass er dabei starb. Das konnte ich mir nur für den Fall vorstellen, dass Pardon Marcus irgendwie provoziert hatte – vielleicht hatte er gedroht, Marcus' Exfrau zu erzählen, dass Marcus eine Affäre mit einer Weißen hatte. Hätte Marcus' Exfrau ihm das Kind wegnehmen können, wenn sie davon erfahren hätte? Würde ihr das wirklich noch so viel ausmachen? Und Pardon hatte am Tag seines Todes bei Marcus' Arbeitgeber angerufen. Andererseits arbeiteten dort außer Marcus noch zweihundert weitere Menschen – unter ihnen, wie mir einfiel, Deedra Deans Stiefvater, Jerrell Knopp, den ich als aufrechten, höflichen, leise sprechenden Frömmler kannte, der jeglicher Beziehung seiner Stieftochter zu einem Schwarzen zweifellos mit heftigen Gefühlen begegnet wäre.

Aber wenn Jerrell jemanden getötet hätte, dann nicht etwa Pardon. Er hätte Marcus umgebracht. Marcus war vermutlich von acht bis fünf Uhr arbeiten gewesen. Und Pardon starb mit ziemlicher Sicherheit schon vor fünf. Marcus hätte Pardon vielleicht in seiner Mittagspause töten können. Niemand schien Pardon gesehen oder gehört zu haben, nachdem er um elf mit seinem Freund telefoniert und bevor Tom um drei an seine Tür geklopft hatte.

Also dann Deedra. Sie war bis halb fünf bei der Arbeit gewesen. Sie hatte früher Schluss gemacht, um Pardon ihren Mietscheck zu geben. Jeder Bewohner der Shakespeare Garden Apartments wusste, dass Pardon es mit der pünktlichen Zahlung peinlich genau nahm. Warum wäre das Wohnzimmer um drei Uhr schon in Unordnung gewesen, wenn Deedra ihn erst später getötet hätte? Ich versuchte, mir eine wütende Deedra vorzustellen, die irgendetwas Schweres hochhebt und ihrem Vermieter den tödlichen Schlag damit verpasst. Was hätte Deedra hochgehoben? Da war nichts zur Hand im Bereich des Apartmenteingangs, und ich glaubte nicht, dass Pardon so dämlich gewesen wäre, sich mit einer jungen, mit einem Schürhaken bewaffneten Frau in aller Ruhe zu unterhalten. Und wenn ich Deedra richtig einschätzte, war sie außerdem eher der Typ, der sich aus einer unangenehmen Situation mit den Waffen einer Frau statt mit roher Gewalt befreit. Ich seufzte. Streichen wir Deedra.

Dann gab es noch den hoffnungslosen, unglücklichen Norvel, der momentan untröstlich – so hoffte ich – im Gefängnis von Shakespeare schmachtete, welches so überholt und altersschwach war, dass die Stadt sich bloß noch fragte, wann und nicht ob sie dazu verdonnert werden würde, ein neues zu bauen. Norvel wäre sicherlich blöd genug, einen Mord zu einer Zeit zu begehen, zu der andere Menschen im Apartmenthaus ein und aus gingen. Er wäre der Typ, der in Panik versuchen würde, die Leiche zu verstecken. Er neigte dazu, so wütend zu werden, dass er andere angriff, wie ich aus eigener Erfahrung wusste.

Doch obwohl ich versuchte, mir das Ganze bildlich vorzustellen, während ich die Papierkörbe aus allen Räumen zusammensuchte, fiel mir nichts ein, was Pardon gegen Norvel in der Hand gehabt haben könnte, das einen solchen Wutanfall bei Norvel provoziert hätte. Norvel war nach Jahren des Trinkens, des unregelmäßigen Essens und des Vermeidens harter Arbeit nicht in sonderlich guter Verfassung. Der Hieb, der Pardon getötet hatte, war von jemandem ausgeteilt worden, der kräftig und wütend gewesen war. Unter außergewöhnlichen Umständen hätte es Norvel gewesen sein können, aber ich neigte dazu, dies zu bezweifeln.

Ich trug die Müllbeutel hinaus zu den Rubbermaid-Mülltonnen, warf sie hinein und verschloss die Deckel wieder mit Bügeln gegen streunende Hunde und Waschbären. Ich war froh, dass ich meinen Lebensunterhalt mit Putzen und nicht als Privatdetektivin verdiente. Dieser Mord, dachte ich, während ich eine Pause einlegte, um meine Rückenmuskeln zu dehnen, war ein Totschlag im Affekt gewesen, aber ich hatte nicht den blassesten Schimmer, wessen Affekt es gewesen war.

Pardon hatte vielleicht am Ende doch noch einen Satz zu viel gesagt. Den einen Satz in seinem Leben als Gaffer, Spanner und Klatschbase, den der Gesprächspartner nicht hatte ertragen können.

Und diese Person hatte zweimal zugeschlagen und mit dem zweiten Schlag Pardons Maul für immer gestopft.

Ich verschloss die Haustür des Althaus'schen Heims hinter mir, zufrieden darüber, dass ich, wenn auch nur vorübergehend, die Ordnung in dieser chaotischen Umgebung wiederhergestellt hatte. Ich konnte zwar die Identität von Pardons Mörder nicht herausfinden, dafür aber Ordnung ins Chaos bringen.

Für Carol Althaus arbeite ich tatsächlich härter als für jeden anderen Kunden, weil Carol offen gestanden mein Mitleid erweckt, was nur selten passiert. Carol ist eine nette, einfache Frau, die versucht, mit ihrer Patchwork-Familie – zwei eigenen Kindern und zwei von ihrem zweiten Ehemann – fertig zu werden, wozu es ihr aber am nötigen Verstand fehlt. Sie arbeitet hart in einem schlecht bezahlten Job, kommt nach Hause und versucht vier Kinder unter zehn Jahren zu füttern und zu chauffieren, ab und zu bekommt sie einen Anruf von ihrem Mann, dessen Tätigkeit häufiges Verreisen erfordert. Ich stelle mir oft Jay Althaus vor, ganz allein in einem stillen Motelzimmer, ein Bett mit sauberem Laken, eine Fernbedienung, über die er alleine herrscht, und vergleiche dann die Abende von Jay Althaus mit denen von Carol.

Von 10.30 Uhr bis Mittag hatte ich eine Pause; um zwölf würde ich das Büro eines Anwalts in dessen Mittagspause putzen. Jede Woche um diese Zeit mache ich Erledigungen und bezahle meine Rechnungen. Zuoberst auf meiner heutigen Liste stand das Geldeintreiben bei den Yorks. Als ich in die Stadt zurückfuhr, kam mir zum ersten Mal die Frage in den Sinn, ob Jay Althaus seine Frau Carol und die vier Kinder wohl jede Nacht, die er unterwegs verbrachte, schrecklich vermisste.

Wohl kaum.

Anstatt auf der Straße zu parken, die mir zu eng erschien, fuhr ich hinter das Apartmenthaus. Zu dieser Zeit an einem Wochentag würde es dort reichlich freie Plätze geben.

Da ich ja die Garage als möglichen Lagerraum für Pardons Leiche in Betracht gezogen hatte, nahm ich mir die Zeit, sie genauer anzusehen. Ich fuhr auf Norvels Einstellplatz – die Apartmentnummern stehen über jedem Platz und geben dem Ganzen das Aussehen von Startboxen auf einer großen Pferderennbahn – und trat ein paar Schritte zurück, um die weiß gestrichene Holzkonstruktion zu betrachten.

Die ohnehin nicht gerade schöne Garage sah leer noch hässlicher aus. Da die Shakespeare Garden Apartments keine Keller haben – viel zu riskant in Arkansas –, benutzt jeder im Haus seinen Verschlag als Abstellkammer.

Von links angefangen wird die Lücke zwischen dem ersten Verschlag und dem Zaun, der die Apartmentanlage umschließt, vom umstrittenen Wohnwagen der Yorks ausgefüllt. Der erste Verschlag gehört Norvel. Er besitzt keinen Wagen, aber in dem ihm zugeteilten Bereich lehnte ein Spiegel mit gebrochenem Rahmen und ein Satz Kaminzubehör: Kram, den er geschnorrt hatte und zu verkaufen hoffte, nahm ich an. Marcus hatte eine Holzkiste in eine Ecke seines Verschlags gestellt. Ein dicker, roter Plastik-Baseballschläger und ein kleiner Basketball-Korb lugten daraus hervor. Claude Friedrich hatte ein paar Metallregale aufgestellt, auf denen Ersatzteile für die Autoreparatur sowie einige Werkzeuge lagen. In Deedras Verschlag befanden sich ein zusammengefaltetes Zelt und ein Paar mit Schlamm verschmierte Gummistiefel. Ich habe es immer schon seltsam gefunden, dass Deedra gerne zeltet; sie zeltet natürlich nicht gerne allein. Aber es hat mich immer schon fasziniert, dass Deedra sich ab und zu für ein Wochenende bereitwillig von ihren heizbaren Lockenwicklern trennt.

Bei den Mietern aus dem crsten Stock war die Ausbeute kärglicher. Marie hat einen Wagen, in dem ich sie herumfahre, aber ansonsten war ihr Verschlag leer. Die Yorks haben wie Claude Regale, aber ihre waren fast leer, und ich glaubte sogar zu erkennen, dass sie abgestaubt waren. Das war typisch für Alvah. Die O'Hagens hatten zwei teure, mit einer Plane abgedeckte Fahrräder hinten in ihrem Verschlag stehen und Pardons Auto und sein Rasenmäher waren in dessen Verschlag geparkt. Ich wurde ein wenig trübsinnig, als ich sie anschaute. Die Besitztümer Verstorbener haben etwas Melancholisches, egal wie unpersönlich sie sind, und ein Rasenmäher hat wirklich nichts Persönliches an sich.

Diese sorgfältige Untersuchung hatte absolut nichts ergeben. Die Verschläge waren einfach zu überblicken, und die Vorstellung fiel mir schwer, dass Pardons Leiche in einem davon versteckt gewesen sein könnte. Vielleicht hinten im Verschlag zwischen Mrs Hofstettlers Wagen und der Wand? Oder an gleicher Stelle in Pardons Verschlag? Dies waren die einzigen beiden Wagen, bei denen der Mörder damit hatte rechnen können, dass sie an Ort und Stelle blieben. Beklommen überprüfte ich die beiden Verschläge. Nicht ein Fleck oder ein Faden des grün-orangefarbenen Hemdes.

Der Wohnwagen wäre auch ein hervorragendes Versteck gewesen, aber die Yorks waren damit auf dem Heimweg gewesen, als Pardon starb.

Nun, ich musste mir mein Geld von diesen anständigen Leuten holen. Ich machte kehrt, um ins Haus zu gehen, und bekam einen kräftigen Schreck. Norvel Whitbread stand im Hauseingang.

»Wie bist du denn rausgekommen?«, fragte ich.

»Die Kirche hat meine Kaution gezahlt.« Er grinste mich

an, ein entnervender Anblick, denn Norvel fehlen etliche Zähne. Vielleicht hatte ich selbst den ein oder anderen ausgeschlagen? Ich hoffte es. Seine Nase war bunt gefärbt und geschwollen.

»Geh mir aus dem Weg«, sagte ich.

»Muss ich nicht. Ich wohne hier und du nicht.« Ich konnte sehen und riechen, dass Norvel keine Zeit verloren und sich für seine kommenden Aufgaben gestärkt hatte.

»Diesmal wird die Polizei nicht kommen und ich werde nicht aufhören«, warnte ich ihn.

Ich konnte in seinen Augen sehen, dass Norvel entschieden hatte, beiseite zu gehen, aber noch bevor er einen Fuß heben konnte, ließ ihn ein Stoß von hinten zur Tür herausfliegen. Taumelnd versuchte er auf den Beinen zu bleiben.

T. L. stand im Hauseingang, den Arm noch immer ausgestreckt, die Lippen vor Zorn zusammengepresst.

»Du Stück Dreck«, sagte er zu Norvel, der herumgefahren war, um diesem unerwarteten Angriff zu begegnen, »wenn der nächste Vermieter dich nicht hinauswirft, dann wird das nicht mein Versäumnis sein. Lass diese Frau in Ruhe. Es ist mir egal, wo du hingehst, aber geh mir aus den Augen.«

T. L. war es sehr ernst, und das beeindruckte Norvel offensichtlich, ungeachtet seines Zustandes. Er sah trotzig aus, handelte aber schnell. Flink wie ein Wiesel verließ er den Parkplatz.

Nun musste ich mich bei T. L. bedanken, wozu ich keine große Lust hatte.

»Lily, Sie hätten vielleicht gerne noch ein paar Hiebe gelandet«, sagte T. L. mit einem Lächeln und war wieder ganz der Alte. »Aber ich kann einfach nicht ruhig bleiben, wenn ich so was höre. Und ich bin der stellvertretende Vermieter. Zumindest hat der Anwalt mich gebeten, die Türen abends abzuschließen, so wie Pardon das getan hat.«

Ich musste lächeln. »Ich weiß es zu schätzen, T. L.«, sagte ich.

»Kommen Sie uns besuchen? Alvah sagte, Sie kämen vorbei.«

»Ja.«

»Kommen Sie rein.«

Die Tür zum Apartment der Yorks stand noch offen. Ich konnte nicht umhin, zu Pardons Tür hinüberzusehen. Das Polizeisiegelband klebte noch daran. Ich folgte T. L. ins Wohnzimmer, wo Alvah mit einer blau-rosa Kreuzstickerei beschäftigt war.

Wenn T. L. auf dem Weg der Besserung war, so konnte man dies von Alvah nicht sagen. Es tat mir Leid, dass ihr Gesicht so alt aussah, viel älter als in der vergangenen Woche. Sie bewegte sich langsam und steif, als sie aufstand, um das Geld für mich zu holen.

»Werden Sie mich brauchen, um hier fertig aufzuräumen?«, fragte ich. Ich schwatzte, weil Alvahs plötzlicher Abbau etwas so Schreckliches und Bedrückendes an sich hatte, dass ich das Schweigen durchbrechen wollte.

»Ich hab es schon fast geschafft«, sagte Alvah teilnahmslos. Aber ein schneller Blick verriet mir, dass die Vorhänge noch nicht wieder am Fenster hingen und der Deckenventilator über dem kleinen Esstisch noch nicht abgestaubt worden war.

T. L. hatte sich in seinen Lieblingssessel gesetzt, einen ledernen Ruhesessel, über dessen Armlehne eine Tasche hing, welche die Fernsehzeitung, die Fernbedienung und die *Sports Illustrated* enthielt. Er schlug die Zeitschrift auf, aber ich hatte das Gefühl, dass er die Seiten vor sich gar nicht wirklich las.

»Harley Don Murrell hat sich umgebracht«, sagte Alvah und gab mir mein Geld.

»Oh«, sagte ich langsam. »Nun, das ist ...« Meine Stimme verlor sich. Ich hatte keine Ahnung, was es war. Gut – ein schlechter Mann tot? Schlecht – er hatte nicht die Zeit gehabt, den vollen Schrecken des Gefängnisses zu spüren? Eine Erleichterung – ihre Enkelin musste nicht länger den Tag fürchten, an dem er auf Bewährung freikommen würde?

»Wie hat er es getan?«, fragte ich knapp, als ob es darauf ankäme.

»Er war in der dritten Etage des Gefängnisses. Er ist über das Geländer gesprungen und auf dem Kopf gelandet.« Alvahs Augen waren auf mein Gesicht gerichtet, aber ich glaubte, dass sie mich ebenso wenig sah, wie T.L. seine *Sports Illustrated* las.

»Schnell also«, sagte ich mehr zufällig. »Nun, bis bald.«

Ich war kaum zur Tür hinaus, als ich hörte, wie sie hinter mir geschlossen und verriegelt wurde.

Diese kleine Begegnung hatte mich erschöpft. Ich fragte mich, wie die Zukunft der Yorks aussehen würde.

Ich ging in das Anwaltsbüro und putzte, war dabei aber so in Gedanken versunken, dass ich mich hinterher nicht daran erinnern konnte, es getan zu haben. Erst als ich auf dem Weg zur Tür hinaus der Sekretärin zunickte, kam ich wieder zu mir. Nun musste ich zwei Meilen aus der Stadt hinaus zu Mrs Rossiter fahren. Verdammt, ich hatte meine Ohrenstöpsel vergessen.

Heute war Durwoods zweiwöchentlicher Badetag. Durwood ist der alte Cockerspaniel von Mrs Rossiter, und sie möchte, dass er gut duftet – kein normaler Zustand für Durwood. Als Mrs Rossiter sich mit dem örtlichen Hundefriseur entzweit hatte, war sie in Verlegenheit geraten, denn Durwood vertrug das Autofahren nicht lange genug, um bis Montrose durchzuhalten. Sie hatte dieses Problem bei einem Treffen ihres Kirchenkreises erklärt und Mrs Hofstettler – Gott segne sie – hatte verkündet, dass Lily Bard das Hündchen sicherlich baden könnte.

Durwood ist kein schlechter Hund, aber ihn zu baden ist ein harter Job, ihn abzutrocknen ist noch schlimmer, ganz zu schweigen vom anschließenden Putzen des Badezimmers. Während ich mit meiner Gummischürze über dem Arm auf Mrs Rossiters Haustür zuging, dachte ich zum zwanzigsten Mal daran, dass Mrs Rossiter selbst das größte Übel an der Sache war, denn sie betrachtete Durwoods Bad regelmäßig als Gelegenheit, Monologe zu halten, mit mir in der Rolle des Zuhörers. Ich hatte alles in meiner nicht unbeträchtlichen Macht Stehende versucht, um diese Frau zum Schweigen zu bringen. Es hatte nicht geklappt. Und ich hatte meine Ohrenstöpsel nicht dabei.

Mrs Rossiters Mund setzte sich in Gang, sobald sie zur Tür kam. Sie erzählte mir, dass ich von diesem Trinker Norvel Whitbread zusammengeschlagen worden war, dass die Leute von der SCC sagten, es wäre passiert, weil ich Norvel in der Kirche wütend gemacht hätte, aber warum das erklären würde, dass Norvel sich in meinem Garten verstecken und mich überfallen dürfte, könne sie nicht verstehen.

Während ich das Wasser in Mrs Rossiters Gästebadewanne laufen ließ, das Shampoo in Reichweite stellte und meine Handschuhe anzog, erzählte sie mir, dass ich neben Pardon Albee wohne, der vor einer Woche ermordet worden war, und sie hatte gehört, dass ich mich mit dem kräftigen jungen Mann traf, der das Fitnesscenter leitete, und wusste ich denn, dass er noch immer mit dem hübschen kleinen Mädel verheiratet war, das in der SCC-Kindertagesstätte arbeitete? Und wusste ich, dass jemand eine Ratte auf dem Tisch dieses Mädels hinterlassen und ein schmutziges Wort an seine Tür gesprüht hatte?

Es überraschte mich bloß, dass Mrs Rossiter mir nicht erzählte, ich sei vor ein paar Jahren in Memphis vergewaltigt worden.

In der Zwischenzeit seifte ich den zitternden Durwood

ein. Ich ließ Mrs Rossiters Wortschwall wie Wasser an mir abperlen, verteilte den Schaum sanft im Hundefell und grübelte über diese Lücke in ihren Ausführungen nach.

Bisher hatte niemand, *niemand*, mit Ausnahme der Polizeibeamten von Shakespeare, mir gegenüber Memphis erwähnt oder mich so angesehen, als ob er etwas davon gehört hätte. Ich konnte einfach nicht glauben, dass Tom David Meiklejohn zum Beispiel diese sensationellen Neuigkeiten seinen Saufkumpanen nicht mitgeteilt hätte – und was das betraf, würde er es nicht noch mehr genießen, Thea die blutigen Details zu erzählen?

Ich überlegte hin und her, während Mrs Rossiter, die auf dem geschlossenen Toilettendeckel thronte, um auch nicht eine Minute meiner stummen Gesellschaft zu versäumen, die Klatschspalte herunterrasselte, bis sie bei ihren eigenen Blutdruckwerten ankam, die jedes Mal ein Hauptthema waren.

Ich unterbrach sie einmal mit der Bitte, die Heizlampe an der Decke einzuschalten, damit Durwood schneller trocknete. Ein anderes Mal bat ich sie, mir ein Handtuch zu reichen, das vom Halter gefallen war. Als ich schließlich den Hund trocken bekommen hatte und er mit seiner Besitzerin davonstolziert war, um in der Küche seine Belohnung entgegenzunehmen, war ich auf den einzig möglichen Grund gestoßen, warum die Polizisten von Shakespeare nicht geplaudert hatten: Claude hatte ihnen für diesen Fall mit Entlassung gedroht. Das hatte er damit gemeint, als er mir erzählt hatte, er würde Maßnahmen zur Begrenzung des von ihm verursachten Schadens unternehmen.

Ich streute mildes Scheuerpulver in die Kunststoffbadewanne. Zuvor hatte ich die Gummimatte vom Wannenboden abgezogen, um sie auf dem Weg hinaus auf den Wäschestapel zu werfen. Ich schrubbte langsam die Wanne und überprüfte die Idee. Obwohl ich mir mein Hirn zermarterte, kam ich auf keine andere Lösung, die zu den Fakten passte.

Nachdem ich alles sauber gemacht hatte, reichte mir Mrs Rossiter einen Zwanzig-Dollar-Schein und ich nickte, mit der Hand auf dem Türgriff.

»Wir sehen Sie dann in zwei Wochen, nicht wahr, Durwood?«, sagte sie und sah auf den süß duftenden Durwood hinunter. Hoffentlich nicht, sagte sein Blick, aber er wedelte mit dem Schwanz, weil sie dies zu erwarten schien.

Den Rest des Tages hing ich durch. Ich würde Marshall am Abend im Kurs sehen, und zum ersten Mal, seit ich nach Shakespeare gekommen war, freute ich mich nicht darauf. Ich war Claude Friedrich dankbar, dass er versuchte, seinen Fehler wieder gutzumachen, wollte aber nicht dankbar sein. Ich konnte seinen Motiven nicht trauen. Der Besuch bei den Yorks hatte mich aufgewühlt. Nicht, dass mich der Tod von Gesindel wie Harley Don Murrell kümmerte, aber ich hasste es, die Yorks in so einem Zustand zu sehen.

Nichts von alldem konnte ich ändern.

Ich grübelte mich durch meinen letzten Job und fuhr dann heim, um meinen Karate-Gi zu holen. Ich ließ mir Zeit. Anfangs überlegte ich sogar, den Kurs zu schwänzen, aber ich konnte mich nicht dazu entschließen: Es wäre feige gewesen. Aber ich wartete absichtlich bis zur letzten Minute, sodass ich vor dem Kurs nicht mit Marshall würde reden müssen.

Meine Anspannung ließ deutlich nach, als ich mich verbeugte, aufrichtete und bemerkte, dass Marshall nicht im Raum war. Er hatte ebenfalls Angst bekommen, mich zu sehen. Seltsamerweise stärkte das mein Selbstbewusstsein.

»Leitest du heute den Kurs?«, fragte ich Raphael, den einzigen Schüler, der schon länger dort war als ich.

»Darum hat mich der Chef gebeten«, sagte er, geschmeichelt trotz all seiner Lässigkeit. »Wird's bei dir klappen? Mit deinen Rippen? Ich habe gehört, dass du den Kerl in die Notaufnahme befördert hast. Toll gemacht, Lily!«

Zu meiner Verwunderung kamen die anderen Kursteilnehmer herbei, um mir nacheinander zu gratulieren. Aus ihrer Sicht bestätigte mein kurzes Scharmützel mit Norvel den Wert dessen, was wir im Kurs taten, all die Zeit und die Schmerzen, die sie investierten, um zu lernen, wie man sich selbst verteidigt. Janet Shook klopfte mir tatsächlich auf die Schulter. Ich musste mich anstrengen, ruhig zu bleiben. Benommen nahm ich meinen Platz in der Reihe ein – heute Platz eins, da Raphael uns gegenüberstand. Ich weiß nicht, was ich erwartet hatte, aber das sicher nicht.

Carlton war auch wieder da. Die meisten Leute gaben nach dem zweiten Mal auf, daher sah ich seine Anwesenheit als gutes Zeichen. An der Art, wie er sich bewegte, konnte ich sehen, dass sein Muskelkater nicht mehr ganz so schlimm war, und er wirkte schon etwas gelenkiger. Es würde nicht mehr lange dauern, dann wäre er in der Lage, Dinge zu tun, die ihn erstaunen würden. Raphael rief uns zur Konzentration auf, wir verbeugten uns und begannen wieder einmal mit unserer unbequemen Routine.

Die Sit-ups riefen die Schmerzen in meiner Seite wieder hervor und ich musste nach dreißig aufhören.

»Faulpelz«, sagte Raphael und Janet lachte. Ich sagte mir, dass sie scherzten, und rang mir ein Lächeln ab. Carlton kam herüber und reichte mir die Hand, um mir aufzuhelfen, und es überraschte sogar mich selbst, dass ich sie ergriff.

»Jetzt mal im Ernst, Lily, verletz dich nicht noch mehr. Marshall hat mir gesagt, ich soll aufpassen, dass du es nicht übertreibst«, sagte Raphael, als wir nach unserer Trinkpause wieder hereinschlenderten. Ich sah zur Seite, damit er meinen Gesichtsausdruck nicht sah, und ging auf meinen Platz zurück. Als ich jedoch für seine nächste Anweisung aufblickte, sah ich, dass Raphael mich nachdenklich betrachtete. Wir übten ein paar Zwangsgriffe, nichts, was ich nicht schon gekonnt hätte. Jeder tat so, als hätte er Angst, mein Partner zu sein.

»Also, eiserne Lady, wann ist dein nächstes Match?«, fragte Carlton, als wir unsere Schuhe anzogen. Er, Raphael und Janet waren als Einzige noch in dem großen Raum.

Ich lachte tatsächlich.

»Wisst ihr, dass Norvel schon wieder auf Kaution frei ist?«, fragte ich, weil ich nicht wusste, was ich antworten sollte.

»Ich wette, der kommt dir nicht mehr zu nahe«, sagte Janet trocken. Ich nahm an, dass sie noch da war, weil sie plante, zur selben Zeit wie Carlton zu gehen, in der Hoffnung auf ein bedeutsames Gespräch, wie zum Beispiel eine Einladung zu einem Drink.

»Hoffentlich nicht«, sagte ich ernst. Es folgte ein kurzer Moment des Schweigens. Sie tauschten Blicke aus.

»Hast du es genossen, Lily?«, fragte Raphael plötzlich. »Ich meine, wir üben hier die ganze Zeit, teilen Scheinhiebe aus, haben unsere Wehwehchen, die meine Frau veranlassen, mich zu fragen, warum ich mir das antue. Und ich, der große Kerl, ich bin nicht mehr in eine Schlägerei verwickelt gewesen, seit ich aus der Junior Highschool raus bin. Aber du, Frau, du hast es getan. Also, wie hat es sich angefühlt?«

»Ich erzähl's dir«, sagte ich, nachdem ich einen Moment darüber nachgedacht hatte. »Es war erschreckend und aufregend, und ich hätte ihn wirklich ernsthaft verletzen können, wenn die Polizei nicht so schnell gekommen wäre.«

»Haben sie dich und Norvel auseinander gezerrt?«, fragte Janet.

»Nein, ich hatte ihn schon am Boden – blutend. Er war schon erledigt. Aber ich hätte ihn noch stärker verletzen können.« Raphael und Carlton tauschten unangenehm berührt Blicke aus. »Es war das Adrenalin«, versuchte ich zu erklären. »Ich hatte einen echten Mann in einem echten Kampf besiegt, aber es hatte mir Angst eingejagt, wie er da so unerwartet auf mich losgegangen ist. Und weil ich Angst hatte, war ich wütend. Ich war so wütend darüber, dass er mir Angst gemacht hatte, dass ich ihm noch viel schlimmer wehtun wollte.« Es fiel mir nicht gerade leicht, zuzugeben, dass ich Angst gehabt hatte.

Raphael und Carlton dachten über das, was ich gesagt hatte, nach, aber Janet wollte etwas anderes hören. »Es hat also gewirkt, all dieses Training«, sagte sie und beugte sich vor, um mir ins Gesicht zu starren. »Du hast genau so reagiert, wie du es im Kurs tun würdest, kein Moment der Erstarrung, das Training hat angeschlagen?« Ich wusste, wovor sie Angst hatte. Es war nicht schwer zu erraten.

Und es gab eine eindeutige Antwort. »Ja, das Training hat angeschlagen.«

Sie nickte, ein kurzes, heftiges Rucken ihres Kopfes, das die Bestätigung einer tief gehegten Hoffnung signalisierte. Dann lächelte sie, ein kaltes Lächeln, das diese kleine, normale Frau irgendwie gefährlich machte. Jetzt war die Reihe an mir, mich vorzubeugen und ausnahmsweise einmal jemandem absichtlich genau in die Augen zu sehen, um in ihnen nach dem zu suchen, was ich vermutete. Ich fand es. Ich nickte ebenfalls kurz. Wir waren beide Überlebende.

Aber wir würden nicht darüber reden. Ich wollte ein mädchenhaftes beiderseitiges Gefühlsbad um jeden Preis vermeiden. Das hätte ich nicht ertragen. Also griff ich meinen Kram und murmelte etwas von »nach Hause fahren und mich frisch machen«. Ich sagte, ich sei hungrig.

Auf dem Heimweg fing ich an, über Pardons Hemd nachzudenken. Ich wasche beruflich viel Wäsche. Ich weiß, wie Kleidung aussieht, wenn sie hundertmal gewaschen worden ist. Pardons Hemd war ohnehin ein billiges Hemd gewesen und er hatte es über die Jahre viel getragen und gewaschen. Es war schon beinahe so dünn gewesen, dass der Mond hindurchschien. Ich erinnerte mich daran, dass ich im Schein meiner Taschenlampe die eingerissene Brusttasche gesehen hatte. Die Fäden waren ausgefranst gewesen. Ich zweifelte nicht daran, dass einige dieser Fäden an Pardons Todesort zurückgeblieben waren, wahrscheinlich in seinem Apartment. Weitere mussten sich an der Stelle befinden, an die die Leiche gebracht worden war. Und wo waren bloß seine Schlüssel?

Als ich nach Hause kam, bereitete ich mir eine Ofenkartoffel mit Gemüse zu, aber ich merkte kaum, wie das Essen schmeckte. Diese Leiche war an der Straße versteckt worden, die ich als mein Revier betrachtete. Mein Karren war benutzt worden, um Pardon zur Abladestelle zu transportieren. Jetzt, wo mein Hirn nicht mehr von Gedanken an Marshall umwölkt war – zumindest größtenteils wolkenlos war –, drehten die Spekulationen um Pardons Tod wieder ihre Kreise in meinem Kopf.

Plötzlich kam mir die Garage in den Sinn. Irgendetwas hatte mein Unbehagen entfacht; etwas, was nicht so war, wie es sein sollte? Eine Erinnerung, die durch etwas, was ich dort gesehen hatte, ausgelöst worden war?

Es machte mir zu schaffen, während ich spülte; es machte mir zu schaffen, während ich duschte. Ich würde nicht einschlafen können. Ich zog eine schwarze Radlerhose und einen schwarzen Sport-BH an und ein rotes Sweatshirt darüber. Schwarze Socken und schwarze Laufschuhe vervollständigten mein Outfit. Ich wählte Claudes Nummer in der Gewissheit, dass ich schon wissen würde, was ich ihm sagen wollte, sobald ich seine Stimme hören würde. Es schaltete sich aber nur sein Anrufbeantworter ein. Ich hinterlasse keine Nachrichten auf Maschinen. Ich schritt im Flur auf und ab. Ich probierte es noch einmal erfolglos mit seiner Telefonnummer.

Schließlich musste ich raus. Dunkle Nacht. Kühle Luft auf meinen bloßen Armen. Gehen. Es war eine Erleichterung, draußen zu sein, still zu sein, mich zu bewegen. Ich ging an Theas Haus vorbei, ohne es eines Blickes zu würdigen. Und dann ging ich an Marshalls Wohnung vorbei. Sein Wagen war nicht da. Ich ging weiter. Ich hörte jemanden den Indian Way entlangkommen und schlüpfte hinter ein paar Azaleen. Joel McCorkindale rannte vorbei, ausgestattet mit Jogginganzug, Nikes und einem entschlossenen Gesichtsausdruck. Ich wartete, bis der Klang seiner rennenden Füße in der Nacht verhallte, bevor ich wieder auf die Straße trat.

Der Wind wehte und rieb die jungen Blätter gegeneinander. Es klang beinahe wie das Meer.

Ich ging schneller und schneller, bis auch ich in der Mitte der Straße durch das stille Shakespeare rannte. Ich sah niemanden und fragte mich, ob ich unsichtbar sei.

Ich betrat das Arboretum von der Rückseite her, tauchte in den Park ein und hielt an, um im Schutz der Bäume Luft zu schnappen.

Mir wurde klar, was ich zu tun hatte. Ich musste zurück zur Garage gehen. Mich dort tatsächlich umzusehen wäre besser, als es im Geiste zu tun. Mir würde schon einfallen, was mich geplagt hatte, wenn ich bloß lange genug dort gestanden hätte.

Es war vielleicht viertel vor zwölf, als ich leise die Nordseite der Apartmenteinfahrt hinaufging. Ich presste mich an die Ziegelwand, sodass mich niemand sehen konnte, der aus einem Fenster blickte. Ich überprüfte die Lichter. Mrs Hofstettlers war aus – keine große Überraschung. Ein schwaches Leuchten erhellte das Schlafzimmerfenster der Yorks; vielleicht las einer der beiden im Bett. Das konnte ich mir aber nur schwer vorstellen. Vielleicht war es ein Nachtlicht? Norvels Apartment im zweiten Stock war dunkel, ebenso wie das von Marcus.

Während ich die Bettenkontrolle durchführte, umkreiste ich das Gebäude.

Pardons Räume waren natürlich dunkel und auch die der O'Hagens. Tom würde wohl noch bei der Arbeit und Jenny um diese Zeit im Bett sein. In der oberen Etage waren Deedras Lichter aus. Sie war im Bett, entweder solo oder im Duett. In Claudes Badezimmerfenster war Licht zu sehen, also ging ich zur Vorderfront, um sein Schlafzimmerfenster zu überprüfen. Es war erleuchtet.

Ich wollte das Gebäude nicht betreten. Ich hockte mich hin und tastete den Boden um mich herum ab, bis ich einen Stein von der Größe meines Daumennagels fand. Ich warf ihn gegen Claudes Fensterscheibe. Das machte ordentlich Lärm. Ich drückte mich wieder flach an die Mauer, für den Fall, dass jemand außer Claude den Krach gehört hatte. Es kam jedoch niemand, um zu sehen, was los war, nicht einmal Claude.

Na gut, dann würde ich mich eben alleine erinnern müssen.

Und mit einem Mal tat ich es.

Nun musste ich das Gebäude doch betreten. Ich bewegte mich zur Hintertür und ging ein großes Risiko ein. Niemand hatte daran gedacht, mir den Schlüssel wegzunehmen, den ich jetzt aus meinem BH hervorzog, den Schlüssel für die Hintertür. Ich schloss die Tür so leise wie möglich auf und trat ein. Die Treppenstufen knarrten weniger, wenn ich an der Wand langging, leise und vorsichtig, einen Fuß vor den anderen setzend. Ich ging an Claudes Tür vorbei zu Deedras, die mit einem kleinen Kranz aus Weinranken mit purpurner Schleife und getrockneten Blumen dekoriert war. Ich klopfte leise.

So schnell wie die Tür aufging, war ich mir sicher, dass Deedra direkt dahinter auf dem Fußboden gelegen haben musste, in Gesellschaft. Im Lichtschein, der vom Flur hereinfiel, konnte ich ein männliches Bein sehen, und da es ein dunkles war, schloss ich, dass Marcus Jefferson der Versuchung mal wieder nachgegeben hatte.

Deedra sah sehr sauer aus. Ich konnte es ihr nicht verübeln, hatte jetzt aber keine Zeit dafür.

»Erzähl mir noch mal, was du mir erzählt hast – darüber, wie du früher von der Arbeit nach Hause gekommen bist, um Pardon den Mietscheck zu geben.«

»Mein Gott, ich schwöre, du bist die merkwürdigste Putzfrau in ganz Arkansas!«, sagte Deedra.

»Sag es mir. Dieses eine Mal will ich zuhören.«

»Wirst du danach verschwinden? Keine weiteren Fragen?«

»Wahrscheinlich.«

»Na gut. Ich kam von der Arbeit nach Hause. Ich rannte nach oben, um den Scheck zu holen, den Mama mir gegeben hatte. Ich nahm ihn mit runter zu Pardon. Die Tür stand einen Spalt offen. Er lag auf der Couch mit dem Rücken zur Tür. Der Teppich war total verkrumpelt und die Couch stand schief. Ich rief ihn beim Namen, mehrmals, aber er bewegte sich nicht. Ich nahm an, dass er was getrunken hatte und ohnmächtig geworden war oder ein verdammt festes Nickerchen machte, also legte ich den Scheck einfach auf seinen Schreibtisch links neben der Tür. War's das, was du wissen wolltest?«

Ich bedeutete ihr fortzufahren.

»So … also dann, ich … nun, ich ging zurück und stieg in meinen Wagen. Ich musste zurück zur Arbeit fahren, obwohl es nur noch ein paar Minuten bis zum Feierabend waren. Du kannst dir nicht vorstellen, wie pingelig Celie Schiller ist …«

»Senk deine Stimme und sprich schneller«, schlug ich leise vor.

»Meine Putzfrau schreibt mir vor, was ich zu tun habe«, sagte sie zur Luft neben mir. »Einfach unglaublich.«

Aber dann sah sie mir ins Gesicht und fuhr fort. »Und dann stieg ich in meinen Wagen ... und ich fuhr rückwärts aus meinem Einstellplatz, legte den Vorwärtsgang ein, um rauszufahren, und ich musste vorsichtig rausfahren, wegen des blöden Wohnwagens der Yorks ...«

Ich legte den Finger an meine Lippen. Ihre Stimme war angestiegen.

»Das war's, was ich wissen wollte,« flüsterte ich.

»Oh, über die Laufmasche in meiner Strumpfhose an dem Tag möchtest du nichts hören?«, fragte sie mit mörderischem Sarkasmus und knallte mir die Tür vor der Nase zu.

Ich fuhr mir mit den Fingern durchs Haar und verkrallte mich darin. Ich stand noch immer vor Deedras Tür und dachte nach, die Augen geschlossen. Ich ging ein paar Schritte den Flur entlang und klopfte mit einem Finger an Claudes Tür. Mehr konnte ich nicht riskieren.

Keine Antwort. Ich drehte den Türknauf. Abgeschlossen, natürlich.

Ich ging leise die Treppe hinunter. Selbst wenn ich unten im Flur gestanden hätte, hätte ich mich nicht hören können.

Ich wusste nicht, warum ich so angespannt war, warum meine Mission so dringlich schien. Aber ich ignoriere niemals meinen Nacken, und die Haut dort kribbelte. Spannung lag in der Luft. In dem stillen Gebäude summte sie geradezu. Ich öffnete die Tür einen Spalt weit und wand mich, so leise ich konnte, durch die Öffnung, erleichtert, nach draußen zu kommen. Ich verschloss die Tür wieder hinter mir.

Der Übergang vom erleuchteten Treppenhaus in die relative Dunkelheit der Parkplätze beeinträchtigte mein Sehvermögen. Ich blieb stehen, damit meine Augen sich umstellen konnten. Pardon hatte in der Mitte der Garage eine Sicherheitslampe angebracht, welche die ganze Nacht brannte und die nächste Umgebung wie eine Bühne erhellte. Das Licht reichte allerdings nicht bis zu den hinteren Verschlägen. Ich ging außerhalb des beleuchteten Bereichs entlang und erreichte die Außenwand der Garage. Ungefähr fünf Minuten stand ich in der Dunkelheit und lauschte. Ich setzte den nächsten Fuß vor und irgendetwas klimperte.

Langsam ging ich in dem Unkraut, das an der Garagenwand aus Rissen im Pflaster emporspross, in die Hocke. Vorsichtig tastete ich den Boden ab. Meine Finger stießen auf eine bekannte Form und zeichneten den Umriss nach. Ich versuchte, meinen Fund so aufzuheben, dass er nicht klingelte. Ich hielt ihn mir nah vor das Gesicht. Pardon Albees Schlüsselbund. Ich konnte ihn nicht einstecken; an dem Metallring hingen mindestens fünfzehn Schlüssel. Am sichersten waren sie dort, wo sie sich zuvor befunden hatten, also legte ich sie vorsichtig zurück ins Unkraut, wo sie seit dem Tag, als Pardon gestorben war, gelegen hatten.

Nichts rührte sich. Bis auf das entfernte Geräusch eines auf der Straße vorbeifahrenden Autos hörte ich nichts. Und selbst dieses Geräusch verebbte. Doch so ruhig es auch war, ich wusste, dass sich Menschen in der Nähe befanden. Ich konnte fühlen, wie sich meine Nackenhaare aufstellten. Also stand ich langsam auf und wäre beinahe in die Sicherheit meines Hauses geflüchtet. Ich fragte mich, ob ich es bis dorthin schaffen würde.

Ich streckte meine Hand nach dem Türknauf des Wohnwagens aus. In dem Wohnwagen war Pardons Leiche versteckt worden; falls irgendein Beweisstück zurückgeblieben war, dann würde es sich in diesem kleinen Raum befinden.

Die Yorks waren nicht vor Einbruch der Nacht zurückerwartet worden. Aber an dem Tag, als Pardon gestorben war, waren sie früher zurückgekommen. Ich wusste es jetzt.

Und dann drehte ich den Türknauf. Die Tür sprang mit einem Klicken auf, und gerade als ich triumphierend einatmete, warf sich aus dem schwarzen Innern eine riesige Gestalt auf mich.

Ich hatte keine Gelegenheit, mich zu verteidigen. In grausamem Schweigen wurde auf mich eingeschlagen, und ich brauchte meinen ganzen Atem, um die Hiebe abzuwehren, um die Fäuste daran zu hindern, mich zu töten. Ich wusste, dass es sich nur um eine Person handelte, aber eine von einem Dämon besessene Person, ein Mann, der mehr als zwei Hände zu besitzen schien.

Ich musste zurückschlagen, sonst würde ich sterben, aber die schnelle Folge der Schläge und die Schmerzen raubten mir den Verstand. Ich machte eine Faust und schlug auf den ersten Körperteil, den ich sehen konnte, ein paar Rippen, kein wirkungsvoller Schlag, aber ein Anfang, eine Geste. Ich wurde schwächer und bald würde ich zu Boden gehen, und wenn ich fallen würde, wäre alles aus. Es war schon beinahe ein Wunder, dass ich mich so lange auf den Beinen gehalten hatte.

Dann erhaschte ich einen Blick auf einen ungeschützten Nacken und schlug so fest ich konnte mit der Handkante zu. Mein Angreifer grunzte und schwankte und ich verpasste ihm mit aller Kraft einen Fußstoß. Es war mir egal, wo ich ihn traf, wenn es nur richtig reinhaute. Er taumelte und ich konnte tief Luft holen, und dann sagte eine Stimme hinter mir: »Rühren Sie sich nicht von der Stelle.«

Wer? Wer sollte sich nicht rühren? Mein Angreifer hatte diese Skrupel nicht und warf sich auf die Quelle des Befehls, wiederum so schnell und so entschlossen, dass es den Sprecher und mich unvorbereitet traf.

Der Kampf bewegte sich auf die Mitte des Parkplatzes zu.

Im dortigen Lichtschein konnte ich T.L. York und Claude auf dem Boden herumrollen sehen. Sie kämpften um eine Pistole, von der ich annahm, dass sie sich in Claudes Hand befand. Ihre Hände und Beine waren derart verworren und ich war so benommen von der Plötzlichkeit des Ganzen, dass ich sekundenlang nur dastand und vor mich hinstarrte, als hätte ich keinen Einfluss auf den Ausgang der Sache. Ich war so schwach, dass ich zitterte, aber ich musste etwas tun, musste helfen – aber wem?

»Lily!«, sagte Claude und es hatte wohl ein Hilferuf werden sollen. Das gab den Ausschlag. Nur der Unschuldige würde meine Hilfe wollen.

Ich umkreiste sie, suchte nach einer Gelegenheit. Sie kam, als T.L. sich auf Claude wälzte und dabei dessen Handgelenke festhielt. Ich sprang rittlings auf sie drauf, griff T.L. mit einer Hand ins Haar, umfasste sein Kinn mit der anderen und riss ihn heftig zurück. Beinah konnte ich das schwache Echo von Marshalls Stimme hören, wie er mich bei dieser Übung im Kurs beschwor, vorsichtig zu sein, weil eine falsche Bewegung schwere Verletzungen hervorrufen könnte.

Nun, jetzt waren schwere Verletzungen angebracht. Ich drehte seinen Kopf und zog ihn nach oben. Man muss seinem Kopf folgen. Der Rest seines Körpers musste sich ebenfalls erheben, sonst würde er sich das Genick brechen. Mit einem Aufheulen ließ er von Claude ab und schlug nach hinten um sich, um mich loszuwerden, aber ich hatte die Finger in seinem noch immer kräftigen Haar verkrallt. Gequält bäumte er sich auf, aber meine Beine umschlossen ihn von beiden Seiten, ich hatte ihn mit den Knien gepackt, und die einzige Art, wie er mich loswerden konnte, war, das zu tun, was er als Nächstes tat – er ließ sich rückwärts auf mich fallen. Ich klammerte meine Beine um ihn, als er sich nach hinten warf, und lockerte nicht einmal den Griff um seinen Kopf. Ich fing an, mit meinen kräftigen Beinen zuzudrücken, die Fußknöchel über seinem Bauch gekreuzt, und er rollte von einer Seite zur anderen, um mich abzuschütteln.

»Halten Sie verdammt noch mal still!«, sagte eine Stimme, die ich kaum als Claudes erkennen konnte, und wieder wusste ich nicht, ob er mich oder T. L. meinte. Ich hatte keine Wahl, da ich nicht atmen konnte und mir klar war, dass nur meine Wut mich noch an T. L. fesselte.

Dann ging die Pistole los. Es war ohrenbetäubend. T. L. schrie, und weil ich erschreckt über den Schuss meinen Griff gelockert hatte, konnte er von mir herunterrollen und weiterschreien. Plötzlich konnte ich atmen. Mir war allerdings nicht danach aufzustehen. Es reichte mir, auf dem dreckigen Beton zu liegen und den Motten dabei zuzusehen, wie sie um das Licht kreisten.

Elf

Ich war nicht im Krankenhaus, stand aber unter Hausarrest.

Der Polizeichef hatte mich für eine Woche in mein Haus gesperrt. Er hatte Mrs Hofstettler beschwatzt, all meine Kunden anzurufen und ihnen zu erklären (als ob sie es nicht gehört hätten), dass ich ein wenig verletzt worden sei und mich erholen müsse. Ich teilte Mrs Hofstettler durch Claude mit, sie sollte ihnen ausrichten, dass ich keine Bezahlung erwartete, da ich ja nicht arbeiten würde. Ich weiß nicht, ob sie die Nachricht weitergeleitet hatte. Jeder schickte mir einen Scheck, mit Ausnahme der Winthrops, was typisch war. Allerdings kam Bobo vorbei und brachte mir einen Obstkorb. Er sagte, der sei von seiner Mutter, aber ich war mir sicher, dass er ihn selbst gekauft hatte.

Marshall hatte tatsächlich die Stadt verlassen; er ging mir nicht bloß aus dem Weg. Er rief von Memphis aus an, um mir zu erzählen, dass sein Vater einen Herzinfarkt gehabt hatte und dass er und der Rest der Familie in der Warteschleife um das Krankenhauszimmer kreisten und auf Neuigkeiten hofften. Ich versicherte ihm etliche Male, dass es mir gut gehe, und nachdem ich ihm einen genauen Überblick über meine Verletzungen gegeben und erklärt hatte, was ich zu deren Behandlung tat, schien er überzeugt zu sein, dass ich überleben würde. Er rief mich jeden zweiten

Tag an. Ich war verblüfft, als ich Blumen mit seinem Namen auf der Karte bekam. Als er eines Abends anrief, schwieg er viel sagend, als ich ihm erzählte, Claude wäre bei mir.

Mrs Rossiter brachte den verdammten Hund vorbei, um mich zu besuchen. Claude erzählte ihr, ich schliefe.

Carrie Thrush machte bei mir einen Hausbesuch.

»Sie sollten im Krankenhaus liegen«, sagte sie streng.

»Nein«, sagte ich. »Meine Versicherung würde nicht genug übernehmen.«

Daraufhin sagte sie nichts mehr, weil sie mich nicht über meine Finanzen ausfragen wollte, aber die Medizin, die sie mir gab, war in Probeschachteln verpackt.

Claude kam jeden Tag. Er war mit mir im Rettungswagen zum Krankenhaus gefahren, hinter dem Wagen, der T. L. abtransportiert hatte.

Er hatte T. L. ins Bein geschossen.

»Ich wollte ihm den Pistolengriff über den Kopf ziehen«, sagte er, als wir in jener Nacht in einem weißen Zimmerchen auf den Arzt warteten. Ich war froh, ihm zuhören zu können, weil ich so nicht stöhnen und mich dann schämen musste. »Ich habe noch nie auf jemanden geschossen – zumindest noch niemanden tatsächlich getroffen.«

»Aha«, sagte ich und konzentrierte mich verbissen auf seine Stimme.

»Aber ich war mir sicher, ich würde Sie stattdessen erwischen, und ich wollte doch nicht meine Verbündete zusammenschlagen.«

»Gut.«

»Deshalb musste ich auf ihn schießen.« Seine große Hand tauchte auf und berührte meine Schulter, streichelte sie. Das tat höllisch weh. Aber ich sagte nichts.

»Warum waren Sie dort?«, fragte ich nach einer langen Pause.

»Ich habe den Wohnwagen die ganze Woche lang überwacht.«

»Ach du meine Güte«, sagte ich und dachte, dass meine Erleuchtung umsonst und Claude mir in seinen Ermittlungen voraus gewesen war.

»Nein, ich dachte, jemand anderes hätte Pardon getötet, nicht T. L. Ich dachte, die Yorks wollten niemandem erzählen, dass Pardons Leiche in ihrem Wohnwagen gewesen ist, aber ich dachte nicht, dass sie selbst ihn dort hingebracht hatten.«

»Die Vorhänge«, sagte ich.

»Vorhänge? Welche Vorhänge?«

Mittlerweile war der Arzt eingetreten und schickte Claude hinaus. Es war der Notarzt, der gerade damit fertig geworden war, T. L. in den OP zu befördern. Seine Augenbrauen gingen in die Höhe, als er meine Narben sah, aber dieses eine Mal war es mir egal.

»Ihre Röntgenbilder«, sagte er.

»Ja?«

»Sie haben keine gebrochenen Knochen«, sagte er, als ob das die erstaunlichste Sache wäre, die er je gehört hätte. »Aber etliche Muskeln sind schwer gezerrt. Sie sind gründlich angeschlagen. Aber ich sehe, dass Sie eine leidenschaftliche Sportlerin und körperlich sehr fit sind. Normalerweise würde ich Sie für ein, zwei Nächte ins Krankenhaus einweisen, bloß als Vorsichtsmaßnahme. Was meinen Sie?« Hinter seinen Brillengläsern, die das gleißende Deckenlicht reflektierten, beobachtete er mich genau. Sein Zopf wurde ordentlich von einem Gummiband im Nacken zusammengehalten.

»Nach Hause«, sagte ich.

»Gibt's da jemanden, der sich um Sie kümmert?«

»Ja, mich«, polterte Claude von jenseits des Vorhangs.

Ich öffnete den Mund, um zu protestieren, aber der Arzt

sagte: »Nun, wenn Sie jemanden haben, der Ihnen hilft ... Glauben Sie mir, Sie werden in den nächsten Tagen nicht in der Lage sein, ohne Hilfe ins Badezimmer zu kommen.«

Ich starrte ihn bestürzt an.

»Sie haben einige ältere Verletzungen, die noch nicht verheilt sind. Sie scheinen dazu zu neigen, in Schwierigkeiten zu geraten«, bemerkte der Arzt und steckte sich seinen Füller hinters Ohr.

Ich hörte Claude schnauben.

Ich hatte einige Schmerztabletten aus der Notaufnahme und Carrie kam vorbei und stockte den Vorrat auf. Claude erwies sich als unerwartet guter Krankenpfleger. Seine großen Hände waren sanft. Er wusste schon vorab aus dem Polizeibericht aus Memphis über meine Narben Bescheid, und das war gut, denn es gab keine Möglichkeit, sich vor jemandem zu verstecken, der einen mit dem Schwamm wusch. Er half mir auch, zur Toilette zu humpeln, und wechselte meine Bettwäsche. Das Essen, das ich eingefroren hatte, kam mir jetzt sehr gelegen, denn ich konnte nicht lange genug stehen, um zu kochen, und wenn ich allein war, ließ ich mir viel Zeit, in die Küche zu gelangen und eine Mahlzeit aufzuwärmen.

Einige Male brachte Claude etwas aus dem Restaurant mit und wir aßen zusammen, beim ersten Mal in meinem Schlafzimmer – er hatte ein Tablett für das Bett improvisiert –, beim zweiten Mal konnte ich schon am Tisch sitzen, auch wenn es mich erschöpfte.

Die Schwellungen waren fast verschwunden und ich hatte mich von Schwarz und Blau zu kränklichen Schattierungen von Grün und Gelb weiterentwickelt, als wir endlich über die Yorks sprachen.

»Wie kam es, dass du gesehen hast, wie er mich ansprang?«, fragte ich ihn. Ich fühlte mich gut. Ich hatte gerade eine Schmerztablette genommen, ich war sauber, meine

Laken waren sauber, und es war mir gelungen, mir die Haare zu bürsten. Ich lag ganz ordentlich da, die Hände an meiner Seite, ich war ein bisschen schläfrig und entspannt. Besser würde es mir in dieser Woche nicht mehr gehen.

»Ich bin die Aussagen von allen mehrmals durchgegangen. Ich habe einen Zeitplan aufgezeichnet und eine Liste der Alibis zusammengestellt, wie bei einer Sondersendung im Fernsehen«, sagte er, die Beine bequem von sich gestreckt, die Hände über dem Bauch gefaltet. Er hatte sich den Lehnstuhl in mein Schlafzimmer gewuchtet.

»Marcus war lange Zeit mein heißester Verdächtiger«, fuhr er fort. »Aber er konnte einfach nicht seinen Arbeitsplatz verlassen haben – zu viele Zeugen. Ebenso bei Deedra. Sie hatte ihre Arbeit für ungefähr dreißig Minuten verlassen und war bei einer Verabredung, als Pardons Leiche abgeladen wurde. Nachdem du mir den genauen Zeitpunkt mitgeteilt hattest«, er warf mir einen vorwurfsvollen Blick zu, »konnte ich sie streichen. Marie Hofstettler ist einfach zu alt und schwach. Norvel war eine Möglichkeit und Tom O'Hagen. Aber Tom war beim Golfspielen im Country Club, als Pardon getötet wurde, und Jenny war bei der Arbeit ... jede Menge Zeugen. Sie hätte Pardon nicht töten können. Und ich dachte nicht, dass du es gewesen sein könntest, zumindest nicht nach den ersten paar Tagen.«

»Warum?« Die Tablette fing an zu wirken und ich war nur mäßig an der Antwort interessiert.

»Vielleicht weil das einzige Geheimnis, für das du töten würdest, das ist, was dir in Memphis passiert ist. Und als mir das herausgerutscht ist, hast du nicht versucht, mich umzubringen.«

Ich blickte leicht amüsiert in eine Ecke.

»Dann blieb also Norvel übrig«, sagte ich still.

»Es sei denn, die Yorks wären früher nach Hause gekommen.«

»Ich hätte auf Norvel getippt.«

»Ich konnte mich nicht entscheiden. Für Norvel schien es einerseits zu gut gemacht zu sein. Andererseits sah es genau nach einem besoffenen Norvel aus. Zwischen einem Schlupfloch und dem nächsten schwanken. Pardon hierhin bringen. Ihn dorthin bringen. Wir haben uns in jedem Apartment in diesem Haus umgesehen, mehr oder weniger.«

Ich stellte keine Fragen.

»Nirgendwo Spuren der Leiche. Er hatte ein wenig aus dem Mund geblutet. Keine Haare, und die einzigen Fasern an der Leiche kamen von einem Baumwollmischgewebe, dunkelrot und leuchtend gold und blau.«

»Alvahs Vorhänge«, murmelte ich.

»Ich wusste nichts von Alvahs Vorhängen«, brummte Claude. »Aber ich sah in keinem der Apartments auch nur irgendetwas, was dem ähnlich gewesen wäre.«

Ich erinnerte mich, wie er durch mein Haus gewandert war, als er es zum ersten Mal betreten hatte. Er hatte nach etwas Ausschau gehalten, was ihn an etwas erinnerte.

»Wir haben die Parkverschläge durchsucht, in der Hoffnung, einen zu finden, der für die Leiche benutzt worden war. Auch da hatten wir kein Glück. An jenem Tag habe ich dich dort herumstöbern sehen und mich gefragt, was du vorhattest.«

»Von wo hast du mich gesehen?«

»Von Pardons Apartment. Ich habe ein paar Tage und jede Nacht dort dringesessen und die Leute dabei beobachtet, wie sie ein und aus gingen und ihre merkwürdigen Dinge erledigten, und habe versucht, eine klarere Vorstellung zu bekommen, wohin die Ermittlungen führen sollten.«

Ich fühlte mich eindeutig matter.

»Wir haben an dem Tag, als Pardons Leiche gefunden wurde, den Müll durchsucht.«

Ich lächelte in mich hinein.

»Wir haben in jedem Apartment nachgesehen. Für ein, zwei Tage hatten wir jeden unter Beobachtung, dann nur noch Norvel und die Yorks.«

»Keine gründliche Beobachtung von Norvel.«

»Verdammt, Lily, er ist auf einen Spaziergang rausgegangen. Da können wir ja nicht ahnen, dass er eine Skimaske in der Tasche stecken hat. Den Besenstiel muss er schon früher am Tag in der Nähe des Zaunes versteckt haben. Ich habe ihn nie damit gesehen.«

»Deshalb konntest du also so schnell dort sein. Du warst wach. Hattest du dein Hemd absichtlich ausgezogen?«

»Ja«, gestand er und sah beschämt aus. »Ich fand, das sah eher danach aus, als ob dein Rufen mich aufgeweckt hätte.«

»Und dann hast du die Yorks und Norvel beobachtet.«

»Ich hatte Deedras Bemerkung über den Wohnwagen auch mitbekommen. Sie hätte was durcheinander gebracht haben können. Sie fährt jeden Tag auf den Parkplatz und wieder runter. Aber sie klang echt. Ich konnte sie nicht genauer ausfragen, ohne dass sie Verdacht geschöpft hätte, aber je mehr ich darüber nachdachte, umso wahrscheinlicher fand ich die Anwesenheit der Yorks zur Tatzeit. Ich rief beim Gericht von Creek County an. Harley Don Murrells Verhandlung war früh genug beendet gewesen, dass die Yorks nach Hause fahren konnten. Ich habe das ganz beiläufig bei ihrer Tochter überprüft, die mir sagte, sie wären um eins, gleich nach dem Mittagessen, gefahren, weil sie zu aufgeregt waren, um noch länger zu bleiben. Alvah und T. L. hatten gesagt, dass sie beim Flohmarkt in Hillside angehalten hätten und ein wenig herumspaziert wären, um sich die Beine zu vertreten, aber falls das nicht wahr sein würde, hätten sie vor drei Uhr hier gewesen sein können.«

»Waren sie. Alvah hatte die Pflanze in der Küche gegossen. Sie war nass, als ich um drei hinging, um sie zu wässern«, sagte ich. »Die Jalousien im Schlafzimmer waren offen. Das waren die ersten Dinge, die sie tat, als sie nach Hause kam. Und ihre Wohnzimmervorhänge waren abgenommen. Das ist mir an dem Tag nicht aufgefallen, aber es fiel mir am Mittwoch auf. Ich dachte, Alvah hätte mit dem Frühjahrsputz angefangen, aber T. L. hatte die Leiche darin eingewickelt.« Darauf war ich ganz alleine gekommen.

Claude reckte die langen Arme, streckte sich und ließ sich zurück in seine vorherige Stellung gleiten. »Alvah hat mir heute erzählt, dass sie bei ihrer Rückkehr nach Shakespeare mit ihrem Koffer in das Apartment ging und T. L. beim Entladen der restlichen Sachen zurückließ. Sie goss die Pflanze und öffnete die Jalousien.« Er zog einen imaginären Hut vor mir.

»Draußen konnte sie Stimmen hören. Ihre Tür stand offen, ebenso wie Pardons; T. L. war vorbeigegangen, um die Miete zu bezahlen. Pardon hatte über seinen Freund in Creek County von dem Prozess und dem Urteil erfahren, aber anstatt die Yorks zu trösten, dass sie einen solchen Prozess erleben mussten, zitierte Pardon das, was Murrells Ehefrau über die Enkelin der Yorks gesagt hatte. Und nach dem schlimmsten Tag seines Lebens konnte T. L. das einfach nicht mehr hinnehmen. Er und Pardon gerieten in einen Wortwechsel und er schlug Pardon auf den Mund. Pardon sprang zurück und stieß gegen die Couch. Doch es war, als renne er vor einem tollwütigen Hund davon. T. L. war hinter ihm her. Er wollte Pardon einen Kinnhaken verpassen, aber Pardon drehte sich zur Seite und rutschte aus, und so schlug T. L. Pardon so fest er konnte mit der Faust gegen den Hals. Dabei hat er Pardon den Hals zerschmettert.«

»Und sie brachten ihn in den Wohnwagen«, sagte ich.

»Ja. T. L. rannte in sein Apartment, an Alvah vorbei, riss die Vorhänge herunter, ohne sie zu fragen, und rannte zurück zu Pardon. Alvah folgte ihm. Sie luden Pardon in die

Vorhänge gewickelt in den Wohnwagen – dabei fielen seine Schlüssel heraus – und fuhren ein Weilchen mit ihm herum. Sie waren völlig in Panik. Sie konnten sich nicht entscheiden, was sie tun sollten. Die Yorks hatten noch niemals in ihrem Leben das Gesetz gebrochen. Sie wollten Pardon zuerst an einer kleinen Landstraße abladen, damit es nicht so aussah, als ob er von einem Bewohner der Apartments getötet worden sei. Aber ihnen fiel ein, dass sie ein Alibi nachweisen konnten, da niemand gesehen hatte, wie sie zurückgekommen waren, und je näher an den Apartments Pardons Leiche gefunden würde, umso wertvoller das Alibi.

Während sie mit Pardons Leiche herumfuhren, ging Tom zu Pardons Apartment, um seine Miete zu bezahlen. Tür unverschlossen, kein Pardon. Dann kamen die Yorks zurück, fuhren direkt an die Hintertür heran, öffneten die Tür des Wohnwagens und verstauten Pardons Leiche wieder in seinem Apartment.»

»Wie kam es, dass sie Deedra nicht hörten, als sie an seine Tür klopfte?«, fragte ich.

»Alvah war übel geworden«, sagte Claude und sah auf seine Hände hinunter. »Sie musste in ihrer Wohnung auf die Toilette rennen und T. L. ging mit. Während es Alvah schlecht war, fuhr Deedra zurück zur Arbeit. Sie wussten nicht, dass sie den Wohnwagen gesehen hatte – ein Glück für Deedra. Als es Alvah besser ging, fuhren sie wieder weg. Sie dachten nicht daran, die Vorhänge loszuwerden, in die sie Pardon gewickelt hatten. Sie dachten nicht daran, dass die Fäden von seiner eingerissenen Hemdtasche im Wohnwagen zurückgeblieben waren. Sie dachten nicht an die Leute, die versuchen würden, ihre Miete zu bezahlen, und Pardon nicht zu Hause antreffen würden. Und sie konnten Pardons Wohnungstür nicht zuziehen, weil sie wieder hineinkommen mussten und Pardons Schlüssel nicht finden konnten.«

»Sie sind offensichtlich völlig benommen durch die Gegend gefahren und kamen dann zwischen sieben und acht Uhr abends nach Hause, so wie sie es ursprünglich vorgehabt hatten. Sie brachten ihre restlichen Sachen in die Wohnung. Mittlerweile hatten sie natürlich einen Plan gemacht und beschlossen, dass Pardon irgendwo in der Nähe seines Apartments gefunden werden müsste, an einer Stelle, zu der er zu Fuß gelangt sein konnte, aber auch eine, an der er auf einen Straßenräuber hätte treffen können. Das Arboretum war der logische Platz, vielleicht die einzige vernünftige Entscheidung, welche die Yorks getroffen hatten. T. L. erinnerte sich an deinen Müllkarren. Er hatte ihn an den Tagen, wenn die Müllabfuhr kam, am Bordstein stehen sehen und war immer irgendwie scharf auf ihn gewesen ... Also wartete er und dachte, dass niemand in Shakespeare so spät noch auf wäre. Und er hatte beinahe Recht.«

»Wann war dir klar, dass es nicht Norvel war?«

»Als ich sah, wie T. L. aus dem Wohnwagen sprang und auf dich losging.« Er lächelte mich an und machte sich über sich selbst lustig. »Ich hatte gedacht, dass Norvel den Wohnwagen bloß benutzt hätte, um Pardons Leiche zu verstauen, und dass die Yorks solche Angst hatten, schuldig zu wirken, dass sie diesen Vorfall vertuschten. Ich wollte nicht, dass es die Yorks waren.«

»Ich wusste, dass es die Yorks waren«, sagte ich ruhig. »Wegen der Vorhänge.«

»So bist du darauf gekommen?«

»Wenn Alvahs Vorhänge fehlten, dann musste es dafür einen Grund geben. Und nur T. L. würde Vorhänge von den Fenstern reißen. Wenn Alvah gewusst hätte, was er vorhatte, dann wäre sie gerannt und hätte ein Laken oder ein Tischtuch geholt, das ich nicht vermisst hätte. Aber die Vorhänge habe ich vermisst«, sagte ich schläfrig, »und ich wusste, dass jemand die Pflanze gewässert hatte.«

»Warum ... Lily, warum bist du zu dem Wohnwagen gegangen?«

»Ich wollte sehen, was drin war«, sagte ich und ließ die Augen zufallen.

»Oh, ja«, sagte ich mit schwerer Zunge und hievte meine Augenlider wieder hoch. »Wie kam es, dass du nicht wusstest, dass T. L. da drin war?«

»Ich wusste es«, sagte er und bemühte sich, nicht vorwurfsvoll zu klingen. »Ich wartete darauf, dass er mit irgendwelchen Beweisstücken herauskam. Er konnte sie nicht im Wohnwagen zerstören; er hätte sie mit in das Apartment nehmen müssen. Ich konnte keinen Durchsuchungsbefehl für den Wohnwagen bekommen. Ich hatte nicht genug Beweise.«

»In Ordnung. Ich schlafe schon.«

»Eine Sache noch.«

»Ja?«

»Was war mit den Handschellen auf der Treppe der Drinkwaters, Lily? Was war mit der toten Ratte?«

»Oh, das war Thea. Ich war mir ziemlich sicher, nachdem Marshall mir erzählt hatte, wie ihr heimliches Leben aussah. Und sicher wusste ich es, nachdem mir klar war, dass du jeden, der für dich arbeitet, mit dem Tode bedroht hattest, falls sie darüber redeten, was mir passiert war. Aber Tom David hatte es seinem Zuckermäuschen schon erzählt. Sie durfte es aber nicht weitererzählen. Aber sie wusste es und sie wollte mich quälen. Nachdem mir das klar war, machte ich mir keine Sorgen mehr darüber. Mit der alten Thea werde ich schon fertig.«

Ich verdrehte die Augen, als ich Claude ansah.

»Heimliches Leben?«, sagte er interessiert. »Thea Sedaka hat ein heimliches Leben?«

»Vielleicht erzähl ich's dir mal«, sagte ich.

»Ich habe gehört, dass Marshall morgen zurückkommt,

Lily«, sagte Claude, als ich schon fast weggetreten war. »Was wirst du tun?«

»Einschlafen«, murmelte ich.